JN441424

Hyougetsu 효게츠 지음
ill. Nishi(E)da 니시E다 일러스트
한수진 옮김

02

인랑전생, 마왕의 부관

용사의 위협

프리덴리히터

마왕군을 지배하는 마왕.
바이트와 마찬가지로
전생에 일본인이었던 전생자.

멜레네

마왕군 제3사단에 소속된
요염한 흡혈귀. 바이트의
선배.

필니르

마왕군 제3사단에 소속된
인마족 소녀. 바이트의
후배.

등장인물
Character
바이트
이세계에서 인랑으로
환생한 일본인.
마왕군 제1사단 부사단장.
아일리아
뤼테 아인도르프
교역도시 륜하이트를
다스리는 태수. 남장미인.

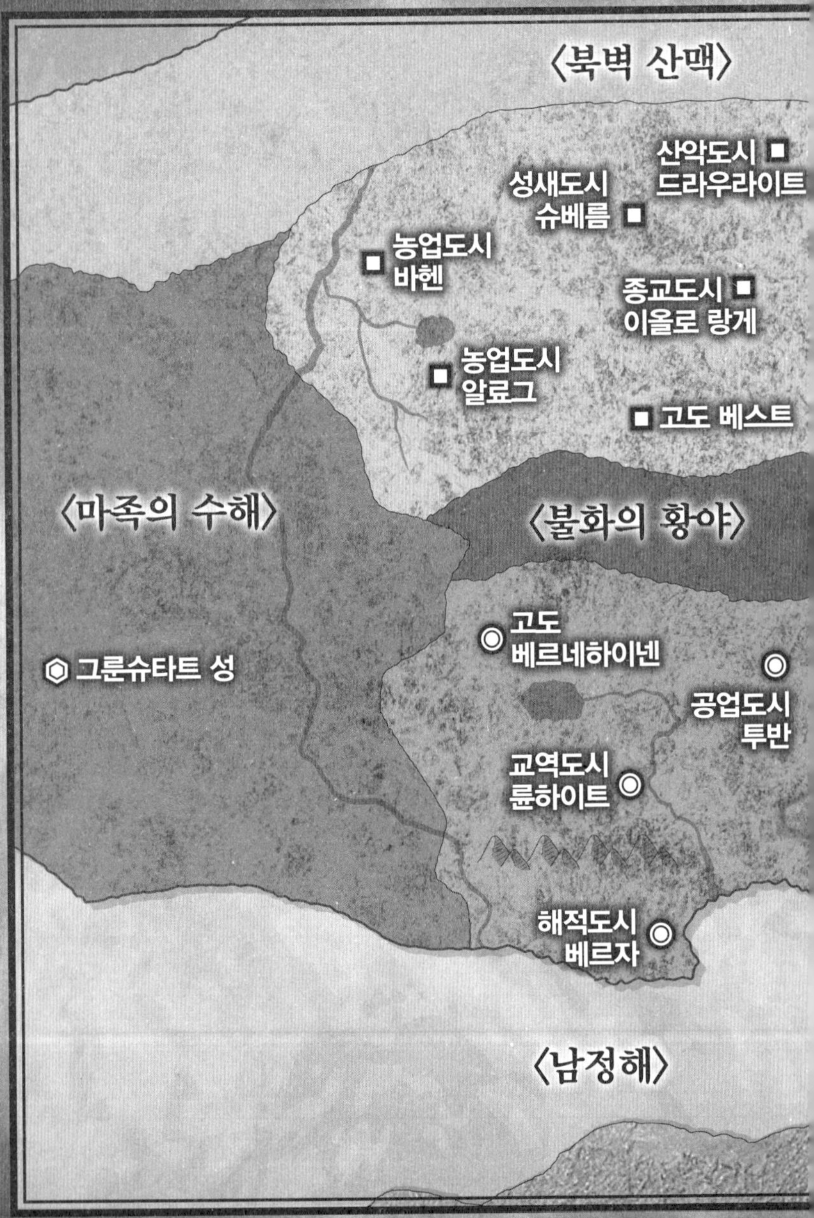

〈북벽 산맥〉

산악도시
드라우라이트

성새도시
슈베름

농업도시
바헨

종교도시
이올로 랑게

농업도시
알로그

고도 베스트

〈마족의 수해〉

〈불화의 황야〉

고도
베르네하이넨

그룬슈타트 성

공업도시
투반

교역도시
륜하이트

해적도시
베르자

〈남정해〉

광산도시
크라우헨
농업도시
빌하임
성새도시
번강
화국(和国)
〈풍문 사막〉
미궁도시
자리아
공예도시
비에라
교역도시
샤르딜
(동방 교역로→)
어업도시
로초

지난 줄거리

The story so far

마왕군 제3사단 부사단장, 인랑 바이트는
어쩌다 보니 이세계에서 다시 태어난 일본인.
마족과 인간 양측의 마음을 다 아는 그는
전생의 지식과 현생의 경험을 바탕으로
도시동맹국가 미랄디아의 남부에 위치한
무역도시 륜하이트를 점령하는 데 성공했다.

남장미인 아일리아를 여전히 태수로 놔두고,
마족과 인간의 공존을 목표로 하면서
륜하이트에서 생활하기 시작한 바이트.
그동안 오랜 세월에 걸쳐 대립해온 인간과 마족은
서로에게 복잡한 감정을 가지고 있었으므로
륜하이트 통치 과정에서도 잇따라 문제가 발생한다.
그러나 양측의 의견을 잘 듣고 진지하게 대응하는
바이트의 태도와, 유쾌한 마족들의 행동은
점점 인간 시민들의 호감을 사게 된다.

그러던 어느 날, 아일리아는
륜하이트와 마왕군 사이에
정식 동맹을 맺자고 제안하는데——.

Contents

2장

014

보너스 신작
〈최초의 방어전〉

279

2장

이리하여 륜하이트는 도시국가동맹 미랄디아에서 이탈하여 마왕군과 동맹을 맺었다.

사실상 륜하이트는 마왕군의 '수도'다.

그러므로 우리는 륜하이트의 도시기능 및 방어력을 좀 더 높여야 한다.

마치 성 만들기 시뮬레이션 게임을 하는 것 같은데.

단, 목숨 걸고 해야겠지만.

"그럼 우선 무엇부터 할까요?"

륜하이트의 독립을 축하하는 열기가 아직 식지 않은 축제 이튿날, 나와 아일리아는 당장 앞일에 관해 의논하기 시작했다.

현재 륜하이트는 미랄디아를 배신한 셈이니까. 넋 놓고 있다가는 날벼락을 맞을 것이다.

나는 예전부터 생각했던 계획을 실행에 옮기기로 결심했다.

"방해되는 주민들을 쫓아내야겠소."

"네?"

아일리아가 눈을 휘둥그렇게 떴다.

물론 여기서 주민이란, 주민 전체를 말하는 것이 아니었다.

"륜하이트 독립에 반대하는 주민도 있을 테고, 마왕군에 반감을 가진 주민도 있을 거 아니오?"

"숫자가 많지는 않아도 분명히 있긴 있겠지요."

모든 구성원이 똑같은 의견을 가진다는 것은 불가능하다.

그래서 나는 모든 시민에게 '륜하이트를 떠날 자유'를 주기로 했다. 싫으면 언제든지 마음대로 떠나도 된다고 했다.

이 제안에 즉시 응한 사람이 100여 명. 륜하이트에 살고 있는 인간은 약 3000명이니까 3%쯤 되는 숫자다.

그 외에 아직 망설이고 있는 사람도 많을 테지만, 일단은 이 정도였다.

짐을 챙겨 륜하이트 성문 밖으로 나가는 사람들. 아일리아는 쓸쓸한 표정으로 그들을 배웅했다.

"무사히 새로운 보금자리를 찾으면 좋겠는데요……."

"언제든지 돌아올 수 있게 해뒀으니까. 정 안되면 다시 륜하이트에 와서 살면 될 거요."

유히트 사제와 관련된 일을 겪으면서, 이 세계 사람들에 대한 나의 인식이 바뀌었다.

이 세계 사람들은 단 한 번이라도 마족과 얽힌 동포는 그다지 믿지 않는다.

물론 모든 사람이 그렇진 않겠지만, 이곳을 떠난 100여 명 중 일부는 다른 곳에 정착하지 못하고 되돌아올 것이다.

그때 그들이 륜하이트에서 다시 생활할 수 있도록 그들의 집과 밭은 마왕군이 관리하기로 했다. 희망자의 집은 일단 우리가 구입했다가, 그들이 나중에 다시 오면 동일한 금액을 받고 돌려주기로 했다.

아마 빈털터리로 돌아오는 녀석도 있을 테니까 무이자 할부도 가능하게 하고.

이렇게 해두면 그들이 돌아왔을 때 즉시 알 수 있을 것이다. 그러면 그들에게 바깥 상황을 물어봐야겠다.

하지만 사실 나는 그들이 어딘가에 잘 정착하길 바라고 있었다.

그들은 마왕군을 별로 좋아하지 않으니까 마왕군에 관한 나쁜 소문을 퍼뜨릴 것이다. 폭력적이라든가, 오만하다든가.

그러면 그 도시 사람들은 마왕군을 두려워하게 될 것이다.

우리는 언젠가 미랄디아의 모든 도시를 제압할 예정이다. 그러니까 그때는 그 '무서운 마왕군' 이미지를 마음껏 활용할 것이다.

음, 마피아가 따로 없군…….

"바이트 님, 표정을 보니 뭔가 사악한 흉계를 꾸미시는 것 같은데요."

"부정하진 않겠소, 아일리아 님."

아무튼 성가신 것들은 치워버렸고 장래를 위한 포석도 깔아뒀으니, 이제 다음 계획으로 넘어갈 차례다.

륜하이트를 좀 더 크고 강한 도시로 만들어야 한다.

"성벽을 새로 만든다면, 작업 도중에는 무방비해질 거야. 그러니 가능하다면 기존 성벽을 그대로 놔두고 바깥쪽에 새로운 성벽을 쌓고 싶군."

나는 기술자들에게 그렇게 요청했다.

이야기를 듣고 있는 기술자 팀은 인간+견인 혼성팀이었다.

그 사람들은 유히트 사제를 따라 투반에서 이쪽으로 이주해 온 휘양교도들로서, 유히트 사제의 지시로 륜하이트의 발전을 위해 우리에게 협력하고 있었다.

투반 기술자들의 리더인 중년 남성은 내 말을 듣고 고개를 끄덕였다. 그의 이름은 아주르. 유히트 사제의 사위였다.

투반에서 온 기술자들은 모두 다 우수했다. 복잡한 설계도나 정교한 부품을 만들 줄 알았다. 그들은 륜하이트에 오자마자 휘양교 신전을 철저히 개수하여 우리를 놀라게 했고, 또 다른 공공시설들도 잇따라 수리해주었으므로 그 기술과 근면함은 믿을 만했다.

아주르가 뭔가 열심히 계산하면서 여러 번 고개를 끄덕였다.

"공사기간을 생각하면 그게 가장 좋은 방법일 것 같습니다. 또 륜하이트의 성벽은 역사적으로나 문화적으로나 높은 가치를 지니고 있으니까 되도록이면 부수지 않는 것이 좋겠죠."

그런가? 나야 잘 모르지만, 문화적 가치가 있다고 하니 갑자기 아깝게 느껴졌다.

그때 아주르가 '다만' 하고 이렇게 덧붙였다.

"주변의 지반이나 기타 등등을 조사해야 하고, 륜하이트 전체를 빙 둘러싸야 하니까 아무래도 대공사가 될 것 같군요. 지금 당장 계획을 세우더라도 공사하는 데 몇 년은 걸릴 텐데요. 괜찮겠습니까?"

"만들다 만 성벽은 적에게는 훌륭한 차폐물이 될 텐데……."
이럴 줄 알았으면 먼저 성벽부터 만들고 독립할걸 그랬나…….
나는 고뇌에 빠졌다. 그러나 어차피 새로운 성벽은 만들어야 했다.
"지금 만들지 않으면 언젠가 반드시 후회하게 될 거야. 좋아, 동쪽부터 만들어주게."
"알겠습니다."
당분간 첩보와 외교에 주력하고, 무력 충돌은 삼가야겠군.

이런 식으로 나는 륜하이트 마개조(魔改造) 작업을 착착 진행시켰다. 그런데 이것 외에도 할 일은 많았다.
마왕님의 거성(居城) 그륜슈타트 성.
평소처럼 스승님의 도움을 받아 상황을 보고하러 성을 방문했더니 평소처럼 바르체 부관이 이쪽으로 다가와 말을 걸었다.
"바이트 님, 폐하의 모습이 보이지 않습니다."
"또요……?"
마왕 프리덴리히터는 공사다망한 지도자이시다.
우리는 군사적인 문제뿐만 아니라 내정에 관해서도 마왕님께 전적으로 의존하고 있다. 마왕님은 전생자(轉生者)로서 훌륭한 지식을 가지고 있고, 또 마왕님의 발언에는 모든 이들이 복종하기 때문이다.
그래서 마왕군의 각 부서에서 마왕님께 수많은 요청과 신청이 물밀듯이 들어오는 바람에 제때 처리하지 못하는 경우도 종종 생긴다.

전쟁터에서는 용맹무쌍하기로 유명한 바르체 부관이 지금은 서류 뭉치를 끌어안고 우왕좌왕하고 있었다.

“큰일 났습니다. 당장 폐하께서 봐주셔야 할 보고서가 있는데, 폐하가 지금 어디 계시는지 모르겠습니다.”

“아── 그건…….”

나는 잠시 생각해봤다.

분명히 어제 둘이서 녹차를 마실 때 무슨 말을 했었는데.

『짐은 오랫동안 실전을 경험해보지 못했다. 그래서 몸이 다소 무거워진 것 같아.』

『폐하의 움직임을 따라잡을 수 있는 자는 단 한 명도 없을 텐데요.』

『아니야, 무인으로서의 단련을 게을리 한다면 장병들을 볼 낯이 없을 걸세.』

응, 그러니까 아마 거기일 테지.

“연병장에 계실 겁니다.”

“오, 감사합니다!”

예상대로 마왕님은 성 안에 있는 연병장에서 용인족 신병을 상대로 대활약을 하고 계셨다.

“짐은 괜찮으니까 전원이 한꺼번에 덤비도록 해라.”

“네, 넷!”

창술 연습용 막대기를 쥔 신병들 약 서른 명이 마왕님을 포위하더니 일제히 덤벼들었다.

그런데 마왕님은 그 거대한 몸으로 가볍게 뛰어올라 포위망을 벗어났다.

그분이 사뿐히 착지했을 때에는 이미 신병 세 명이 비틀거리고 있었다. 마왕님이 점프하면서 그들의 어깨 보호대나 투구를 막대기로 한 대씩 때리신 것이다. 나조차 보지 못했는데. 대체 언제 때리신 거지?

그 후 싸움은 일방적으로 진행됐다.

"이거 참, 문제인데."

볼품없이 쓰러진 신병들을 내려다보면서 마왕님이 한숨을 쉬셨다.

아니, 마왕님을 상대로 이렇게나 건투를 했는데, 칭찬 좀 해주시지 그러세요. 인간 병사라면 냅다 비명을 지르며 도망갔을 텐데.

"생각보다 높이 뛰어오르지 못했어……. 역시 몸이 무거워진 게야."

아, 그게 문제입니까?

"폐하, 긴급 서류입니다."

바르체 부관이 서류를 내밀자 마왕님은 그것을 재빨리 훑어봤다.

"흠…… 알겠다. 오후에 임시 군사회의를 열겠다. 담당 무관을 소집하도록."

"네!"

바르체 부관이 경례하고 나서 서둘러 뛰어갔다.

그 후 마왕님은 신병들 한 명, 한 명을 붙잡고, 아까 그 시합에서 개선해야 할 점을 가르쳐주셨다.

나는 창술은 전혀 모르기 때문에 하나도 이해할 수 없었지만, 아무튼 꽤 열심히 지도해주시는 것 같았다.

"자네들 모두 훌륭했다. 실전에서도 그렇게 잘 움직일 수 있도록 좀 더 훈련을 쌓도록."

"네, 알겠습니다!"

긴장하여 딱딱하게 굳어버린 신병들을 격려한 뒤, 마왕님은 나를 돌아봤다.

뭔가 불길한 예감이 드는데.

"바이트. 그대와 싸운다면 좀 더 실전에 가까운 훈련을 할 수 있지 않을까?"

"아뇨, 사양하겠습니다."

농담이 아니었다. 마왕님은 인랑인 나보다도 훨씬 더 민첩하고 거인족보다도 더 힘이 강했다. 그런 상대와 어떻게 싸우란 말인가.

"저는 맨손격투 전문가이니까, 저보다는 검술의 달인인 바르체 부관이 적격일 것입니다. 인간은 무장을 하고 있으니까요."

"흠, 그렇군."

미안합니다. 바르체 부관.

그나저나 임시 군사회의를 연다니, 무슨 일이 있는 걸까.

긴급 군사회의에는 나도 참가하게 되었다. 나도 이제는 제1사단 소속이니까.

하지만 또 실질적으로는 남부 전선을 담당하고 있는 제3사단이고…….

뭐, 그나저나 어째서 성 안뜰에서 군사회의를 하는 걸까?

그런 생각을 하고 있는데 갑자기 하늘이 어두워졌다.

“오, 다들 모여 있었군.”

굵직하고 느긋한 목소리가 머리 위에서 들려왔다.

이 상황을 설명할 수 있는 가설은 딱 하나밖에 없었다. 제2사단 사단장이 전선에서 돌아온 것이다.

제2사단 사단장은 거인족이었다.

제2사단장, ‘굉산(轟山)’ 티베리트.

거인족 중에서도 가장 큰 체구를 자랑하는 마왕군 최대의 전사. 대머리와 흰 수염과 무시무시한 근육을 가진 인물.

대부분의 거인족은 키가 아무리 커도 몇 미터 정도인데 티베리트 사단장은 십수 미터나 되었다. 거인족 중에서도 특이한 존재이다.

부피가 있는 입체라면 뭐든지 다 그렇지만, 높이가 두 배가 되면 무게는 여덟 배로 늘어난다. 폭도 두께도 두 배가 되니까.

사단장은 키가 인간의 열 배쯤 되니까 체중은 10×10×10……1,000배인가.

그 일격이 얼마나 묵직할지는 직접 맞아보지 않아도 알 수 있으리라.

얼굴의 위치가 6층 높이 정도였다. 거의 걸어 다니는 요새나 마

찬가지였다.

그런데 이 사단장은 의외로 성격이 온화한 편이었다. 그는 싱글벙글 웃으면서 얌전히 안뜰 한구석에 앉았다.

"다들 기다리게 해서 미안하네. 인간들이 워낙 끈질겨서 말이지."

자세히 보니 그의 가죽갑옷과 곤봉 곳곳에 붉은 얼룩이 묻어 있었다.

티베리트 사단장은 오직 마족 앞에서만 온화해지는 인물인 것이다.

그때 티베리트 사단장이 나를 발견하고 얼굴을 가까이 들이밀면서 찬찬히 살펴봤다. 아군이란 것을 알아도 무서웠다.

"자네는 인랑 아닌가. 어쩌다 용인 사단에 들어와 있누?"

웃는 얼굴인데도 위압감이 엄청났다. 나는 허리를 꼿꼿이 세우고 대답했다.

"제3사단에서 제1사단으로 이동했습니다."

"허허, 그래, 그래."

그는 알았다는 듯이 고개를 주억거렸다. 그러나 아마 뭐가 뭔지 전혀 이해하지 못했을 것이다.

티베리트 사단장은 무용으로만 따지면 마왕님 다음가는 실력자이지만 머리가 좋은 편은 아니었다. 복잡한 것은 생각도 안 하는 타입이다.

곧바로 마왕님도 모습을 드러냈다. 즉시 군사회의가 시작됐다.

티베리트 사단장의 장황하고도 애매한 상황 보고가 의외로 시간을 많이 잡아먹었으므로, 하나같이 빠릿빠릿한 성격인 제1사단 부관들은 꽤나 짜증이 났을 것이다.

뭐, 나는 북부 전선과는 상관없는 입장이니까 비교적 여유롭게 그 이야기를 들을 수 있었지만.

요약하자면 슈베름 시에서 퇴각한 제2사단은 최후의 보루인 바헨 앞에서 다시 전열을 가다듬고, 그들을 추격해 온 미랄디아 동맹군과 싸웠다고 한다.

뭐가 어떻게 된 건지 그의 설명을 들어도 전혀 이해할 수 없었으나 대충 짐작은 갔다.

사단장이 거의 혼자 힘으로 적을 물리친 것이다.

덩치가 이렇게나 크니까, 공성용 대형 투석기라도 사용하지 않는 한 상대는 그럴듯한 공격조차 하지 못할 것이다.

그런데 또 이 아저씨는 투석기로 발사된 바위쯤이야 곤봉으로 탁 쳐서 적진에 꽂아 넣을 수 있었다. 의외로 몸이 날래단 말이지.

"뭐── 말하자면, 제2사단의 저력을 보여준 거요. 의욕만 있으면 이길 수 있지, 암."

티베리트 사단장이 그런 식으로 이야기를 끝맺자, 제1사단 부관들은 서로 얼굴을 마주 보았다.

무슨 말을 하고 싶은지는 알겠어. 하지만 말하지 말아줘.

그때 마왕님이 입을 열었다.

"티베리트, 자네가 지휘하던 군대는 어찌 되었나?"

그러자 거인은 머리를 긁적였다.

“어, 그게…… 싸우다 보니 다들 뿔뿔이 흩어졌는데. 아마 지금쯤 내 부하들이 자기네 부대원들을 모으고 있을 테니까, 나중에 다시 보고하겠소.”

뭐 이런 한심한 보고가 다 있나. 그러나 마왕은 이미 익숙해졌는지 고개를 끄덕인 뒤 티베리트에게 퇴거 명령을 내렸다.

“알았다. 수고했네. 한동안 성에서 좀 쉬도록 해.”

“아니 뭐, 그럴 수는 없고. 다들 기다리고 있을 테니까.”

티베리트 사단장은 부관들을 밟아버리지 않도록 주의하면서 살살 조용히 일어났다.

“즉시 전장으로 돌아가야겠구려. 내가 없으면 언제 적이 쳐들어올지 모르니까. 여기까지 온 것도 실은 우리 젊은 녀석들에게 먹일 음식이나 가지러 온 거요.”

마왕님은 그를 쳐다보고 다소 유쾌한 동작으로 손을 들어 인사했다.

“그래, 무리하지는 말고. 무운을 빌겠네.”

“고맙소, 마왕님.”

티베리트 사단장은 싱글싱글 웃더니 전용 문을 통해 천천히 밖으로 나갔다. 식량을 가득 실은 짐수레를 양팔에 세 대씩 안고서.

뭐, 나쁜 사람은 아니란 말이지…….

티베리트 사단장이 사라진 후 드디어 제1사단의 군사회의가 본격적으로 시작됐다.

제1사단 부관들은 용맹한 무인인 동시에 냉철한 전략가였다.

북부 전선의 미래에 관한 격렬한 토론이 벌어졌다.

나는 무관계한 입장이니까 시종일관 입 다물고 앉아 있기만 했다.

"바이트 님."

네, 뭡니까?

"남부 전선의 역전(歷戰)의 장군으로서, 북부 전선에 관한 당신의 의견을 듣고 싶습니다."

그렇게 말한 것은 '붉은 비늘 기사단'을 이끄는 '붉은 기사' 슐레 부관. 뼛속까지 완벽한 무인이었다.

참고로 여성이고.

바르체 부관의 말에 의하면 용인족 내에서도 손꼽히게 아름다운 미녀라는데, 아쉽게도 나로선 아무 감흥도 느낄 수 없는 정보였다.

"북부 전선 말입니까……."

의견을 듣고 싶다고 하셔도…… 북부 전선은 내 스타일과는 전혀 다르기 때문에 어디서부터 손대야 할지 감도 안 잡혔다.

다만 딱 하나, 자신 있게 말할 수 있는 것은.

"이렇게 쑥대밭을 만들어버린 이상, 남부 전선과 같은 전략은 통하지 않을 겁니다. 인간 세력들을 회유하여 아군으로 만드는 작전은 실행 불가능할 것입니다."

그 말을 듣고 슐레 부관은 노골적으로 낙담하는 표정을 지었다.

맙소사, 설마 기대했던 건가?

용인족은 감정과 이성을 분리하여 생각하는 것이 특기라는데,

그 때문인지 다른 종족의 감정을 잘 파악하지 못하는 경향이 있었다.

결코 몰인정한 종족은 아니지만 이런 특징 때문에 냉혹한 종족이라고 자주 오해를 받기도 했다.

"바이트 님께서 회유 전략을 사용해주신다면, 더 이상 전력이 소모되는 것을 막을 수 있을지도 모른다고 생각했는데……."

"생활기반을 파괴당하고 수많은 동포를 잃은 인간에게는 설득이란 것이 거의 통하지 않아요."

"그렇군요……."

바르체와 다른 부관들의 표정도 어두워졌다.

아니, 이건 진짜 무리잖아.

나도 가능한 한 도와주고 싶지만, 이렇게까지 엉망이 되어버린 전선의 상황을 어떻게든 해결할 수 있다면 나는 전생에 이미 대통령도 됐을 것이다.

"그럼 역시 단기 결전으로 승부를 내야겠네요. 제1사단의 전력도 투입하도록 하죠. 제가 가겠습니다."

슐레 부관이 늠름하게 말하자, 바르체 부관이 황급히 그녀를 말렸다.

"아, 안 됩니다. 슐레 님. 혹시라도 당신에게 무슨 일이 생기면……."

어? 뭐지, 바르체 부관이 저토록 안절부절못하다니. 신기한 일이네.

슐레 부관의 실력이 어느 정도인지는 몰라도, 제1사단의 주요 전력 중 하나를 이끌고 있으니 틀림없이 실력 있는 장수일 텐데.

……아하, 그래, 그렇군.

물론 그들에게도 사랑하는 이를 잃고 싶지 않다는 감정은 존재할 것이다.

그저 성실하고 고지식하기만 한 줄 알았는데, 바르체 부관도 가끔은 사적인 감정을 개입시키기도 하는구나.

어쨌든 그다음부터는 제2사단을 철수시키자는 것부터 제1사단 전군이 나서서 싸우자는 것까지 다양한 의견들이 튀어나왔다.

그동안 나는 히죽히죽 웃으며 바르체 부관을 지켜보기만 했다. 애초에 나에게는 북부 전선으로 보낼 부대가 없으니까 어쩔 수 없었다.

결국 당장은 바헨의 방어에 치중하고, 전선은 제2사단에게 맡기자는 식으로 결론이 났다.

제1사단에서는 슐레 부관이 붉은 비늘 기사단 500기와 용인 보병 3천 명을 이끌고 제2사단을 도와주러 가기로 했다.

"슐레 님, 아시겠습니까? 당신의 역할은 어디까지나 제2사단이 후퇴할 때 도와주는 것입니다. 절대로 앞에 나서지 마세요."

"저도 알아요, 바르체 님. 용맹한 제2사단의 체면을 손상시키면 안 되니까요. 그렇죠?"

"아니, 그게 아니라……."

두 사람이 대화하는 장면은 아무리 구경해도 질리지 않았다.

바르체 님, 힘내세요.

나는 북부 전선 문제에는 가급적 관여하지 않기로 했다.

나를 협상의 달인처럼 여기는 부관도 있는 모양이지만, 사실 난 그저 한때 인간이었던 평범한 인랑에 불과하다.

그러니까 나에게 너무 많은 것을 기대하면 곤란하다.

나는 "슐레 부관을 말려주실 수 없겠습니까……?"라는 바르체 부관의 부탁을 정중히 거절한 뒤 스승님의 마법의 힘을 빌려 룬하이트로 돌아왔다.

"어휴…… 한동안 그룬슈타트에는 가기 싫을 것 같아요."

"그대의 뛰어난 외교 수완은 마왕군 전체에 소문이 났으니 말이다. 듣자 하니 회유 전략의 마술사라던데?"

"그만하세요, 부끄럽잖아요."

이처럼 스승님께 놀림을 받으면서 집무실로 돌아와 앞으로의 계획을 세웠다.

역시 미랄디아 동맹군이 신경 쓰인단 말이지.

북부 전선은 아직 붕괴되진 않았으나, 사단장이 직접 최전선에 나서서 분투하고 있으니 이미 말기에 이르렀다고 봐야 할 것이다.

지금 당장은 잔존 병력을 바헨에 모으는 데 주력해야 할 테지만, 그 후에는 언젠가 철수할 테고…….

그렇게 되면 미랄디아 동맹군은 이번에는 남부로 군대를 파견할 것이다.

미랄디아의 17개 도시 중, 남부의 세 도시는 우리가 점령하고 있다. 나머지 적대 세력은 14개의 도시.

물론 북부의 도시 하나도 점령하고 있지만 그곳 주민들은 다 도망쳐서 다른 도시로 흘러들어갔으므로, 결국 우리는 14개 도시만큼의 인원수를 상대해야 한다.

대충 어림잡아 도시 하나의 위병을 5백 명, 민병을 1천 명이라고 계산한다면 약 2만 명의 적군이 존재하는 셈이다.

민병은 정식 훈련을 받지 않았으므로 그리 무서운 존재는 아니지만. 그래도 그렇게 많은 적군과 싸우고 싶진 않은데.

게다가 미랄디아 동맹군에는 유사시에 대비한 상비군도 존재한다. 이것이 전체적으로 다 합하면 1만이나 2만쯤 된다고 한다.

북부의 도시 슈베름에 주둔하던 5천 명의 병력도 북부 지방의 상비군이었다. 그런데 소문으로는 그중 태반이 아직도 건재하다고 한다.

그들은 평소에는 전국 각지에서 농사와 군무를 적당히 병행하고 있지만 실은 나랏돈을 받아먹는 정식 군인이므로 꽤 상대하기 힘든 강적일 것이다.

농사일을 통해 체력도 단련했을 테고. 이 녀석들과도 싸우고 싶지 않았다.

그 외에도 소규모 전투 집단이 몇 개 존재하지만 현재로선 이 녀석들이 우리의 적이었다.

물론 4만 명의 병사들이 한꺼번에 몰려오지는 않을 테지만, 1만 명 정도라면 언제 쳐들어와도 이상하지 않았다.

느긋하게 여유 부릴 상황이 아니었다.

"심각한 표정으로 고민하고 있구먼."

"스승님, 아직 안 가셨어요?!"

"그래. 이곳은 편해서 좋구나."

의자에 앉아 천진난만한 얼굴로 방긋 웃는 스승님. 어린애 같은 모습이었지만 표정이 조금 피곤해 보였다.

투반을 공략할 때 무리하셔서 그때의 피로가 아직도 좀 남아 있는 걸까.

"차 한 잔 드실래요?"

"좋지."

나는 난로를 이용해 천천히 물을 끓이면서 스승님과 앞일에 관해 이야기했다.

"룬하이트를 방어하기 위한 전력이 부족합니다."

"그러냐. 내가 조금만 더 상태가 괜찮았으면 당장 해골병을 양산해줬을 것을…… 그러나 1만 마리 정도 준비하려면, 아무래도 석 달 이상은 공무를 수행할 틈도 없을 것이야."

그건 곤란하다. 스승님은 이렇게 한가해 보여도 실은 부사단장인 제자들을 지원해주느라 바쁘신 몸이었다.

"더구나 해골병은 멜레네와 필니르에게도 보내줘야 하니까. 북부에서 쳐들어오는 적을 막아야 하지 않겠느냐."

그건 그렇다. 그 두 도시는 북부 세력을 막아내는 방패이니까.

"네, 그럼 해골병은 포기할게요. 혹시 다른 괜찮은 전력은 없을까요?"

"내 제자들이 아직 봉기하지 않은 종족을 설득하러 다니고 있다만. 어느 종족이나 저마다 사정이 있으니까 억지로 강요할 수는 없지."

그렇다면 기대할 만한 것은 내 인맥뿐인가.

인랑은 이미 전부 다 데려온 셈이고, 용인은 그렇게까지 많이 데려올 수는 없고.

그럼 견인을…… 으음, 하지만 견인은 전투력이 낮잖아.

아니, 잠깐만.

"뭔가 떠올랐나 보군?"

"네. 좋은 생각이 떠올랐으니 실험을 좀 해봐야겠습니다."

"장전 완료──!"

"장전 완료──!"

"앙각(仰角) 조절 완료──!"

"앙각 조절 완료──!"

"발사!"

핑! 세차게 활줄 튕기는 소리를 내면서 굵은 화살이 날아갔다.

나는 견인 부대원들 중에서 몇 명을 선발하여 투반 특제 고정식 크로스보우 사용법을 연습시키고 있었다.

이 무기는 일반 트럭의 짐칸에 들어갈까 말까 할 정도로 거대한 물건이라서 이 세계에서는 운반하는 것조차 쉽지 않았으나, 단순히 성벽에 고정시켜놓고 쓰는 것이라면 누구나 할 수 있었다.

이것은 핸들을 이용해 장전하는 방식이었다. 그래서 열심히 빙글빙글 돌리기만 하면 견인도 충분히 활을 당길 수 있었다.

투반에서는 화살을 쏘는 사람 하나와 장전하는 사람 하나가 한

조가 되어 움직이는 시스템이었나 본데, 나는 장전하는 역할을 두 명에게 맡겼다. 장기전이 되면 혼자서는 하기 힘들 테니까.

그리고 화살을 쏘는 사수 하나와 지휘 및 관측을 담당하는 분대장 하나. 도합 네 명이다. 이전 세계에서의 전차병 또는 포병의 시스템을 조금 참고해봤다.

나중에 망원경 양산에 성공한다면 관측자는 독립시킬 것이다.

부지런히 핸들을 돌리는 견인병. 나는 허리를 굽혀 그에게 물어봤다.

"어때, 재미있나?"

"네, 정말 재미있습니다!"

"쏘는 것도 재미있어요!"

"화살 주우러 가는 것도 재미있습니다!"

이 녀석들은 진짜로 뭐든지 다 즐겁게 하는구나…….

그런데 문제는 과연 실전에서 인간을 쏠 수 있느냐 없느냐였다.

"적이 쳐들어오면 이 무기로 적을 쏘아 죽여야 해. 각오는 되어 있나?"

"네! 분명히 재미있을 테죠!"

"다 죽여버릴 겁니다!"

순진무구한 그 미소를 보고 나는 죄책감을 느꼈다. 어린아이를 살인자로 훈련시키는 기분이 들었다. 아니 뭐, 이 녀석들은 성인이지만.

가능한 한 이 녀석들이 싸울 일이 없도록 내가 힘내서 잘해야겠다.

그런데 이럴 거면 견인들이 좀 더 있어도 되겠는데?

나는 견인 부대의 고참병 몇 명에게 고향 숲으로 돌아가서 견인 지원병들을 모아 오라고 명령했다. 견인은 숫자가 많으니까 젊은 남자만 따로 계산해도 1천 명이 넘을 것이다.

"간식으로 닭고기 육포를 주겠다. 그리고 토목공사와 농사일을 하면서 구멍은 마음껏 파도 된다. 그렇게 전해주면 좋겠군."

"네! 열심히 할게요!"

그들은 야무지게 경례하고 나서 서쪽으로 떠나갔다.

아마 괜찮을 테지만, 견인들의 의욕을 자극하는 스위치가 정확히 어디 붙어 있는지 아직 잘 모르겠단 말이지…….

한편 스승님께서는 내가 병력 부족 문제로 고민하고 있다는 사실을 알고, 멜레네 선배와 필니르에게 무슨 말씀을 하신 것 같았다.

"선배도 참, 왜 그런데? 하는 수 없지. 우리 부대를 좀 빌려줘야겠네."

"넌 왜 그렇게 싱글싱글 웃니? 투반도 지켜야 할 텐데 그래도 괜찮아?"

"해골병이 있으니까……. 나는 다룰 줄 모르지만……."

"걱정하지 마. 필, 너를 위해 우리 흡혈귀 사령술사를 보내줄 테니까. 해골병을 지휘하고 관리하는 일은 그 녀석에게 맡겨. 그 대신 이쪽에도 인마병 좀 보내줘."

"헉, 진짜 계산적이시네요!"

그런 대화가 오갔나 보다. 그리하여 필니르가 이끄는 인마 부대는 5백 명씩 나누어 재편성됐다.

기병이다, 드디어 기병이 온다! 말을 타진 않았지만!

"세이세스라고 한다……."

인마족 전사 5백 명을 이끌고 북문 앞에 도착한 것은 억세 보이는 인마족 청년이었다.

이목구비가 뚜렷한 얼굴. 미간에는 깊은 주름이 잡혀 있었다.

어째서 화가 난 걸까?

"화난 것이…… 아니다……. 이래 봬도, 웃고 있는 것이다……."

나직하게 중얼거리는 세이세스는 참으로 불쾌해 보이는 표정을 짓고 있었다.

정말로 웃는 걸까? 전혀 확신이 서지 않았다. 그래서 나는 그에게 부탁을 했다.

"심각한 표정을 지어보게."

세이세스는 고개를 끄덕이고 불쾌한 표정을 지었다.

음, 모르겠군.

"그럼 이번에는 화난 표정."

세이세스는 고개를 끄덕이고 불쾌한 표정을 지었다.

다 똑같잖아.

"아니…… 다르다……."

뭔가 상대하기 힘든 놈이 왔군…….

필니르의 말에 의하면, 이 녀석은 인마족 동료들 모두에게 존경을 받는 전사라고 한다. 꽤 차이가 나긴 해도 필니르 다음으로 강한 인물인 것 같았다.
“나의…… 의심스럽나?”
이봐, 방금 좀 심하게 생략하지 않았어?
그런데 내 속내를 정확히 간파한 것을 보면 단순히 무뚝뚝하기만 한 녀석은 아닌가 보다.
하지만 이 녀석을 어떻게 대하면 좋을지 모르겠다.
그때 세이세스가 갑자기 웃통을 벗더니 손짓으로 나를 불렀다.
“전사의…… 인사. 싸우면, 안다…….”
또 그거냐? 인마족도 마족이니까 결국 완력으로 해결을 보자는 거구나.
“땅바닥에, 쓰러뜨려 제압하는 쪽이…… 이기는 것으로…… 그 외의 규칙은 없다…….”
“재미있겠는데. 좋아, 상대해주마.”
여기서 약한 모습을 보이면 인마족도 인랑도 나를 무시하게 될 것이다. 피할 수 없는 승부였다.
“야, 대장님이 인마족과 싸운대!”
“애들 다 불러 와!”
야, 너희들 그만해라.
결국 인랑들도 잔뜩 몰려왔다. 나는 두 부대가 동시에 지켜보는 가운데 세이세스와 레슬링을 하게 되었다.

새삼스레 세이세스를 살펴보니 외모가 꽤 굉장했다. 역전의 전사 같은 풍격이 느껴졌다.

딱 봐도 격투에 자신 있어 보이는데. 섣불리 맞붙었다가는 시합이 길어질지도 모른다.

그러나 나는 마왕님의 직속 부관.

나보다 훨씬 격이 낮은 세이세스를 상대로 꼴사나운 전투를 벌일 수는 없었다.

순식간에 결판을 내야겠군.

“덤벼라…….”

“좋아, 간다.”

나는 변신했다. 그리고 평소에 늘 준비해놓는 마법 하나를 발동시켰다.

두뇌와 감각기관의 반응속도를 비약적으로 향상시키는 가속 기술. 이로써 상대의 미세한 움직임에도 반응할 수 있게 되었다.

“허점 발견!”

한순간의 빈틈을 찾아내 세이세스의 등 뒤로 돌아 들어갔다.

인마족은 하반신이 말이기 때문에 민첩하게 방향을 틀지 못한다. 또 사각(死角)도 크다.

그래서 적이 등 뒤를 공격하는 것을 제일 싫어한다.

“……얕보지 마라.”

세이세스가 전광석화 같은 속도로 뒷다리를 들어 나를 걷어차려고 했다. 야생마처럼 반사적으로 걷어차는 것이 아니었다.

훈련을 거듭한 달인의 발차기 기술이었다.

그러나 나는 이 순간을 노리고 있었다.

마법으로 강화된 나의 동체시력이 그 말발굽의 궤도를 완벽하게 알아냈다. 그 뒷다리는 정확히 목표물을 노리고 있었으므로 오히려 궤도를 파악하기 쉬웠다.

나는 그 밑으로 파고들었다. 그의 앞발을 노리고 슬라이딩을 했다.

확실히 느낌이 왔다.

"이럴 수가……."

세이세스는 바닥에 쓰러진 채 한동안 멍하니 있었다. 인랑들이 크게 환성을 지르며 나를 찬양했다.

나는 옆으로 쓰러진 그의 말 몸뚱이 위에 손을 얹고, 혹시 몰라 확인을 해봤다.

"자, 제압했는데. 이 정도면 되겠나?"

"음…… 그래, 바이트가 이겼다……."

세이세스는 진지한 얼굴로 고개를 끄덕이더니 벌떡 일어났다. 넘어질 때 멋지게 낙법을 사용했으므로 다리도 몸뚱이도 멀쩡한 것 같았다.

인마 부대도 나와 세이세스를 위해 박수갈채를 보냈다.

"나의 발차기 공격을…… 예상했었나……?"

"자네는 필니르가 부대를 맡길 정도로 신뢰하는 전사니까. 약점을 커버하는 기술쯤이야 당연히 가지고 있을 거라 생각했다. 무기가 없으니까 분명히 발차기를 할 거라 예상했고."

"음……."

"그런데 말이 뒷발차기를 할 때에는 앞발로만 몸의 균형을 잡아야 하니까. 그것을 노린 것이다."

"그렇군……."

세이세스는 몇 번이나 고개를 끄덕였다.

"나를 어엿한 전사로 인정하고, 나의 공격을 유도하여 정확히 간파하다니. 역시 마왕군의 유명한 맹장. 대단하다."

"자네, 갑자기 달변가가 되었는데?"

내 지적을 받은 세이세스는 멋쩍은 듯이 머리를 긁적였다.

"아, 실례했군. 싸움 이야기만 나오면…… 저절로 말이 많아져서……."

이어서 그는 이쪽으로 손을 내밀었다.

"우리는…… 바이트의 명령을 따를 것이다……. 잘 부탁한다."

"그래, 잘 부탁한다."

나는 그의 손을 꽉 잡았다.

그때 크루체 기관이 성문 밖으로 헐레벌떡 뛰어나왔다.

"바이트 님, 큰일 났습니다! 빨리 와보십시오!"

"무슨 일이지?"

그렇게 묻자, 크루체는 숨을 고르면서 주위 사람들이 듣지 못하도록 조그맣게 대답했다.

"용사가 나타났습니다. 북부 전선에 인간 용사가 출현했어요."

마족들 중에는 가끔 '영웅'이라고 일컬어지는 특이한 개체가 나타나곤 한다. 그들은 걸출한 능력으로 자기 종족을 지키고 발전시킨다.

그중에서도 특히 위대한 자는 '마왕'이라고 불리면서 마족 전체를 통솔하게 된다.

인마족의 필니르나 수귀족의 도그 같은 녀석들은 마왕님에 비할 바는 아니지만, 그래도 그 종족의 영웅이라고 불릴 만한 존재였다.

나는 아니지만. 난 그저 한때 인간이었다가 환생한 보통 인랑이니까.

그런데 이 영웅은 인간들 중에서 나타나기도 한다. 그중에서도 마왕에 필적할 만큼 강한 힘을 가진 자를 인간들은 '용사'라고 부른다.

우리도 가끔 동료를 용사라고 부르곤 하지만, 인간 세계에서의 '용사'란 국가 차원에서 인정된 정식 칭호이다. 따라서 그 어떤 역전의 전사라도 용사란 칭호를 함부로 쓰지는 못한다고 한다.

"그래요, 용사가 나타났단 말이죠……."

사정을 알게 된 아일리아가 다소 불안한 표정으로 중얼거렸다. 그녀도 이제는 마족과 한편이니까. 용사는 적이었다.

동석한 용인족 크루체 기관(技官)이 아일리아에게 질문했다.

"전부터 궁금했습니다만, 어째서 마왕 폐하와 비슷한 힘을 지닌 영웅이 '용왕(勇王)'이 아닌 '용사'라고 불리는 겁니까?"

"아, 그거라면 내가 설명해주지."

아일리아가 난감해하는 것 같아서 내가 대신 대답하기로 했다.

"마족은 강한 자를 왕으로 추대하지만, 인간은 좀 달라. 기본적으로는 왕가의 혈통을 타고난 인간만이 왕이 될 수 있지. 그게 싫으면 스스로 나라를 만들든지, 남의 나라를 빼앗든지 해야 해. 그러니까 용사는 왕이 될 수 없는 거야."

"흠, 뭔가 이상한 이야기군요."

크루체 기관은 메모를 하면서 고개를 갸웃거렸다.

"강한 개체가 아니면 위험한 상황에서 무사히 살아남기 힘들 텐데요. 약한 왕이 죽기라도 하면 그 후에는 어찌 되는 겁니까?"

"왕의 자손이 다음 왕이 될 테지."

"그런 시스템에 무슨 이점이 있나요?"

나는 민주주의 국가에서 태어났기 때문에 그건 잘 모르겠다.

그때 아일리아가 고개를 들고 말을 이었다.

"왕족이나 귀족은 민중을 통치하고 지배하기 위한 지식 및 기술을 배운 사람들입니다. 단순히 잘난 척만 하는 무능한 인간에게는 아무도 복종하지 않습니다. 그런 국가는 언젠가 멸망하게 마련이죠."

과연 도시국가를 통치하는 지도자답게 거침없는 설명이었다.

"또한 용사가 일국의 지도자가 아니기 때문에 생겨나는 이점도 있어요."

"그게 뭡니까?"

"용사는 스스로 위험을 무릅쓰고 적진에 깊숙이 파고들 수 있습니다. 혹시 자신이 죽더라도 왕이 민중을 통솔해줄 테니까요."

"아…… 네, 이해하기 쉽게 설명해주셔서 고맙습니다."

인간인 아일리아와 용인인 크루체가 이런 대화를 나누는 장면을 구경하는 것은 꽤 재미있었다.

아, 아니. 재미있어할 때가 아니지.

상대는 용사다. 즉 마왕님의 인간 버전이다.

그럼 당연히 우리들 같은 일반 마족은 그의 발끝에도 미치지 못할 것이다.

가끔 실력이 부족하거나 운이 나쁜 녀석이 하급 마족에게 패배하여 '비극의 영웅'이 되는 경우도 있지만, 실제로는 승산이 거의 없을 것이다.

크루체 기관이 가져온 보고서에 의하면 현재 용사는 북부 전선 어딘가에 있다고 한다.

제2사단은 기나긴 전투로 인해 뿔뿔이 흩어졌다. 각지에 고립된 부대들이 게릴라처럼 자급자족하면서 저항을 계속하고 있었다.

다시 말해 동료들과 헤어지고 도적 비슷한 것으로 전락했는데, 그것을 용사가 하나하나 토벌하고 있다고 한다.

고립된 각 부대와는 연락이 잘되지 않았으므로 마왕군은 한참 후에야 용사의 존재를 알아냈다고 한다. 뭐, 하기야 용사와 마주친 마족은 몰살당하니까.

그래서 용사의 외모나 능력 같은 중요한 정보는 거의 입수하지 못했다.

아아, 점점 더 북부 전선에는 관여하기 싫어지는걸. 하지만 딱 하나 간과할 수 없는 점이 있었다.

용사의 최종 목표는 대개 마왕 토벌이다.

이건 절대로 두고 볼 수 없었다.

“용사에 관한 정보를 모으고 싶은데, 뭔가 방법이 없겠소?”

내가 묻자 아일리아는 잠시 생각해본 후 고개를 들었다.

“용사도 결국 살아 있는 인간이니까요. 도시 밖에서 내내 노숙만 하지는 않을 겁니다. 어딘가 거점이 있겠지요. 물론 일시적인 거점일 테지만요.”

그러고 보니 전생에 플레이했던 RPG에서도 용사는 여러 거점을 전전하면서 마왕을 물리치려고 했었지.

“북부 도시에 밀정을 파견하면 어떨까요. 용사가 머무는 도시라면 태수는 그 사실을 대대적으로 선전하고 있을 것입니다. 용사가 있는 도시에는 마물도 도적도 함부로 접근하지 못할 테니까요.”

그건 그렇다. 용사는 정의의 히어로니까.

“그렇군. 인랑 부대를 파견하면 좋겠지만, 마법 때문에 정체가 들통날지도 모른다는 것이 문제인데. 장거리 정찰은 영 불안하구려. 또 그들은 귀중한 전력이니까 웬만하면 온존해두고 싶소.”

“그럼 그 일은 저에게 맡겨주세요.”

아일리아가 생긋 웃었다.

“륜하이트는 무역상의 도시니까요. 시내에 있는 무역상들에게 제가 부탁해보겠습니다.”

“그래도 괜찮겠소?”

륜하이트 시민을 의심하는 것은 아니지만, 용사를 정찰하는 밀정 역할을 그들에게 맡기자니 저절로 불안감과 죄책감이 느껴졌다.

그러나 아일리아는 여전히 웃기만 했다.

"괜찮습니다. 그 대신 그들이 그쪽에서 가져온 물건은 륜하이트에서 마음대로 판매할 수 있도록 허가해주시길 바랍니다."

"아하, 그들에게는 이것이 사업상의 좋은 기회란 거군."

교통비까지 지원받아 북부로 직접 간다면 쉽게 떼돈을 벌 수 있단 말이지. 그들의 사업가 정신에는 그저 감탄할 따름이다.

"좋소, 그 조건을 받아들이겠소. 경비도 지급할 것이고. 아, 가능하다면 우리 견인 부대가 만든 은세공품도 매입해주지 않겠소? 싸게 팔 테니까."

"네, 다들 기뻐할 겁니다."

은근히 삼천포로 빠져들고 있는 나와 아일리아를 보고 크루체 기관이 조용히 중얼거렸다.

"바이트 님도 어느새 점점 감화되고 계시네요."

"……그러게."

뭐, 어쩔 수 없지 않나. 이 세계의 무역은 재미있으니까.

유통이 발달하지 않은 것도 '꿈과 모험'의 여지가 있어서 좋군.

세상이 평화로워지면 마왕님과 함께 무슨 사업이라도 시작해볼까.

하지만 그 전에 약간 피비린내 나는 사업부터 해야 할 것 같았다.

그 후로 또다시 한동안 륜하이트 마개조 작업에 몰두했다.

견인 부대는 내 지시에 따라 며칠 걸려 만들어낸 대량의 흙 부대로 공사현장을 둘러쌓았다. 그것은 적의 습격으로부터 작업자들을 잠깐이나마 보호해주는 장벽이 될 것이다. 그렇게 수십 초만 버텨도 우리 인랑 부대가 작업자들을 구해낼 수 있을 것이다.

그리고 이건 아직 아무에게도 말하지 않았지만, 흙 부대로 둘러싸인 저 진지가 적에게 점령당한다면 안에다 화약통을 던져 넣을 것이다. 아마 효과 만점일 테지.

그런데 문제는 크루체 기관이 화약을 전혀 만지지도 못하게 한다는 것이었다.

"바이트 님은 '용의 숨결'에 접근하시면 안 됩니다! 절대로 안 돼요!"

왜 저리 엄격하게 구는 걸까.

남들에게는 비밀이지만 사실 나는 화약을 잘 다루는 편인데.

이전 세계에서는 폭죽을 빈 깡통에 넣거나 불꽃으로 잡초를 태우는 등, 이래저래 여러모로 연구 활동도 했었는데 말이다.

언젠가는 포병대도 만들어낼 것이다.

나는 대형 크로스보우의 화살에 폭탄을 설치할 방법을 구상하면서, 일단 공사 진척 상황을 지켜보기로 했다.

할 일은 참 많았으나, 그중에서도 가장 신경 쓰이는 것은 용사에 대한 대책이었다.

그가 마왕님만큼이나 강하다면 솔직히 무슨 수를 써야 할지 모르겠다. 차원이 달라도 너무 다르다.

적어도 인랑 부대가 통째로 덤벼들어도 이기지 못할 것은 확실하다.

게다가 더 큰 문제는, 용사가 어떤 인물이고 어떤 방침으로 무엇을 하고 있는지에 관한 정보가 하나도 없다는 점이었다.

군대와 달리 개인의 행동은 예측하기 어렵다. 그가 내일 당장 륜하이트 성문 앞에 불쑥 나타나도 이상하지 않은 것이다.

이곳은 '마도(魔都) 륜하이트'이니까. 용사가 쳐들어올 이유는 충분하고도 남을 정도로 있었다.

만약 그렇게 되면 1천 마리 해골병으로 방어할 예정이지만, 혼자라면 제대로 포착하기도 어려울 테고.

여차할 때에는 인랑 부대 전원을 전장에 투입하는 것도 생각해봐야겠다. 숨겨진 마을을 떠날 때부터 우리 모두 각오는 했으니까.

그래도 역시 싸우긴 싫은데…….

"바이트 님, 다녀왔습니다!"

그로부터 며칠 후, 견인 고참병들이 륜하이트로 돌아왔다.

"오, 무사히 잘 다녀와서 다행이군. 신병 모집은 어찌 되었나?"

"네, 총 5……."

설마 5인은 아니겠지? 50인?

"5백 명이 모였습니다!"

"너무 많잖아!"

그렇게 많은 놈들을 먹여 살릴 수 있을까? 인구가 3천 명밖에 안 되는 작은 도시인데. 더구나 겨우 얼마 전부터 인마 부대 5백 명이 주둔하기 시작했는데.

"하지만 이미 다들 성문 앞에 모여 있는걸요."

"준비도 없이 무작정 데려온 거냐?"

"마왕군에 못 들어가면 륜하이트로 이주하는 것도 괜찮다고 합니다!"

와, 뻔뻔한 친구들이다.

나는 황급히 견인 부대 부사관들과 상의하여 5백 명 중 1백 명을 신병으로 채용하기로 결정했다. 그 인원을 공병대와 크로스보우 부대에 나눠 넣음으로써 공병대 2백 명과 크로스보우 부대 1백 명으로 재편성을 했다.

선별 작업은 견인 부대에 일임했으므로 아마 큰 문제는 없을 것이다. 그들은 동료를 판별하는 후각이 발달해 있으니까.

나머지 4백 명은 일단 성벽 확장 공사의 인부로 고용했다. 새로운 성벽이 완성되면 신시가지를 건설해 그곳에서 살게 할 것이다.

어쨌든 지금은 인력이 필요하니까.

이리하여 륜하이트의 인구는 총 4천 명이 넘게 되었다. 아일리아는 당분간 이 일을 처리하느라 눈코 뜰 새 없이 바빠졌다.

"마족이 이 도시로 이주하는 것은 대환영입니다만, 이건 좀 과하지 않습니까."

"너그럽게 봐주시게. 세금은 꼬박꼬박 내게 할 테니까."

륜하이트 바깥에서 힘찬 기합 소리와 공사하는 소리가 울려 퍼지는 가운데, 드디어 내가 간절히 기다리던 정보가 들어왔다.

“용사 일행은 북부의 슈베름에 머물고 있었습니다.”

륜하이트의 무역상 중 하나인 마오가 그렇게 보고했다. 붙임성 좋아 보이는 남자였다.

“일행? 용사는 한 명이 아닌가?”

“아뇨, 용사 자체는 한 명입니다. 이름은 란하르트. 그를 보좌하는 동료가 세 명 있는 모양입니다. 다들 상당히 솜씨가 좋다고 하더군요.”

골치 아프게 되었군. 인간은 여럿이 뭉치면 비약적으로 강해지는데.

그나저나 슈베름이라면, 전에 마왕군의 침공으로 인해 철저히 파괴된 도시 아닌가. 지금은 미랄디아 동맹군이 탈환하긴 했지만 과연 거점으로 쓸 수나 있을까?

“난민들이 돌아와 도시를 재건하고 있는 광경을 보았습니다. 용사 일행이 그 주변의 마왕군 잔당을 쫓아내고 질서를 바로잡은 것 같습니다.”

이 녀석, 방금 자연스럽게 제2사단을 잔당으로 취급했잖아? 뭐, 사실이지만.

마오는 내 시선을 눈치채고 히죽 웃었다.

“실례했습니다. 어쨌든 지금은 파괴된 성벽과 성문의 응급 수리가 끝나서, 조만간 슈베름 주둔군 5천 명이 귀환할 예정이라고 합니다.”

큰일 났군.

슈베름은 제2사단이 진 치고 있는 마지막 도시, 바헨과 인접한

곳이다. 슈베름에 5천 명이나 되는 병사들이 돌아온다면 더 이상 승산이 없을 것이다.

"혹시 미랄디아 동맹군의 동향은 알아냈나?"

"그것은 의뢰 범위에 포함된 것이 아니라서……."

마오는 겸연쩍은 듯이 말하더니 이어서 설명했다.

"조금만 조사해봤습니다. 북부 미랄디아 동맹군의 핵심 전력은 그 슈베름 주둔군 5천 명과 시민 의용병 1만 명입니다."

"오, 정말 고마워."

"시민 의용병들은 전황이 호전되자 각자의 도시로 돌아가 휴식을 취하고 있는 것 같았습니다. 대규모 공격이 시작될 때 다시 소집될 테죠."

좋아, 당장 누군가를 보내 슈베름을 감시하게 해야겠군.

"우리 상대(商隊)의 사람들 몇 명이 사업 이야기도 할 겸 슈베름에 아직 남아 있습니다. 도시 밖에서 몰래 만나면 언제든지 시내의 상황을 알아낼 수 있을 겁니다."

"……준비가 너무 완벽한데?"

내 말을 듣고 마오가 웃었다.

"성실한 협력에는 성실한 보답이 따를 거라 믿습니다."

"정말로 성실히 협력해준다면 말이지."

마족과 마찬가지로 인간들 중에도 다양한 타입이 존재한다. 아무래도 이 녀석은 다소 경계하는 편이 좋을 것 같았다.

그러나 이렇게 유용한 정보가 한꺼번에 들어오는 것은 고마운 일이었다.

허울뿐인 대화를 해봤자 피곤하기만 하다. 단도직입적으로 물어보기로 했다.

“자네가 원하는 성실한 보답이 무엇인가? 단순한 금품은 아닌 듯한데.”

그러자 마오의 얼굴에 희색이 돌았다.

“네, 당신의 추측이 맞습니다. 실은 인마족 몇 명을 우리 운송대에 편입시켜주셨으면 합니다.”

“그 이유는?”

“그들의 튼튼한 다리와 뛰어난 전투력, 또 마족과 교섭하는 능력은 우리 무역상에게는 귀중한 것이니까요. 꼭 마왕군 소속일 필요는 없습니다.”

확실히 인마족은 인간의 지혜와 말의 기동력을 갖추고 있다. 정식으로 훈련받은 전사가 아니어도 늑대 정도는 쉽게 물리칠 수 있고. 게다가 그들이 있으면 마족의 지배 구역을 안전하게 통과할 수 있다.

겨우 몇 명이라면, 또 병사가 아니어도 괜찮다면 내가 충분히 도와줄 수 있을 듯했다.

그러나 나는 이런 매력적인 이야기는 일단 의심하고 보자는 주의였다.

“정말로 원하는 것은 그게 전부인가?”

“물론이죠. 우수한 인재를 원하는 것은 마왕군도 무역상도 다 똑같지 않겠습니까?”

이렇게 교활해 보이는 녀석에게 인맥이나 특권을 제공하는 것은 영 내키지 않는 일인데……. 뭔가 속셈이 있는 게 분명했다.
아, 그래. 알았다.
"인마족을 고용함으로써 마왕군과의 인맥을 공공연히 광고하면서 그쪽 사업에 이용할 셈인가?"
마오는 눈에 띄게 움찔하면서 어색한 미소를 지었다.
"이런, 들켜버렸네요……."
"자네는 악당이로군."
"네, 악당이죠."
뭐 이런 놈이 다 있지?
"불허한다. 그런 목적이 있다면 협력할 수 없어. 허락했다간 부패의 온상이 될 테니까."
그 순간 아쉬운 표정을 짓는 마오. 거참, 방심할 수 없는 녀석이군.
나는 잠깐 뜸을 들이고 나서 그에게 말했다.
"좀 더 마왕군에 공헌한 다음에 그런 부탁을 하도록."
"좀 더?"
"그래, 좀 더."
실컷 부려먹을 테니까 각오해라.
마오는 한숨을 내쉬더니 나를 향해 고개를 숙였다.
"그렇다면 좀 더 도움을 드리도록 하죠. 앞으로는 바이트 님의 개인 밀정으로서, 무상으로 정보를 제공해드리겠습니다."
이 녀석, 협상용 카드를 엄청나게 많이 가지고 있을 것 같은데.
아직도 뭔가 더 있을 것이다.

눈빛으로 질문을 했더니 마오는 또다시 협상용 카드 하나를 제시했다.

"그리고 성벽의 건축 자재를 은밀하게 조달할 수 있도록 손을 써두겠습니다. 대량의 건축 용재가 운반되면 적에게 금방 들킬 테니까요."

"구체적으로는 어떻게 할 셈인가?"

내 질문에 마오는 지도를 펼치고 손가락으로 짚었다.

"북부에서 온 상인으로 가장하여, 북부의 도시 재건을 위해 사용한다는 명목으로 남부 도시에서 좋은 석재를 구입할 것입니다."

"이봐, 북부에서 일부러 무거운 석재를 사러 오는 상인이 있다는 게 말이 되나?"

그러자 바오는 히죽히죽 웃었다.

"뭐, 지금 북부에서는 실제로 재건을 위해 대량의 석재가 필요한 상황이니까요. 멀리까지 사러 와도 이상하지는 않을 겁니다."

이 녀석, 같은 인간 종족의 고충마저 이용해먹을 작정인가.

"자네는 악당이로군."

"네, 악당이죠."

싱긋 웃는 마오.

전생에는 이런 녀석들을 질리도록 많이 만나봤지만, 마족 중에서는 보기 드문 타입이다. 마족들 사이에서 이러면 그냥 죽도록 얻어맞을 텐데.

하지만 뭐, 도움이 되는 것도 사실이다.

마왕군에 도움이 되는 한 이용해보도록 할까.

"좋아. 앞으로도 잘 부탁한다. 그러나 허튼수작을 부리면 네 목숨을 받아갈 것이다."
"네, 명심하겠습니다."
마오는 공손히 인사했다.

그가 떠나간 뒤 나는 옆방 문을 향해 말을 걸었다.
"몬더."
"네~ 대장님."
인랑 부대 굴지의 첩보원인 몬더가 소리 없이 문을 열고 모습을 드러냈다.
"너희 부대 녀석들을 데리고 저놈을 감시해."
몬더는 즐거운 듯이 희미한 미소를 지었다.
"배신하면 죽여버려?"
"실컷 두들겨 패도 되지만, 일단 살려서 내 앞에 데려와."
"응, 알았어."
자, 과연 어떻게 될까?

용사의 출현은 마왕군 내부에서도 매우 위험한 사건으로 간주되었다.
과거에도 마왕은 몇 번이나 출현했는데, 용사는 이 마왕의 천적 같은 존재였다.
마족의 습성. 그것이 문제의 원인이었다.
가장 강한 자에게만 복종하는 마족은 마왕이 패배한 순간 혼란에 빠져버린다.

마왕 다음으로 강한 인물이 마왕 대신 나머지 마족을 통솔하면 좋으련만, 그 인물조차 혼란에 빠져버려서 아무도 싸우지 못하게 되는 것이다.

과거에 마왕을 토벌한 용사들은 적진 깊숙이 파고들어 마왕과 직접 대결하여 상대를 쓰러뜨렸다. 마족 입장에서는 가장 상대하기 어려운 방식이었다.

그런데 잘 생각해보면 가짜 마왕을 준비하거나 후계자를 양성하거나, 뭐 그런 다양한 방법이 있을 것도 같았다.

문제는 마족이 그것을 가슴으로 이해하고 받아들일 수 있느냐는 건데……. 음, 아마 안 되겠지. 이건 논리로 해결될 문제가 아니니까.

마왕을 대신할 인물은 없다.

설령 마왕과 같은 실력을 가진 인물이 존재하더라도, 그는 또다시 처음부터 자신의 세력을 키워나가야 할 것이다.

"오늘도 또 심각한 표정을 짓고 있구먼……."

"으아악?!"

귓가에 새콤달콤한 목소리가 들려왔다. 나는 화들짝 놀라 그쪽을 돌아봤다.

"안녕~? 나야, 모비!"

스승님이 어린아이 같은 귀여움을 뽐내면서 내 어깨 근처에서 손을 살살 흔들고 계셨다.

"스승님, 그 애칭을 보급시키겠다는 꿈을 아직도 못 버리셨어요?"

"애초에 사랑스런 딸에게 고모비로아라는 이름을 붙인 부모가 잘못한 게 아닌가."

도대체 언제까지 원망할 셈인지.

나는 스승님의 성격을 잘 안다고 자부하는데, 스승님은 의외로 기분이 우울할 때 이런 농담을 하신다. 억지로 힘내서 분위기를 부드럽게 만들려고 하는 것이다.

"스승님도 역시 용사의 존재가 마음에 걸리십니까?"

"……뭐, 그렇지."

간단한 대답이었지만 거기서 스승님의 고뇌가 뚜렷이 드러났다.

마왕 프리덴리히터, 거인 티베리트, 대현자 고모비로아. 그들은 마왕군을 처음 만들 때부터 함께한 동지들이었다.

북부 전선에는 티베리트 사단장이 있고, 또 용사는 언젠가 마왕님을 공격하러 올 것이다. 스승님은 그 둘이 걱정돼서 이러시는 거겠지.

나는 스승님의 앳된 옆얼굴을 바라보면서 문득 무역상 마오와의 거래 내용을 떠올렸다.

용사는 현재 북부의 요충지 슈베름에 있다.

마오의 부하가 그곳에 잠입했다고 하니까, 스승님께 거기까지 보내달라고 부탁해서 살짝 동태를 살펴보고 와도 괜찮지 않을까.

어쩌면 스승님을 기운 차리게 할 만한 정보가 있을지도 모르고.

"스승님, 혹시 괜찮다면 저를 북부로 이동시켜주실 수 없나요?"

"북부로?"

의아한 표정을 짓는 스승님. 나는 사정을 설명했다.

그러자 스승님은 생각에 잠긴 채 중얼거렸다.

"그렇군…… 인간 간첩이란 말이지. 혹시 함정 아니냐?"

"모르겠습니다."

적이 매복하고 있으면 최선을 다해 도망칠 것이다. 이래 봬도 기병보다 빠르고 중장보병보다 튼튼한 인랑 님이시니까. 뭐, 어떻게든 되겠지.

"다만 제 정보원인 무역상이 저를 배신할 이유는 딱히 없습니다. 배신해봤자 아무런 이득도 없으니까요."

"미랄디아 측이 현상금을 걸었다든가, 종교적인 이유가 있다든가. 그럴 가능성은 없나?"

"그것까지는 저도 잘……."

미랄디아가 나에게 현상금을 걸었을 가능성은 낮았다. 나는 수많은 부관 중 하나일 뿐이니까.

게다가 몬더가 조사한 바에 의하면 마오는 정월교도, 그것도 별로 열성적이지 않은 신도였다. 마족을 미워할 만한 종교적 이유는 없었다.

뭔가 다른 이유 때문에 개인적으로 마족을 원망할 가능성은 있었으나, 그 가능성은 사실 누구에게나 있었다. 그러니까 신경 쓰지 않기로 했다.

"그대는 본인이 마왕군에서 최고로 중요한 인물이라는 자각이 있기는 한 건가?"

"아뇨, 별로……."

비록 륜하이트를 통치한다는 중책을 맡긴 했지만, 혹시 내가 죽더라도 아일리아와 크루체 기관이 나 대신 어떻게든 잘해낼 것이다.

"허 참, 정말이지…… 아니, 됐다. 내가 동행하면 적어도 쉽게 도망칠 수 있겠지."

스승님은 그렇게 한숨 쉬며 말씀하시더니 영차 하고 의자에서 뛰어내렸다.

"슈베름은 적지이니까, 마왕군의 지배 구역인 바헨에다가 전송 마법진을 만들어낼 것이다. 준비를 할 테니 잠시만 기다리려무나."

스승님께서 전송에 필요한 의식을 치르시는 동안에 나는 오늘 처리해야 할 일들을 대충대충 해치웠다. 자잘한 것은 아일리아에게 일임하기로 하고.

그 후, 우리는 스승님의 마법을 통해 북부의 농업도시 바헨으로 날아갔다.

"세상에……."

내 입에서 가장 먼저 튀어나온 한마디가 이것이었다. 그러니 바헨의 현재 상황이 얼마나 참담한지는 쉽게 상상하실 수 있으리라.

이유는 두 가지.

첫째, 시가지가 문제였다.

제2사단이 침공했을 때 철저히 파괴해버렸기 때문에 바헨의 인프라는 완전히 기능이 정지된 상태였다.

농업도시답게 완벽한 계산을 바탕으로 설치된 수로도 여기저기 다 부서졌다. 수조에는 검붉은 흙탕물이 고여 있었고, 사자 모양을 본뜬 분수 장치는 깨져 있었다.

둘째, 마왕군 제2사단의 몰골이 처참했다.

도시 밖에서는 아직 싸울 수 있는 부대가 진을 치고 있었는데, 도시 안에서는 부상병들이 곳곳에 아무렇게나 쓰러진 채 신음하고 있었다.

몸집이 작은 인간만 한 요귀(妖鬼) 병사가 팔을 담요로 감싸고 끙끙거렸다. 그런데 원래 붙어 있어야 할 한쪽 팔이 보이지 않았다.

또 키가 5미터쯤 되는 거인족 병사는 어느 민가의 벽에 기대어 앉아 꼼짝도 못하고 어깨로 숨을 쉬고 있었다. 두 눈을 창으로 찔린 걸까. 눈에 끔찍한 상처가 남아 있었다.

"가까스로 목숨만 건져 도망친 것…… 같구나."

스승님은 애써 침착함을 유지하고 계셨지만 꽤 충격을 받은 것 같았다.

성문과 연결된 대로만 살펴봐도 수백 명이나 되는 병사들이 여기저기 널브러져 있었다. 그중에는 이미 숨이 끊어진 자도 있었다.

어느 민가가 임시 야전병원으로 쓰이고 있는 것 같았다. 끔찍한 비명 소리가 들려왔다. 팔이나 다리를 자르는 수술이 진행되고 있는 듯했다.

스승님께서 나를 돌아보고 말씀하셨다.

"이토록 고생해서 본대로 복귀한 병사들이 이대로 죽는다면 너무 불쌍하지 않겠느냐. 내가 가서 부상병들을 치료하고 와야겠다."

"네, 그건 좋은데요. 용사는 어떡하시고요?"

"그대에게 맡기마. 무슨 일 있으면 이곳으로 돌아오너라."

부상병들에게 온 신경이 쏠린 스승님은 그 말만 남기고 서둘러 근처에 있는 병사에게 치유마법을 걸어주기 시작했다.

"이봐, 정신 차려라. 금방 상처를 막아주마."

남 돌봐주는 것이 특기인 우리 스승님은 한번 이렇게 되면 브레이크가 걸리지 않는다.

"그럼 스승님, 저 혼자 다녀오겠습니다. 가능한 한 빨리 올게요."

"그래, 조심해라. 나중에 데리러 가마."

스승님은 벌써 세 번째 병사를 치료하고 계셨다. 두 마리 요귀병사는 눈을 깜빡거리면서 순식간에 새살로 뒤덮인 상처 부위를 자꾸만 만져보고 있었다.

뭐, 어쩔 수 없나……. 눈앞에서 아군이 죽어가는 모습을 보는 것도 싫으니까.

"스승님도 조심하세요. 또 마력을 지나치게 많이 써서 쓰러지면 안 됩니다. 아셨죠?"

"이곳에는 티베리트도 있으니까 괜찮다. 나중에 인사나 해야지."

나는 늑대로 변신하여 빠르게 바헨 성문을 통과했다. 성벽 바깥에 펼쳐진 드넓은 밀밭을 스쳐 지나 슈베름 쪽으로 달려가기 시작했다.

바헨은 슈베름의 주둔군에게 식량을 공급해주는 도시이므로 두 도시의 거리는 상당히 가까웠다. 말보다 더 빠른 인랑이라면 오늘 밤에는 충분히 도착할 수 있으리라.

해가 진 후 얼마쯤 시간이 지났을 때 눈앞에 슈베름의 성벽이 보였다.

바헨도 엄청나게 황폐했는데 슈베름의 상태도 꽤나 심각했다. 성벽이 여기저기 무너져서 영 허술해 보였다. 농성은 불가능하겠군.

그래. 이러면 미랄디아 동맹군도 섣불리 공격에 나설 수 없겠지.

이곳에는 룬하이트의 무역상 마오의 부하들이 잠입해 있을 것이다. 연락 방법도 알고 있으므로, 그들을 불러내서 이야기를 들어보면 많은 것을 알아낼 수 있으리라.

그런데 사실 나는 마오를 신용하지 않았다.

또 성벽이 이렇게나 무너져 있으니까. 내가 인간 모습으로 돌아가 시내로 들어가면, 내 눈으로 상황을 직접 살펴볼 수 있을 것이다.

좋아. 먼저 내 눈으로 확인한 다음에 자세한 이야기를 들어보자.

그러면 최악의 경우 마오에게 배신당하더라도 정보는 입수할 수 있을 테니까. 상대가 거짓 정보를 주려고 해도 금세 눈치챌 수 있고.

나는 인간 모습으로 돌아갔다. 미리 준비해 온 평상복을 입고, 무너져버린 성벽 틈을 통해 도시 안으로 침입했다.

슈베름은 바헨과는 달리 착실히 재건되고 있었다. 성벽은 아직 완전히 수리되지 않았으나, 시내에는 가설 오두막과 텐트가 늘어서 있었고 많은 병사들이 오가고 있었다.

지붕 없는 집적소가 대량으로 존재하는 것을 보니 저것은 건축 자재인 듯했다. 본격적인 수리 작업은 이제부터 시작할 참인가 보다.

내가 동맹군의 지휘관이라면 슈베름을 재건하는 것보다는 먼저 바헨을 탈환하려고 할 텐데. 우선 바헨에 중점을 두고, 후방의 슈베름은 천천히 재건할 것이다.

그러나 동맹군에는 다수의 민병이 포함되어 있었다. 슈베름 시민에게는 바헨보다도 자기네 도시를 부흥시키는 것이 더 중요할 테지.

나의 개인적인 감상이지만, 아무래도 군사적인 이유 말고 다른 이유가 작용하고 있는 것처럼 보였다.

마왕군과 마찬가지로 동맹군에도 이런저런 사정이 있는 듯했다.

그런데 슈베름에 존재하는 병사의 비율이 이토록 높을 줄은 미처 몰랐다. 일반 시민은 거의 없었으므로 평상복을 입은 내가 오히려 눈에 띌 지경이었다.

게다가 남부 지방 특유의 헐렁한 옷은 북부의 빈틈없는 복장과는 크게 차이가 났다. 나름대로 신경 써서 옷을 골라 왔는데도 색상이나 디자인 때문인지 나 혼자 유난히 튀는군…….

빨리 후퇴하는 편이 나을 것 같았다.

나는 시내 중심부로 들어가지 못하고 아까와 같은 장소를 통해 성벽 밖으로 나왔다. 이것 참, 밀정 실격이군.

한숨 돌리고 나서 마오의 부하에게 연락할 방법을 생각해봤다.

그 직후, 나는 변신하여 지면을 박차고 뛰어올랐다.

거의 동시에 휭 하고 허공을 가르는 소리가 들렸다.

무너진 성벽을 밟고 점프했다. 내 옷의 소매가 찢어졌다.

"인랑인가?"

나를 습격한 것은 무장한 전사들 세 명이었다. 조금 떨어진 곳에는 마술사처럼 보이는 녀석도 하나 있었다.

늑대의 후각과 청각을 가진 나에게 들키지 않고 기습을 하다니, 대단한걸.

마법으로 존재를 은폐한 것이 틀림없었다.

나는 전사들에게서 멀찍이 떨어지면서 재빨리 그들을 관찰했다.

셋 다 굉장한 마력을 지니고 있었다. 절대로 보통 인간이 아니었다.

저 뒤에 있는 마술사는 그 정도로 대단하진 않았지만 마력의 흐름이 매끄러웠다. 결코 방심할 수 없었다.

“설마, 용사인가?”

내 질문에 전사들 중 하나가 대답했다.

“내 이름은 용사 란하르트. 성스러운 호법(護法)의 힘으로, 네놈이 슈베름에 침입한 것은 즉시 알아챘다.”

아마도 침입 경보기 비슷한 마법이 어딘가에 설치돼 있었나 보다.

그것은 우리 마술사들의 입장에서는 보잘것없는 딸랑이나 마찬가지인데도 나는 전혀 눈치채지 못했다. 어지간히 잘 위장해놨나 보다.

란하르트라고 이름을 밝힌 남자가 나에게 칼을 겨눴다.

“사라져라. 부정한 자여.”

“부정하단 말이지…….”

내가 그렇게 중얼거린 순간, 용사 일행이 세 방향에서 일제히 나를 공격했다.

제기랄.

나는 미리 준비해둔 강화마법을 모조리 발동시켰다.

몸이 가벼워졌다. 적의 움직임도 조금이나마 느리게 보였다.

부상에 대비한 자연치유력이 강화되고, 모피도 마력을 띠어 단단해졌다.

“치잇!”

머리, 어깨, 다리.

세 사람의 멋진 협동 연속공격을 나는 종이 한 장 차이로 피했다.

용사 하나만 상대해도 승산이 없건만, 그 외에도 실력자가 세 명이나 더 있으니 도저히 당해낼 수가 없었다.

도망치고 싶었으나 현재로선 도망칠 여유도 없었다. 세 사람이 완벽한 조화를 이루면서 나를 도망치게 놔두질 않았다.

마법으로 최대한 능력을 향상시킨 지금의 나로서도 방어하기에만 급급했다.

게다가 설상가상으로 저 뒤쪽에 있는 마술사가 주문을 외우기 시작했다.

무슨 마법인지는 몰라도, 안 그래도 열세에 몰렸는데 여기서 상황이 더 악화된다면 틀림없이 죽을 것이다.

저 마술사를 당장 제압해야 한다. 한두 대 맞을 각오를 하고서라도.

나는 딱 한순간 발을 멈추고 마(魔)의 포효, '소울 셰이커'를 발동시켰다.

효과는 극적이었다. 주위의 마력이 마족에 파장을 맞춰 나에게 흘러 들어오기 시작했다. 마술사가 외우려던 주문은 불발에 그쳤다.

이제는 용사 일행의 공격에 버텨내는 일만 남았다. 고속회복 마법도 걸어놨으니, 죽지만 않으면 어떻게든 될 것이다.

그런데 뭔가 이상했다.

문득 주위를 둘러보니 용사 일행 세 명이 딱딱하게 굳어 있었다.

그들의 표정은 한결같이 공포와 고통으로 일그러져 있었다.

믿을 수 없는 이야기지만, 용사는 내가 발동시킨 '소울 셰이커'의 공포 효과로 인해 꼼짝도 못하게 된 것 같았다.

어떻게 이런 일이?

상대는 마왕님에 필적하는 초인인데?!

그런 놀라움과는 상관없이 내 손은 반사적으로 상대를 공격하고 있었다.

인랑의 갈고리발톱이 검은 폭풍처럼 사납게 휘몰아쳤다.

기괴한 각도로 목이 꺾인 남자와 얼굴 반쪽이 날아가 버린 남자. 그리고 목이 절반 이상 잘려나간 남자가 천천히 바닥에 쓰러졌다.

허무한 결말이었다.

이게 뭐야, 말이 안 되잖아?!

인랑 한 마리가 용사 일행을 쓰러뜨린 것이다.

"맙소사, 이게 무슨……."

나는 혼잣말을 중얼거리다가 문득 위화감을 느꼈다.

자세히 보니 마력의 흐름이 뭔가 이상했다.

마왕님은 몸 안쪽에서 무한히 흘러넘치는 마력을 가지고 계시는데, 이놈들의 마력은 검이나 갑옷에서 흘러나오는 것처럼 보였다.

게다가 그들은 이미 목숨을 잃었는데도 그 마력은 생전과 마찬가지로 여전히 강력했다.

"아하, 그렇군."

나는 바닥에 굴러다니는 검을 주웠다.

강한 마력이 느껴졌다. 아마도 고대 마술사가 만든 무기일 것이다.

“마법의 무구로 실력을 끌어올린 가짜 용사. 맞지?”

여전히 경직된 채 떨고 있는 마술사에게 나는 웃으며 말을 걸었다. 과연 인랑의 미소가 상대에게 통할지 모르겠지만 그건 중요한 게 아니었다.

“히익……!”

후드 밑에서 새어 나온 것은 젊은 여성의 목소리였다.

그 녀석이 비틀거림과 동시에 긴 머리카락과 딱딱한 얼굴이 드러났다.

용사의 동료치고는 좀 평범해 보이지만, 그래도 꽤 아름다운 여자였다.

부들부들 떨리는 순백색 법의 위로 노르스름한 얼룩이 서서히 번지고 있었다. 너무 무서워서 실금했나 보다.

내가 한 걸음 내디디자, 그녀는 그 자리에 철퍼덕 주저앉아 울먹거리기 시작했다.

“주, 죽기 싫어…… 살려줘…….”

마법을 쓰지 못하는 마법사만큼 무력한 존재는 없을 것이다. 특히 인간이라면 더더욱.

동료 세 명을 순식간에 살해한 인랑 앞에서 그녀가 살아남을 방법 따윈 없었다.

“제발, 뭐, 뭐든지, 다 할 테니까…….”

항복한다는 뜻으로 해석해도 될까?

마술사를 상대할 때에는 방심은 금물이지만, 어차피 당분간 이 녀석은 마법을 쓰지 못할 것이다. 또 이렇게 가깝다면 상대가 어떤 마법을 써도 내 공격이 먼저 성공할 것이다.

나는 나 자신이 안전하다고 판단했다. 그래서 그녀에게 선택의 기회를 주기로 했다.

"명예롭게 전사하는 것이 싫다면, 치욕적인 삶을 살아가는 수밖에 없다. 그래도 좋겠나?"

"조, 좋아요! 뭐든지 다 할 테니까! 살려주세요!"

콧물까지 흘리면서 벌벌 떠는 여자의 숨통을 끊는 것은 나도 좀 못할 짓이다 싶었다.

죽이는 것보다는 살려주는 편이 좀 더 활용도도 높을 것 같고. 그래 뭐, 좋다.

일단 심문부터 해보자.

"너희의 고용주는 누구냐?"

이 녀석들이 가지고 있는 무기와 갑옷은 모두 다 귀중품이었다.

마법 검과 갑옷은 기술적으로나 금전적으로나 그리 쉽게 만들 수 있는 것이 아니었다. 게다가 쓰면 쓸수록 망가지는 것이었다. 도저히 평범한 개인이 사용할 만한 도구가 아니었다.

"이렇게 대단한 장비를 지급해서 너희를 '용사'로 위장시킨 흑막이 따로 있을 테지. 그게 누구냐. 말해라."

그러자 여자 마법사는 후들후들 떨면서 가까스로 대답했다.

"워……원로, 원……입니다."

"아, 그래."

앞뒤가 맞는 이야기였다. 미랄디아 정부나 다름없는 원로원이라면 이만한 장비를 모으는 것도 가능할 테지. 게다가 가짜 용사를 만들어낼 이유도 있고.

"프로파간다인가."

"프로파……간?"

"동맹군의 사기를 북돋우기 위한 선전용 부대, 맞지?"

내가 말을 바꾸자 그녀는 두려워하는 눈으로 나를 쳐다보며 몇 번이나 고개를 끄덕였다.

이 상황에서는 내가 나서지 말았어야 했는데…… 티베리트 사단장이 이놈들을 단숨에 쓰러뜨렸으면 제2사단의 사기도 올라갔을 텐데 말이다.

"심문은 다 끝났느냐?"

그때 갑자기 등 뒤에서 소리가 들렸다. 나는 뒤를 돌아봤다.

"스승님, 일찍 오셨네요."

뾰족 모자를 쓴 꼬마 현자가 어둠 속에 둥실둥실 떠 있었다.

"치료하느라 힘을 써서 피곤하구나……. 어, 마침 좋은 것이 있구먼."

스승님이 그렇게 중얼거리더니 바닥에 굴러다니는 검을 건드렸다.

그러자 물이 마른 천에 흡수되는 것처럼, 마법 검에서 순식간에 마력이 싹 사라져버렸다. 스승님이 흡수하신 것이다.

"스승님, 뭐 하시는 겁니까?!"

"마력 보충을 했다. 바이트, 네가 눈치 빠르게 준비해준 덕분이야."

"저기요, 스승님께서 방금 흡수하신 것은 아마도 용을 죽인 마검(魔劍) 라이오니히트였을 걸요?"

용 또는 용인을 상대할 때 비정상적인 살상력을 발휘하는 검. 또 평소에도 거대한 방패를 두 동강 내버릴 정도로 강력한 검이다.

"그거야 나도 안다만, 마침 잘되지 않았느냐. 위험한 물건이니까. 오, 이 방패도 괜찮군."

"그 방패도 고왕국(古王國) 시대의 문장이 새겨져 있으니 틀림없이 오래된 유물일 텐데요…… 적어도 150년은 되지 않았을까요?"

"뭐야, 그럼 얼마 안 된 거잖아."

스승님은 방패에 이어 갑옷의 마력을 흡수하기 시작했다.

어── 그러니까, 저것은…… 과거에 나타난 진짜 용사 중 누군가가 입었던 갑옷일 텐데.

"그만하세요! 아깝잖아요! 방어구는 남겨놔도 되지 않아요?!"

"알았다, 알았어. 다음에 마족용으로 만들어줄 테니까. 지금은 마력을 회복하는 데 사용하게 해주련? 아직 바헨에서 부상병 치료도 덜 했고."

"거짓말이죠, 절대로 안 만들어줄 거잖아요!"

내가 가지고 있는 마력을 1바이트라고 계산한다면 지금 이 검과 방패와 갑옷의 마력은 도합 27바이트쯤 된다.

이걸 제2사단에 주면 다들 기뻐할 텐데…….

가짜 용사들의 장비에서 마력을 모조리 흡수해버린 스승님은 만족스럽게 몸을 쭉 펴고 기지개를 켰다.

그동안 내가 쭉 계산해봤는데, 중간에 실수하지 않았다면 그 양은 128바이트 정도일 것이다. 이 로리 할멈의 마력 용량은 한도 끝도 없나?

"흠, 그럭저럭 괜찮구먼. 그런데 이 초보 마녀는 누구인고?"

"용사의 동료인가 봅니다."

내 대답에 스승님은 납득하신 것처럼 고개를 끄덕거렸다.

"허허, 이런 소도구를 가지고 용사인 척했던 건가. 얘야, 자기 분수를 모르고 행동하다가는 목숨을 잃을 것이야."

실제로 그녀의 동료들은 좀 전에 전부 다 목숨을 잃었답니다, 스승님.

스승님은 창백한 얼굴의 여자 마술사를 무시하고 가볍게 수인을 맺었다.

"잘 먹었으니까 답례로 시신은 동료들에게 돌려주도록 하마. 자, 눈을 떠라. 일시적인 생명을 주마."

스승님이 손가락을 살살 흔들자, 쓰러져 있던 시체 세 구가 슬금슬금 몸을 일으켰다. 좀비가 된 것이다.

선혈을 뚝뚝 흘리는 좀비들. 스승님은 조그만 손으로 그들을 쓰다듬으며 다정하게 말씀하셨다.

"동포들이 있는 곳으로 가거라. 가서 정식으로 장례를 치러달라고 하렴."

티 없이 맑게 웃으며 손을 흔드는 스승님.

이러니까 사령술사는 미친놈이라고 오해를 받는 것이다…….

피를 흘리면서 비틀비틀 도시로 걸어 돌아가는 옛 동료들.

여자 마술사는 경련을 일으킬 것 같은 얼굴로 덜덜 떨고 있었다.

스승님이 그런 그녀를 보고 생긋 웃었다.

"저런, 스스로는 걸을 수 없겠느냐? 얘들아, 아직 살아 있는 너희의 전우를 데려가거라."

좀비가 스르르 뒤를 돌아보더니 탁한 눈으로 여자 마술사를 보았다.

"히익……."

좀비는 휘적휘적 이쪽으로 다가와, 온몸의 힘이 다 빠져버린 그녀를 셋이서 들어 올렸다.

"흐악?! 아악, 싫어어어어!"

"의외로 기운이 넘치는구나. 뭐, 아무튼. 잘 데려다줘라."

스승님이 손을 가볍게 흔들자 가짜 용사 좀비들은 여자 마법사를 짊어지고 성벽의 틈새 안으로 쏙 들어갔다.

"스승님, 정말 엄청난 짓을 하셨네요."

"응? 왜, 뭐가 잘못됐느냐?"

"아뇨…… 아닙니다. 저, 잠깐 정찰 좀 하고 오겠습니다."

스승님은 인간의 마음을 잃어버린 지 오래되었다.

그러니까 하는 수 없지. 나는 남몰래 슈베름 시내로 다시 돌아갔다. 무슨 일이 있으면 스승님께서 구해주실 테니까 안심이 되었다.

예상대로 시내에서는 난리가 나 있었다.

"용사님?! 어쩌다 그렇게 다치셨습니까?!"

"주, 죽었어! 좀비가 됐잖아!"

"좀비 란하르트 님!"

"검성(劍聖)님과 성기사(聖騎士)님도 마찬가지야!"

다들 거창한 칭호를 가지고 있었네. 정당방위였으니 어쩔 수 없지만, 그래도 좀 미안하기는 했다.

"잠깐만! 성녀님은 아직 살아계셔!"

아, 저 아이는 성녀 대접을 받았었구나.

아무튼 그냥 가만히 내버려두시면 좋겠는데요.

좀비들은 슈베름 중앙광장까지 걸어가더니 거기서 힘없이 쓰러져버렸다. 사령술사 고모비로아의 명령을 끝까지 수행한 후 평범한 시체로 되돌아간 것이다.

그 주위에 수많은 병사들이 모여들었다. 그러나 다들 이 엄청난 사태에 놀라 멀리서 지켜보기만 할 뿐이었다.

뭐, 그야 그렇겠지.

북부 전선의 희망의 별이었던 용사님 일행이 이렇게 갑자기 좀비가 되어 시가행진을 하고 있었으니.

동맹군 장병들은 넋 놓고 멍하니 있었다. 그때 문관처럼 보이는 귀족이 허둥지둥 이쪽으로 달려왔다. 실물을 보는 것은 처음이지만 차림새를 보니 원로원의 서기관인 것 같았다.

나이 지긋한 서기관은 성녀님을 보자마자 힐문하듯이 큰 소리로 외쳤다.

“대체 무슨 일이 있었던 거냐?! 설명해봐라, 성녀 밀디누!”

그러자 여자 마술사는 돌바닥에 주저앉은 채 비명을 질렀다.

“이, 인랑이 나타났습니다! 동료들이 모두 인랑 한 놈에게 살해됐어요! 게다가 좀비로 바뀌어서…….”

“인랑이라고?! 무슨 말도 안 되는 소리냐, 고작 그런 마물에게 용사님이 패배할 리 없잖은가!”

확실히 보통 인랑이라면 셋이서 한꺼번에 덤벼들면 순식간에 쓰러뜨릴 수 있었을 것이다. 나도 ‘소울 셰이커’를 쓰지 않았다면 아마 끝장났을 테고.

그런데 밀디누라는 여자는 고개를 세차게 흔들며 반론했다.

“아뇨, 그 인랑이 크게 울부짖는 순간 마법도 검도 다 봉인되고 말았습니다! 그래서 도저히 이길 수 없었어요!”

이 대화를 듣고 병사들 사이에서 불온한 이야기가 흘러나오기 시작했다.

“넷이 한꺼번에 덤볐는데 인랑 한 마리에게 졌다고? 그런 용사가 어디 있어……?”

“아니, 그러고 보니 마왕군에는 무섭도록 강한 인랑 장군이 있다고 하던데.”

“그런 대단한 녀석이 한가하게 여기까지 왔을 리 없잖아.”

왔어.

왔다고.

병사들의 분위기가 어수선해지자 서기관도 당황하기 시작했다.

"잠깐, 지금 성녀님은 혼란에 빠지신 거다! 자, 어서 이리 오시게!"

서기관은 밀디누의 손을 잡아끌려고 했다. 그때 병사 하나가 서기관을 제지했다. 평상복 위에 흉갑만 걸친 민병이었다.

"잠깐 기다려봐. 란하르트 님은 진짜로 용사였던 거냐?!"

"맞아, 용사가 겨우 이런 일로 죽을 리 없잖아!"

"설마 우리를 속인 거야?!"

원로원이 고용한 상비군은 달리 살아갈 방도가 없는 검객이나 용병 또는 유목민 전사들이다. 프로 전투원인 그들은 상대를 가리지 않고 전투에 임한다.

그러나 위병이나 민병은 다르다. 위병의 관할구역은 현재 자신이 있는 도시로 한정되어 있고, 민병은 아마추어인데도 어쩔 수 없이 싸우고 있는 것뿐이다.

따라서 어떤 계기만 있으면 쉽게 사기가 떨어진다.

병사의 수는 점차 늘어났다. 광장은 점점 아수라장이 되었다.

흥분한 병사들이 원로원 서기관에게 다가가 그의 얼굴을 때렸다. 그 코와 입이 온통 피로 물들었다. 그때 누군가가 그의 옷소매를 잡았다. 서기관의 모습은 군중 속으로 사라졌다.

가짜 용사 일행의 시체에는 아무도 경의를 표하지 않았다. 병사들은 가짜 성녀를 포위했다.

"이봐, 당신은 스물여섯 개 유파의 마술에 통달한 달인이라면서?! 인랑 한 마리쯤이야 당연히 마법으로 쓰러뜨릴 수 있지 않아?!"

그것 참 대단하군. 우리 스승님보다도 더 유능하잖아.

그런데 성녀 밀디누는 고개를 양옆으로 흔들면서 겁에 질린 표정으로 그들을 쳐다봤다.

"아, 아뇨…… 못해요……."

"그게 무슨 소리야?!"

"왜냐하면 저는, 펴, 평범한 원로원 마술관(魔術官)일 뿐이고…… 화, 환술밖에……."

"환수우울?!"

거친 병사가 사납게 노려보자, 그녀는 굳이 안 해도 될 말까지 해버렸다.

"히익! 그, 그러니까 의식을 화려하게 연출하거나 불상사를 은폐하는 것이 제 직업이거든요!"

일순 침묵이 흘렀다.

"뭐 이런 사기꾼이 다 있어?!"

"가짜 성녀님이라니! 젠장, 지금 장난 하냐?!"

"이런 놈들을 따르다가 우리 동료가 몇 명이나 죽었는데, 응?!"

"이놈을 죽여버리자!"

"죽여! 목을 잘라!"

이봐, 제정신으로 하는 소리야?

저항하지 않는 비무장 상태의 여자를 여럿이 달려들어 죽인다고? 보통 일이 아니잖아.

애초에 너희들이 도시 두 개를 탈환하는 데 성공한 것도 그 가짜 용사들이 사기를 북돋워줬기 때문이지 않아?

그런 생각을 하고 있는데, 뒤에서 누군가가 내 옷소매를 잡아당겼다.

"바이트 님, 바이트 님."

이 상황에서 내 이름을 부르는 인간이라면, 틀림없이 무역상 마오의 부하일 것이다.

젊은 무역상 두 명이 경악한 얼굴로 나를 쳐다보고 있었다.

"바이트 님, 이런 곳까지 직접 오셔서 도대체 뭐 하시는 겁니까?"

"아니, 뭐, 잠깐 상황을 보러 왔다가 용사를 쓰러뜨렸어."

"그게 말이나 됩니까?!"

실은 너희들의 상사가 너무 수상하게 굴어서 일이 이렇게 된 것인데.

"아무튼 이쪽으로 오세요. 옷부터 갈아입으시죠."

그들은 근처에 있는 텐트로 나를 끌고 들어가서 북부 민병의 일반적인 겉옷을 입혀줬다.

"지나치게 눈에 띄는 행동은 하지 말아주세요. 이러다 우리들까지 위험해지겠어요."

"미안하다."

실은 너희 상사가 문제라니까.

이러는 사이에 민병들은 이제 본격적으로 가짜 성녀님을 죽이기로 작정한 것 같았다.

"꺄아아아아악!"

머리채를 잡힌 채 끌려가는 성녀 밀디누.

"나, 나는 잘못한 거 없어! 원로원의 높으신 분이 시키는 대로 했을 뿐이야! 단지 명령에 복종했을 뿐인데, 내가 왜 죽어야 해?!"

눈물범벅이 된 얼굴로 돌바닥에 딱 달라붙어 있는 밀디누. 이제는 성녀의 위엄이고 뭐고 하나도 찾아볼 수 없었다.

"넌 성녀님이잖아! 끝까지 성녀님인 척해보라고, 응?!"

"성녀 아니야! 그냥 하급 관리라고!"

그녀는 고개를 마구 휘저으면서 필사적으로 저항했다.

물론 병사들이 가짜 성녀에게 미친 듯이 화내는 것도 이해는 갔다. 그들은 그동안 가짜 용사에게 속아서 죽을 각오로 싸웠으니까.

하지만 저 성녀님도 원로원에게 이용당한 도구에 불과했다.

원로원의 실태는 아직 불분명한 부분도 많았지만, 적어도 하급 관리가 함부로 거스를 수 있는 상대가 아니란 것은 확실했다.

마침내 밀디누는 광장의 석단 위로 끌려 올라갔다. 병사들 여럿이 그녀를 꽉 붙잡았다.

"빌어먹을 원로원 새끼들! 평소에도 재수 없게 잘난 척하더니!"

"더는 못 참겠다. 각오해!"

"싫어, 싫어, 싫어어어! 안 돼, 나 죽고 싶지 않아! 제발, 이렇게 빌게, 용서해줘!"

"됐어, 그냥 해치워버려!"

"꺄악——!! 싫어싫어싫어, 죽기 싫어어어어어!!"

놀랍게도 말리는 사람이 한 명도 없었다. 그들은 원로원에 대한 증오를 그녀에게 모조리 쏟아붓고 있었다.

아무래도 원로원은 그다지 평판이 좋지 않은 듯했다.

그런데 원로원의 명령이든 뭐든, 저 여자가 수많은 사람들을 속여 사지로 몰아넣은 것은 사실이었다.

게다가 저 녀석은 우리의 적이고.

……하지만 당장 죽을 것 같은 여자를 못 본 체할 수도 없었다.

나는 마오의 부하들에게 조그맣게 속삭였다.

"너희들은 저리 가라. 변신해야겠다."

"바이트 님, 무슨 짓을 하시려고요?!"

"어, 인명 구조?"

"그게 말이나 됩니까?! 이곳에 있는 녀석들은 우리들만 빼고는 전부 다 바이트 님의 적이잖아요?!"

음, 내가 생각해도 말이 안 되는 것 같기는 하다.

하지만 전쟁터가 아닌 곳에서 누군가가 죽는 장면은 별로 보고 싶지 않았다.

나는 변신했다. 그리고 단상 위로 뛰어올랐다.

가까이 있는 병사 하나를 들어 올려서 밑에 있는 군중을 향해 집어던졌다.

순간적으로 무슨 일이 일어났는지 몰라 어리둥절해하는 병사들.

"인랑?!"

"이, 인랑이 나타났다!"

"습격이다――!"

마치 벌집을 쑤신 것처럼 엄청난 소동이 일어났다.

나는 단상에 있는 병사들을 대충 퍽퍽 걷어차 날려버렸다. 끈질기게 버티는 놈은 투구를 붙잡고 살살 주물러줬다.

이렇게 잘 주물러주면 투구가 찌그러져 눈앞을 가리게 된단 말이지. 그 상태에서 툭 걷어찼다.

재빨리 열 명쯤 해치우고 나서 단상을 점거했다.

좀 전에 상대했던 가짜 용사 일행에 비하면 일반 병사들은 깜짝 놀랄 만큼 약했다. 덕분에 쉽게 끝났다.

좋아, 이참에 가볍게 본보기를 보여주자.

"내 이름은 바이트! 마왕군의 장수다! 용사를 자처하던 녀석들은 내가 친히 마왕군의 제물로 삼았다! 너희들의 영웅 따윈 우리 마족의 발끝에도 미치지 못하는 것이다!"

그 순간, 병사들의 움직임이 딱 멈췄다.

"바이트?!"

"투반을 멸망시킨 인랑 장군 바이트라고?!"

아니, 멸망시키진 않았는데…….

내 이름을 들은 병사들은 모조리 딱딱하게 얼어붙은 것처럼 완전히 멈춰버렸다. 용맹한 상비군도 흥분한 민병도 전부 다.

"4백 명을 죽인 전설의 살인귀……."

"아니, 4천 명이야. 투반에는 이미 살아남은 녀석이 한 놈도 없다고 하니까……."

"성벽을 부순 인랑…… 투반의 성벽조차 저놈의 일격을 막아내지 못했다던데……."

뭐지, 전보다 더 소문이 부풀려진 것 같은데?

만약 그게 사실이라면 마왕님만큼이나 강한 거잖아.

뭐랄까. 덤벼드는 녀석이 있으면 마음껏 두들겨 패줄 생각이었는데, 다들 이렇게 겁먹으니까 오히려 내 입장이 난처해졌다.

곤란하군. 실컷 날뛰어보려고 했는데.

나는 대사를 까먹은 신인 개그맨처럼 뻘쭘하게 단상에 서서 주위를 둘러봤다.

오, 여기 성녀님이 계시는군.

이 녀석은 분명히 의식을 화려하게 연출하는 마술 전문가라고 했지.

좋아, 이 녀석한테 일을 시키자.

"이봐. 죽기 싫으면 저 녀석들이 기겁할 만한 환술을 써봐. 혼란을 틈타 도망치자."

"어, 어째서 당신이……?"

설마 내가 도와주러 올 줄은 몰랐나 보다. 실은 나도 몰랐다.

"난 너의 목숨을 빼앗지 않겠다고 약속했다. 여기서 너를 죽게 내버려두면 약속을 깨뜨린 셈이 되지 않겠나."

적당히 둘러대고 나서 그녀에게 행동을 재촉했다.

"자, 빨리. 죽고 싶나?"

"아, 알았어요!"

가짜 성녀 밀디누는 끄덕끄덕 몇 번이나 고개를 끄덕거리더니,

허둥대면서도 익숙한 듯이 주문을 외웠다.

그것이 끝나자마자 사방이 어두워지기 시작했다.

어, 뭐지?

"크――하하하하!"

내 목소리였다. 상당히 많은 효과가 추가된 것 같았지만, 어쨌든 내 목소리가 머리 위에서 들려왔다.

조심조심 고개를 들어보니, 눈앞에 거대한 인랑이 우뚝 서 있었다.

무섭도록 사실감 넘치는 환상이었다. 과연 전문가다운 솜씨였다.

"네놈들 따윈 내 밥통을 채워줄 요깃거리도 되지 못한다! 죽고 싶은 놈부터 덤벼봐라! 4천 명을 죽이든, 4만 명을 죽이든 어차피 다 똑같으니까!"

또 자릿수가 하나 늘었잖아…….

그런데 주위의 병사들은 완전히 전의를 잃어버린 것 같았다.

용사는 가짜였으며 좀비가 되었고, 성녀는 하급 관리였고, 인랑이 불쑥 나타나 거대하게 변했다.

이런 일들이 연달아 일어나면 누구나 패닉 상태에 빠질 것이다.

나의 환영은 계속해서 크게 외쳤다.

"인랑은 어디에나 존재한다! 네놈들 속에도 이미 인랑이 숨어들어 있다! 그러니 알아서 조심해라, 인간들아!"

아 참, 그러고 보니 난 지금 미랄디아군 민병의 옷을 입고 있었지.

내 환영이 하는 말을 듣고, 병사들은 허둥지둥 서로를 살펴봤다. 그들의 시선이 단상에서 다른 곳으로 옮겨갔다.

즉석에서 생각해낸 것치고는 꽤 훌륭한 연출인걸. 과연 성녀님은 대단하시다.

나는 인랑의 환영 뒤에 숨어서 재빨리 인간 모습으로 돌아왔다.

그리고 밀디누를 번쩍 들어 둘러업고 이곳을 떠나기로 했다.

"저, 어디 가십니까?"

나를 따라온 무역상 마오의 부하들이 조심스럽게 물어봤다. 나는 간단히 대답했다.

"이 녀석을 데리고 돌아갈 거다."

"그, 그러십니까……."

"너희들도 조심해라. 부디 무모한 짓은 하지 말고."

그들은 서로의 얼굴을 마주 보더니 이렇게 대답했다.

"당신이 그런 말씀을 하시니까 기분이 참 묘하네요……."

그런가?

이리하여 나는 대혼란에 빠진 슈베름을 탈출하여 가짜 성녀님과 함께 류하이트로 귀환하게 되었다.

그 후 북부 전선의 상황은 기묘하게 변했다고 한다.

원로원에 대한 북부 전선 장병들의 불신감이 커지면서 민병 중 태반은 자기 고향으로 돌아갔다.

원로원이 기를 쓰고 '용사 란하르트 가짜 설'을 어둠 속에 묻어버리려고 했기 때문에 미랄디아 측에서 이 사건은 그저 의혹에 그친 것 같았다.

아무래도 내가 마왕만큼이나 강하다는 식으로 억지로 스토리를 짜 맞춘 모양이다. 준마왕 클래스니 소마왕 클래스니, 자기들끼리 알아서 이상한 등급을 매긴 것 같았다.

자기들 멋대로 나를 점점 더 강하게 만드는 짓은 그만둬줄 수 없을까…… 실제로는 그렇게 강하지도 않은데. 부끄러울 따름이다.

결국 슈베름에는 상비군과 각 도시의 위병대, 그리고 슈베름과 바헨의 민병들만 남았다고 한다.

또 그들 중에 마족이 숨어들지 않았는지 확인하기 위해 병사 하나하나를 정기적으로 체크하게 된 것 같았다.

이처럼 인원 관리 작업이 무척 힘들어져서 다른 일을 할 여유가 없어진 듯했다.

한편 마왕군 측은 스승님께서 그때 슬쩍 가져가신 마력으로 제2사단을 부지런히 치료해주셨기 때문에 모든 부상병들이 무사히 전선에 복귀하게 되었다.

뭐, 그야 눈도 팔도 전부 다 재생시켜줬으니 전선에 복귀할 수 있었겠지. 삶과 죽음의 비밀을 다 알고 계시는 스승님은 그 정도 치료쯤이야 거뜬히 해내셨다.

물론 막대한 마력을 소비하긴 했지만. 어쨌든 그 덕분에 스승님은 제2사단에서 성모나 성녀로 불리게 되었다고 한다.

그게 은근히 마음에 드셨던 걸까. 그 후로는 스승님도 종종 북부 전선에 들르시게 된 것 같았다.

“그런데 스승님, 마법 무구는 학술적으로도 전략적으로도 가치 있는 것이니까 함부로 다루지 말아주세요.”

“어차피 인간용 무구는 마족에게는 도움이 안 돼. 손의 크기나 신체 비율 같은 것이 다르니까. 게다가 고대 마술사에게는 그것은 마력을 담아두는 그릇에 불과한 것이야. 원래 용도에 맞게 사용했을 뿐인데 왜 그러느냐.”

“요즘 시대에는 그게 귀중한 물건이라고요. 장병들에게 나눠주면 사기가 올라간단 말입니다. 방패 하나쯤은 그냥 놔두실 수도 있었잖아요.”

확실히 스승님의 판단은 합리적이었지만, 그래도 그 마력을 전부 다 흡수할 필요는 없었다고 생각한다.

마법 무구는 대부분의 전사들이 원하는 물건이다. 나도 전생에 온라인 게임을 할 때에는 머리부터 발끝까지 온통 마법 무구를 장비했었다.

뭐, 지금은 인랑이니까, 마법 무구가 실재하는데도 거의 장비할 수가 없지만…….

“흠, 그러냐? 그럼 다음에 마력 여유가 있을 때 뭔가 만들어서 제2사단에 가져다줘야겠구나. 대현자 고모비로아가 직접 만든 작품이니까. 그거면 괜찮겠지? 자, 이제 그만 화를 풀려무나.”

“네, 뭐, 그러신다면야…….”

“죽자마자 좀비가 되어 계속해서 싸울 수 있는 목걸이 같은 것은 어떨까?”

“아군이 죽지 않게 해주는 장비를 만들어주세요.”

스승님은 잠시 생각해보더니 이번에는 이런 말씀을 하셨다.

"쓰러뜨린 적이 좀비로 변해 단시간 동안이나마 아군이 되어주는 검이라든가……."

"아니, 그 좀비를 포기하시면 안 될까요?"

재미있을 것 같지만, 장병들을 혼란에 빠뜨릴 가능성이 있는 장비는 채용할 수 없다. 또 적에게 빼앗기면 일이 복잡해질 테고.

"쓰러뜨린 적이 악령으로 변해 단시간 동안이나마 아군이 되어주는 검……."

"좀비가 악령으로 변한 것뿐이잖아요. 사령술을 너무 좋아하시는 거 아니에요?"

그러자 스승님은 곤란한 듯이 머리를 긁적였다.

"사령술사가 만드는 이상, 그렇게 되는 것은 어쩔 수 없는 일이지 않느냐. 내 전공에서 벗어난 물건은 쉽게 만들 수 없고, 전우들의 영혼이 용기와 가호를 부여하는 투구 같은 것은 선물 받아도 기쁘지 않을 테고……."

"아니, 그게 좋을 것 같은데요?"

스승님이 그런 투구를 몇 개 만들어 가져가자, 제2사단에서 스승님의 인기는 더욱 높아졌다고 한다.

평소에도 이렇게 하시면 좋을 텐데. 스승님은 인간관계를 맺는 데에는 영 서투르단 말이지…….

나 자신도 포함해서 모든 마술사들은 대체로 속세와 인연이 먼 편인데, 사령술사는 그중에서도 특히 더 그렇다. 애초에 눈에 보이는 세계가 다르니까.

티베리트 사단장과는 다른 의미에서 스승님도 문제아였다. 강한 마족은 자기 마음대로 살아갈 수 있으니까 저절로 이렇게 되는 것이겠지.

그러니까 우리들처럼 수수하고 견실한 부관이 필요한 것이다.

병력과 사기를 회복하고 강력한 장비도 손에 넣은 제2사단은 그 후로도 미랄디아 동맹군과 호각으로 계속 대치하는 것 같았다.

전쟁 시작 당시에 비하면 병력은 엄청나게 줄었지만, 기회만 있으면 슈베름을 다시 점령하는 것도 가능할 것이다.

이로써 한동안 북부 전선도 평온하겠군.

그런데 무역상 마오는 뭔가 마음에 안 드는 눈치였다.

"어째서 처음부터 제 부하들에게 연락하지 않으신 겁니까?"

"네가 수상하니까 그렇지. 반성해."

"물론 수상하다는 것은 부정하지 않겠습니다만. 저는 아무런 이득도 없이 남을 배신하지는 않습니다. 정말 너무하시군요."

그는 내가 자신을 의심한 것보다도 '이득도 없이 남을 배신하는 인간'이라고 여겨진 것이 불만인 듯했다.

"무역상 주제에 손익을 계산하지 못하는 녀석은 비겁한 욕심쟁이보다도 더 나쁘단 말입니다. 무역상 실격이나 마찬가지라고요."

"그, 그래? 미안하군."

왜 내가 사과해야 하는 거지?

게다가 부하들에게도 별별 소리를 다 들었다.

"야, 들었냐? 대장이 또 제멋대로 어슬렁어슬렁 돌아다녔대."

"남부 전선의 최고사령관이 북부 전선에서 어슬렁거리면 어쩌자는 거야……."

"그게 말이지, 가짜 용사를 쓰러뜨리러 간 거였대."

"뭐? 무슨 말도 안 되는 짓거리야?"

이봐, 너희들, 일부러 집무실까지 와서 나한테 다 들리도록 험담 늘어놓지 마. 서류를 읽을 수가 없잖아.

"그런데 그 여자 포로는 도대체 뭐야?"

"가짜 용사의 동료였던 가짜 성녀래."

"세상에, 진짜 이 인랑은 생각이 있는 거야, 없는 거야?"

언제까지 나를 씹고 뜯고 맛볼 거냐? 그만 가라, 가.

뭐라고 반박하고 싶었지만 전부 다 사실이었으므로 나는 아무 말도 할 수 없었다.

"대장은 우리 인랑들 중에서도 특히 임기응변에 능한 편이니까……. 터무니없는 짓을 해도 멀쩡하니까 점점 더 무모해지는 거지."

"대장이 지나치게 무사태평하니까 그만큼 우리가 잘 도와줘야지, 뭐. 저러다 죽으면 안 되잖아."

"맞아, 책임이 막중해. 마족의 장래가 걸린 일이야."

어? 설마 나도 문제아 취급을 받고 있는 건가?

그보다 당장 신경 써야 할 것은 성녀 밀디누 님이었다.

"아니에요…… 제 이름은, 그게 아니에요……."

수수하게 생긴 성녀님이 약간 고개를 숙인 채 조그맣게 중얼거렸다.

"본명은 라시입니다. 원로원에 소속된 마술관이에요……."

밀디누는 예명이었구나.

"집이 가난해서 원로원의 장학금을 받고 마술을 배웠습니다. 빚을 면제받기 위해 원로원에서 일했고요. 단지 그랬을 뿐인데……."

알았으니까 훌쩍훌쩍 울지 마.

이 녀석도 그동안 나름대로 고생했던 모양이다.

"너에게 선택의 여지가 없었다는 것은 이해한다만, 가짜 용사란 것이 들통나면 어떻게 될지 알고 있었을 텐데?"

"네, 맞아요……."

밀디누, 아니 라시는 고개를 끄덕였다.

"그래서 들키기 전에, 적당한 타이밍에 용사 란하르트는 전사할 예정이었습니다."

"뭐? 그래도 되는 거야?"

"용사의 인기가 너무 높아져서 우리가 원로원보다도 더 세력이 강해지면 원로원의 높으신 분들 입장이 곤란해지니까요."

처음부터 죽는 것까지 예정되어 있었다니. 무섭군.

"아, 물론 진짜로 전사하는 것은 아니고요. 마왕에게 도전했다가 죽었다고 하고 은퇴할 생각이었죠. 그 후에는 사기를 북돋울 만한 행사나 연설 같은 것을 잔뜩 하고."

아하, 그렇군. 영웅은 살해되어야만 한다는 것인가.

내가 복잡한 심정으로 고개를 끄덕거리고 있는데 라시가 쭈뼛 쭈뼛 나를 쳐다봤다.

"저기요……."

"응?"

"그 사람들은, 강했나요?"

그것은 내가 죽여버린 세 사람에 관한 이야기였다.

가짜 용사라는 사실을 알았더라면 죽이지 않고 잘 이용해볼 수도 있었을 텐데. 하지만 그 상황에서는 나도 위험했다.

아무리 마법 무기의 힘을 빌렸다지만, 그들은 분명히 그것을 잘 다룰 만한 실력이 있었다. 사실 평범한 병사라면 그 어떤 무기를 휘둘러도 나를 제대로 공격하지는 못할 것이다.

그들은 적이었지만 훌륭한 전사들이었다.

그래서 나는 솔직하게 대답했다.

"하마터면 내가 죽을 뻔했지. 물론 그것은 마법 무구의 위력 덕분이었지만, 그 무구가 없었어도 그들은 일류 전사였다. 내 부하로 삼고 싶었을 정도야."

"그래요……. 다행이네요."

라시는 안도의 한숨을 내쉬고 가슴을 쓸어내렸다.

"그 세 사람은 처음부터 죽을 각오는 하고 있었어요. 하지만 그때는 진짜 용사로서 죽고 싶다고, 늘 그런 말을 했었어요."

그만해, 내 죄책감이 폭발할 것 같잖아.

"그런데 그 녀석들도 아마 본명은 란하르트가 아닐 테지? 누가 란하르트였는지는 잊어버렸지만."

"아, 네. 란하르트 역할은 교대로 맡았습니다. 그들 모두가 대역이었어요. 뜻밖의 죽음에 대비한 대책이었지요."

진짜로 만들어낸 용사였구나.

그만큼 원로원도 초조했던 걸까.

라시는 조용히 말을 이었다.

"셋 다 착하고 좋은 사람들이었어요. 짧은 시간 동안이었지만, 함께 지내서 행복했어요."

좋은 사람이었다고 해봤자 나에게는 적이었는데. 게다가 그 행복했던 기간 동안 우리 동료들은 꽤 많이 죽임을 당했으니…….

물론 소리 내어 말하지는 않았다. 그러나 얼굴에 다 드러났나 보다.

라시가 깜짝 놀란 표정을 짓더니 허둥지둥 고개를 숙였다.

"죄, 죄송합니다. 우리는 적이었죠. 네."

"아니, 괜찮아. 우리에게는 미워할 만한 적이었지만, 너에게는 소중한 동료였을 테니까. 나도 마족치고는 별 볼 일 없는 평범한 놈이지만 너에게는 동료의 원수인 셈이고."

그러자 라시는 의아하다는 듯이 고개를 갸웃거렸다.

"평범한 분이시라고요?"

"평범하지. 마왕군에 수두룩하게 있는 부관 중 하나일 뿐이니까."

라시는 여전히 어리둥절한 표정을 지은 채 꼼질꼼질 자기 품속을 뒤지더니 종이 한 장을 꺼냈다.

"저, 이거요. 원로원에서 발행한 현상수배서인데요."

"응?"

【인랑왕 바이트】은화 7만 닢.

· 륜하이트를 지배하는 마왕군 최고간부.

· 투반을 괴멸시킨 장본인.

· 강력한 마술사(사령마법, 강화마법, 파괴마법 등 다양한 기술 보유)

· 검은 머리 청년 모습에서 검은 털의 인랑으로 변신.

· 화살 무효.

· 성문을 파괴하는 공격력.

· 인간을 즉사시키는 울음소리에 주의.

· 물린 자는 인랑으로 변한다.

· 교전했다가 살아 돌아온 자는 없다.

"이게 뭐야……."

지적해야 할 문제점이 너무 많잖아.

애초에 '교전했다가 살아 돌아온 자는 없다'고 해놓고서는 '물린 자는 인랑으로 변한다'고 말하다니, 이거 좀 이상하지 않아? 나는 싸우지도 않고 상대를 무는 건가?

내가 복잡한 심정으로 수배서를 읽고 있는데 라시가 옆에서 서둘러 변명했다.

"앗, 저기, 그건 말이죠, 우리가 바이트 씨를 마왕군 최고간부라고 생각했다는 증거입니다. 악의가 있었던 것은 아니에요."

"아니 뭐, 그거야 괜찮은데. 이것을 쓴 인간을 꼭 한번 만나보고 싶군."

이토록 소문과 억측을 듬뿍 담아서 글을 써놨으니까.

'멋진 미남'이라고 한 줄 추가하는 것쯤은 너그럽게 봐주지 않을까.

그런데 라시는 내 말을 오해했는지 상당히 겁에 질린 것 같았다.

"죄, 죄송, 죄송합니다……. 저, 실은 원래부터 눈치가 없는 편이라……."

확실히 그런 것처럼 보인다. 그래서 운 나쁘게 그런 역할을 떠맡았던 거겠지.

그나저나 나에게 은화 7만 닢의 현상금이 걸리다니……. 하루에 은화 한두 개만 있으면 먹고살 수 있는 세계이니까, 조금 사치를 부려 연간 7백 닢을 쓰더라도 100년은 먹고살 수 있겠군.

내가 죽은 척하고 누군가에게 상금 받아 오라고 하고 싶다.

자세히 보니 우리의 마인공(魔人公) 아일리아 님께서도 현상수배자가 되어 있었다.

【배신한 태수 아일리아 뤼테 아인도르프】은화 10만 닢

- 남장미녀
- 2등영작 (박탈)
- 사시마엘류(流) 세검술(細劍術) 사범 (박탈)
- 마이에하라류 2급 궁중 다도사(茶道師) (박탈)
- 미랄디아 초급 보병 군학사(軍學士) (박탈)
- 미랄디아 광역 교역 면허 (박탈)

과연 귀족님답게 다재다능한 분이시네……. 그리고 그 자격을 줄줄이 박탈당했고. 모든 자격을 잃었으니 이제는 그냥 '남장미녀'라고 해야 하지 않나?

아무튼 어지간히 미움받고 있나 보다. 마족인 나보다도 더 높은 현상금이 걸려 있었다.

이미 알고 있을지도 모르지만 나중에 가르쳐줘야겠다.

그건 그렇고, 이제 라시를 어떻게 할지가 문제인데.

"이봐, 혹시 원로원으로 돌아가고 싶나?"

"돌아가고 싶지만, 돌아가면 어차피 처형되거나 린치를 당할 테죠……."

뭐, 그야 그렇겠지.

하는 수 없다. 끝까지 돌봐줄 수밖에.

"그럼 륜하이트에서 살 텐가? 네 실력이라면 마왕군에 넣어줄 수도 있는데."

"그, 그럼…… 그렇게 해주세요."

전직 가짜 성녀 밀디누 님, 즉 라시는 내 앞에서 꾸벅 고개를 숙였다.

북부 전선의 전쟁이 장기전 양상을 띠어갈 무렵, 곳곳에서 륜하이트 시민들이 돌아오기 시작했다. 다른 곳으로 이주하려던 녀석들이 이주에 실패하여 하나둘씩 이곳으로 돌아온 것이다.

"바이트 님, 제 이야기 좀 들어주세요!"

시민의 민원 창구인 태수의 저택 1층. 그곳에서 여행자 차림의 시민이 나를 보고 시끄럽게 떠들어댔다.

"그놈들이 말이죠, 제가 륜하이트 출신이라는 이유만으로 마왕군과 한패인 줄 알더라니까요! 저거 보세요, 저 밖에 있는 짐수레!"

시키는 대로 그쪽을 보니, 수레에 화살 두 개가 박혀 있었다.

"성벽에서 활을 쐈어요! 당장 꺼지라면서!"

"아——…… 그래, 힘들었겠네."

륜하이트의 무역상들도 뇌물이나 인맥을 이용해 간신히 해결을 보고 있는 상황이니, 일반 시민은 이렇게 되는 것도 당연한가.

그래도 위협사격은 좀 너무한데.

"그 망할 새끼들을 당장 짓밟아주세요!"

"자네는 누구 편인가?"

이처럼 륜하이트에서 이주한 사람들은 저쪽에서 그다지 환영받지 못한 것 같았다. 100여 명이 떠나갔다가 절반 이상이 되돌아왔다.

아직도 이주할 곳을 찾아다니는 놈들도 있겠지. 운 나쁘게 길바닥에서 객사한 녀석도 있을 테고. 무사히 이주에 성공한 시민은 적은 것 같았다.

돌아온 시민들은 여러 지역의 정보를 가져왔다. 뭐, 편견이 꽤 많이 섞여 있었지만.

마왕군이 그들의 집과 밭을 돌려주자, 어떤 이는 눈물을 흘리면서 내 손을 붙잡았다.

"고마워요, 고마워요……. 이곳이 없었으면 그대로 죽을 때까지 황야를 헤맬 뻔했는데…… 정말 고맙습니다."

"륜하이트는 륜하이트 시민을 결코 버리지 않는다. 이제 괜찮으니 안심해도 돼."

내가 그렇게 말하자, 그는 울면서 몇 번이나 고개를 끄덕였다.

"바이트 님, 고맙습니다! 그러니 제발, 그놈들을 빨리 박살내주세요!"

자네는 그 성격 때문에 이민을 거부당한 것 같은데.

한편 라시는 성녀 밀디누가 아닌 평범한 환술사 라시로서 륜하이트에 살게 되었다.

환술사로서의 실력은 얼마 전에 직접 확인했고, 그녀가 우리를 배신할 가능성도 적었다. 현재 그녀로선 마왕군의 비호를 받으며 살아가는 것 외에는 선택의 여지가 없으니까.

그 후 마왕님께서 정식 임관 허가를 내리셨다. 그녀는 아일리아에 이어 두 번째로 마왕군에 들어온 인간 멤버가 되었다. 뭐, 일반 병사 신분이지만.

좋아. 이런 식으로 차근차근 인간을 포섭해 나가야지.

"호, 그대도 그렇게 생각하는가?"

"네, 저도 반대합니다."

집무실 옆에서 스승님과 라시의 대화가 들려왔다.

아무래도 마술사끼리 이야기가 잘 통하는 것 같았다. 스승님은 비교적 낯가림이 심한 타입이지만 마술사와는 편하게 대화할 수 있나 보다.

좋아, 사령술사와 환술사가 무슨 대화를 나누는지 살짝 구경해

보자.

"저, 예를 들어 '동료들과 함께 먹는 풀코스 요리'와 '서고(書庫) 한구석에서 혼자 먹는 샌드위치'가 있다면, 둘 중 뭐가 더 좋을까요?"

뭐야? 이상한 질문이네.

당연히 풀코스 요리가 좋지. 무조건 양이 많은 게 최고니까.

"그야 물론 '서고 한구석에서 혼자 먹는 샌드위치'가 좋지."

"네, 그렇죠!"

"어두침침한 방 안에서 혼자 조용히 샌드위치를 먹는 시간은 참으로 편안하니까……."

무슨 소리인지 모르겠다.

나는 옆방 문을 열어놓은 채 신나게 의기투합하고 있는 두 명을 멍하니 바라봤다.

생글생글 웃던 스승님이 문득 나의 존재를 눈치채고 이쪽을 돌아봤다.

"오, 바이트. 이 꼬마 마녀는 상당히 뛰어난 소질을 가지고 있구나."

"도대체 무슨 소질입니까?"

혼자서 밥 잘 먹는 소질이라면 굳이 계발할 필요도 없는데.

라시도 생글생글 웃으면서 스승님의 손을 잡고 있었다.

"바이트 씨! 고모비로아 님은 정말 소탈하고 좋은 분이시네요! 이야기가 너무 잘 통해요!"

아, 그래…… 그러고 보니 당신들은 둘 다 사회성이 떨어지는 타입이었지…….

스승님은 고개를 여러 번 끄덕이더니 다음과 같이 선언했다.

"나는 이 라시라는 아이를 제자로 삼을까 한다. 인간사회에서는 이미 사라져버린 강력한 환술을 내가 몇 개 알고 있는데. 어떠냐, 라시?"

"네 좋아요, 고모비로아 님!"

"아니, 그냥 모비라고 부르라니까."

"네, 모비 선생님!"

"옳지, 그래. 잘한다."

두통이 난다.

다시 일이나 하러 가자.

새 후배가 생겨서 기쁘기도 하고 난감하기도 한 와중에 라시에게서 이런 정보를 얻었다.

"륜하이트 동쪽에 있는 샤르딜이란 곳을 아세요?"

"당연히 알지. 가깝지는 않지만, 동쪽에 있는 이웃 도시니까."

샤르딜은 륜하이트와 같은 교역도시였다.

북부의 볼츠 광산 등에서 채굴된 광물자원은 남쪽으로 내려와 공업도시 투반 같은 곳에서 제품으로 가공된다.

그것이 또 남쪽의 륜하이트로 운반되어 남부의 각 도시로 퍼지는 것이다.

샤르딜은 거기서 좀 더 동쪽에 있는 미랄디아의 바깥으로 길게 이어지는 교역로 중간에 위치해 있었다. 일종의 실크로드라고나

할까. 물론 상당히 다르지만.

그런데 이 샤르딜은 북부 도시와는 사이가 좋지 않았다. 통일 전쟁 당시 이런저런 일이 있었는지, 아직도 서로에게 원한을 품고 있는 것 같았다.

"그 샤르딜이 륜하이트에 이어서 미랄디아로부터 독립하려고 한다는 소문이 북부까지 흘러 들어왔는데요."

"뭐? 지금 이 상황에서 샤르딜이 독립했다가는 망할 텐데?"

"그런데 원로원에서도 이것이 문제가 되어서요. 꾸물거리다간 남부 전체가 마왕군의 편에 설지도 모른다는 위기감이 생긴 거죠. 그래서 가짜 용사 계획도 나온 것 같아요."

아무리 북부와 사이가 안 좋아도, 샤르딜은 현상유지를 하는 것 이외에는 살아남을 방법이 없다. 마왕군과 손을 잡는다 해도 상당한 각오가 필요할 것이다.

그렇게까지 못 믿겠다면 차라리 통일도 하지 말지.

나는 그런 생각을 하면서도 또 다른 정보를 떠올렸다.

륜하이트를 떠났던 주민들 중 일부는 샤르딜로 갔다고 한다.

뭐, 미묘하게 뭔가 안 맞아서 결국 륜하이트로 돌아오게 됐는데, 그들이 말하길 샤르딜의 태수가 조금 이상한 행동을 했다고 한다.

미랄디아 상비군이 샤르딜에 주둔할 것을 요청했는데 태수가 그것을 거절했다는 것이다.

륜하이트 북서쪽에는 베르네하이넨, 북동쪽에는 투반이 있다.

둘 다 마왕군이 지배하는 도시이며, 서쪽은 미랄디아 바깥 지역이다.

그렇다면 륜하이트를 공략하기 위해서는 동쪽이나 남쪽에서 쳐들어갈 수밖에 없다. 이왕이면 동쪽에서 쳐들어가고 싶을 것이다. 남쪽까지 가려면 너무 멀리 돌아가야 하니까.

그런데 샤르딜 태수가 상비군의 주둔을 거부한 것이다. 이는 꽤 흥미로운 이야기였다.

그래서 나는 즉시 인랑 부대와 무역상을 이용해 이것저것 조사해봤다.

그 조사 결과는 나를 혼란스럽게 만들었다.

샤르딜은 이전부터 북부 측의 요청을 계속 거절했었다.

이번에도 '북부에서 오는 상비군 병사를 충분히 잘 대우할 수 없다'는 이유로 거절했다고 한다. 중대한 이유는 아니다. 틀림없이 핑계에 불과하겠지.

진짜 이유는 '너희들 마음에 안 드니까 오지 마'라는 것이 아닐까.

그런데 북부 도시를 싫어하는 성향은 륜하이트를 비롯한 남부 도시 전체의 공통된 특성이었다. 미랄디아 통일전쟁 당시 그들은 북군과 남군으로 갈라져 싸웠기 때문이다. 문제는 일반인이 아닌 원로원이 그 소문에 신경 쓰고 있다는 것이었다.

지배자의 심리에 영향을 줄 정도라면 그것은 이미 단순한 소문이라고 할 수 없었다. 그것은 정보전의 무기다.

어딘가에 써먹을 수 있지 않을까.

그 후 아일리아가 집무실에 찾아왔다. 그래서 나는 그녀와 의논해봤다.

"아…… 네, 그런 분쟁은 예전부터 자주 있었습니다. 유서 깊은 아인도르프 가문이 이등영작 작위밖에 받지 못한 것도 그런 이유 때문이고요."

아일리아는 스승님과 라시의 외톨이 토크를 곁눈질로 구경하면서 말을 이었다.

"교역을 통해 얻은 막대한 이익을 미랄디아 국고에다 넣어줬는데도, 아버지도 저도 끝까지 2등급에만 머물렀죠."

"그래서 당신은 미랄디아에 대한 희망을 버렸던 거요?"

"이등영작은 한낱 관리인입니다. 도시를 개발할 권한이 없어요. 주민이 구획 정리나 확장을 원해도, 우선 원로원의 허가부터 받아야만 합니다. 그리고 고액의 임시기부금을 바치지 않는 한 절대로 허가를 받지 못하고요."

"그건 너무 심하군."

이제는 그런 허가 따윈 필요 없으므로 륜하이트 전체가 재개발되고 있는 중이었다.

"샤르딜도 아마 비슷한 대접을 받았을 겁니다. 그곳 태수와는 선대부터 꾸준히 교류해왔는데, 저희 아버지와 그분은 신나게 원로원에 대한 험담을 했으니까요."

그렇게 몇 대에 걸쳐 꾸준히 원한을 품다니, 대단한걸…….

그런데 머나먼 북부까지 안 좋은 소문이 흘러 들어갔을 정도라면 협상의 여지가 있을지도 모른다.

"혹시 샤르딜의 태수와 협상하는 것이 가능하겠소?"

"모르겠습니다. 현재의 태수인 아람 님이 충분히 역량 있는 태수라는 것은 알고 있지만, 샤르딜의 근황은 모르기 때문에 그가 뭘 어떻게 판단할지는……."

아람이라는 남자는 북부를 싫어하긴 하지만, 단순히 그런 이유만으로 마왕군과 거래를 할 정도로 어리석진 않은 것 같았다.

좋아좋아, 그 정도 능력은 있어야지.

"흥미롭군. 그자를 만나봐야겠소."

"당신이 만나신다고요?"

아일리아가 깜짝 놀랐다. 그러나 나는 이미 결심했다.

"아일리아 님의 친구라면 적어도 대화에는 응해줄 테니까. 혹시 안 된다면…… 뭐, 어떻게든 되겠지."

실패했을 경우에 관해서는 그다지 깊게 생각하지 않는다. 이는 인랑의 나쁜 습관이었다.

뭐, 어쨌든 모살당할 위험성도 낮으니까.

"당장 수행원을 뽑아야겠군. 아일리아 님, 내가 없는 동안 뒷일을 잘 부탁하오."

"마왕 폐하께 이를 겁니다. 아셨죠?"

"아니, 그런 매정한 소리 하지 말고 너그럽게 봐주시오. 이것도 다 륜하이트의 안전을 위한 것이니까. 당신도 느긋하게 차만 마시지 말고 이제 그만 일하러 가시오."

나는 아일리아의 등을 억지로 떠밀어 방 밖으로 쫓아낸 후, 누구를 데려갈지 고민하기 시작했다.

*　　*

〈라시의 편지〉

어머니, 언니, 잘 지내고 계세요? 못난 라시가 인사드립니다.

사실 저는 얼마 전까지 용사 란하르트를 모시는 성녀 밀디누 역할을 하고 있었습니다.

이미 그만뒀지만요.

지금은 륜하이트에 와 있습니다.

아, 참고로 란하르트라는 사람은 이 세상에 없어요.

그것은 원로원 사람들이 만들어낸 허상입니다.

제가 가짜 성녀 노릇을 그만두고 륜하이트에서 살게 된 지 며칠이 지났습니다.

처음에는 남부의 기후나 풍토에 적응하기 어려웠지만, 제 성격이 좀 헐렁해서 그런지 금방 익숙해졌습니다. 남부의 음식은 맛있네요.

륜하이트의 상황은 제가 생각했던 것과는 전혀 달랐습니다.

원로원이 저에게 가짜 용사 일행에 합류하라고 명령했을 때, 제가 들은 설명은 다음과 같았습니다.

『륜하이트는 마족에게 지배당함으로써 날마다 처형과 고문에 의한 절규가 울려 퍼지고 있다. 시체는 아무렇게나 방치되어 썩은 내가 진동한다. 배수구는 피로 검붉게 물들었고, 깨끗한 물도 쉽게 구할 수 없다.』

솔직히 말해 무서웠습니다.

하지만 그렇다면 우리가 가짜 용사가 되어서라도 미랄디아 사람들을 하나로 똘똘 뭉치게 해야 한다.

그렇게 생각했습니다.

그러나 우리의 작전은 성공하지 못했습니다.

그날 밤 사건은 평생 잊지 못할 것입니다.

그리고 평생 떠올리고 싶지 않습니다.

저와 함께 행동하던 기사 세 명은 죽었습니다.

저 혼자만 살아남아서 죄송합니다.

인랑인 바이트 씨가 저를 구해주셔서, 저는 슈베름에서 륜하이트로 무사히 도망칠 수 있었습니다.

이곳 사람들은 내가 가짜 성녀였다는 것을 모르고, 또 알아도 그다지 신경 쓰지 않고 편하게 대해줍니다.

이를테면 이곳에 계신 휘양교 사제님은 다른 지방 사람들과는 달리 무척 친절한 분이세요. 일부러 저를 보러 와주셨거든요.

제가 저 자신의 죄를 고백하자, 그분은 몇 번이나 고개를 끄덕이더니 "나도 당신처럼 죄 많고 방황하는 인간입니다. 죄를 없애는 것은 불가능하나, 속죄를 거듭하는 것은 가능합니다. 이것은 남에게 들은 이야기입니다만"이라고 웃으면서 말씀해주셨습니다.

휘양교의 높으신 분들은 이보다 훨씬 더 거만하다고 생각했었는데요, 여기서는 그게 아닌가 봐요.
거리에는 마족들이 우글거리고 있습니다.
견인? 네, 아마 견인이 맞을 텐데요. 무지무지 귀여워요. 털이 복슬복슬해요.
인랑도 있고, 또 도마뱀처럼 생긴 마족도 있어요. 처음에는 무서웠지만 의외로 친절하고 예의바른 것 같아요.
아 맞다, 하반신이 말로 된 사람도 있어요. 그중에는 잘생긴 사람들이 많은데요, 근육도 빵빵하더라고요.

아 참, 그렇지. 저와 함께 행동하던 기사 세 분의 이름을 여기 적을게요.
본명인지 아닌지 모르겠지만, 혹시 그쪽 동네에 유족이 있다면 전해주세요.
주로 검성 역을 담당했던 사람이 에비넴 씨.
"나보다 더 검을 잘 쓰는 사람이 수두룩한데 이런 칭호를 받다니……"라는 말을 늘 했었어요.
성기사 역할을 맡았던 카니차 씨는 "인기 많은 것은 좋은데, 품행 방정하게 행동해야 한다는 것이 힘들다"라고 하셨고요.
용사 란하르트 역을 제일 자주 맡았던 셀크 씨는 "미랄디아에서 마족을 다 쫓아내면 언젠가 진실을 밝힐 수 있는 날이 올까……?" 라고 입버릇처럼 말하셨어요.
세 사람 다 인랑인 바이트 씨에게 패배했지만, 바이트 씨는 세 사람을 칭찬했습니다. 일류 전사라고.

그러니까 셋 다 편안히 잠들었으면 좋겠어요. 언제나 신사적이고 듬직하고 다정한 모습을 보여줘서 정말 고마워요.

비겁한 저는 마왕군의 보호를 받으며 앞으로도 계속 살아가려고 합니다. 정말 죄송해요.

바이트 씨는 적이었던 저를 목숨 걸고 구해줬습니다. 이유는 모르겠지만요.

게다가 또 신기한 것은요, 그날 밤 바이트 씨가 죽인 사람은 그 기사 세 분뿐이었어요. 저를 구하기 위해 한바탕 날뛰었는데도 미랄디아 병사는 한 명도 죽이지 않았습니다.

그 이유를 물어보자 바이트 씨는 '아차' 하는 표정을 짓더니, 저에게 등을 돌리고 다음과 같이 말씀하셨습니다.

"어――…… 그건 그러니까, 그거야. 하찮은 피라미들을 죽여봤자 재미없으니까."

저는 마족도 군인도 아니니까 잘은 모르겠지만, 정말로 그런 걸까요?

어쨌든 그 덕분에 제 마음은 편해졌습니다. 사람이 죽는 것은 원치 않으니까요.

그런데 바이트 씨는 마족인데도 뭔가 좀 신기한 분이에요.

마치 이웃집 오빠처럼 친근하다니까요.

아, 맞다. 마왕군의 아주 위대한 마술사, 대현자 고모비로아 님이 저를 제자로 삼아주셨어요. 저는 그분을 모비 선생님이라고 부릅니다.

그런데 고모비로아라는 이름은 예전에 공부하다가 들은 적이 있는데요. 마술의 역사를 공부할 때였나? 저, 마술의 역사는 자신 없단 말이죠.

오랜만에 공부를 하니까 정말 재미있더라고요. 마법은 정확히 입력한 술식(術式) 대로 발동되니까, 사람 사귀는 것과는 달리 피곤해질 일이 없어서 좋아요.

모비 선생님께 그렇게 말씀드렸더니 그분도 진심으로 동의해주셨어요.

그런데 저는 구출된 후에도 '높으신 분이 시키는 대로 했을 뿐인데 왜 내가 혼나야 하지?'라고 생각했습니다.

하지만 결국 자신이 한 일에 대한 책임은 자신이 져야하는 거겠죠. 무조건 높으신 분이 나쁘다고 할 수는 없을 거예요.

……아니, 역시 높으신 분의 책임도 묻고 싶습니다. 깊이 생각해보지 않아도 이건 결국 버리는 패였던 거잖아요?

뭐, 어쨌든 저도 반성하고 있지만요.

그래서 저는 그동안 많은 사람들을 속였던 것만큼 앞으로 뭔가 해보려고 합니다. 저 같은 말단 관리라도 뭔가 도와줄 수 있는 일이 있을 거예요. 아마도.

이를테면 세계평화?

자, 이제 이 편지를 누군가에게 전해달라고 부탁하면 좋겠지만……

전하기 어려울 것 같네요.

그러니까 언젠가 제가 살아서 어머니와 언니를 만나러 갈게요.

두 분 다 건강하게 잘 지내세요.

추신 : 원로원에서는 이미 해고당했을 테니까, 장학금은 앞으로 마왕군에서 열심히 일해서 조금씩 갚을게요. 죽어도 갚을 거예요. 두고 보라죠!

*　　　*

"장사하러 가는 김에 겸사겸사 이것도 전달해주지 않겠나?"

나는 무역상 마오에게 편지 한 통을 내밀었다. 요즘 들어 이놈은 틈만 나면 내 집무실에 들어와 앉아 있었다.

마오는 귀여운 연분홍색 봉투를 보고 고개를 갸웃거렸다.

"어디로요?"

"북부의 크라우헨으로. 주소와 수신인은 거기 적혀 있어."

"그것참 멀기도 하네요……. 뭐, 마침 볼일도 있으니까 괜찮긴 한데요."

그는 편지를 받아들었지만 여전히 의아한 표정을 짓고 있었다.

"크라우헨에 아는 사람이라도 있습니까?"

"가짜 성녀님의 고향이라더군. 내용은 검열했으니까 문제없어."

마오는 아직도 묘한 표정이었지만 어쨌든 고개를 끄덕이고 편지를 품속에 넣었다.

"제가 책임지고 맡아두겠습니다. 잘 전해줬다는 증거가 필요한가요?"

"뭐든지 하나 있으면 좋겠는데. 답장을 받아왔으면 좋겠군."

"알겠습니다."

그런데 크라우헨은 동북부의 변경 도시 아닌가.

이 녀석은 무슨 볼일 때문에 거기까지 가는 거지?

"크라우헨에 뭐라도 있나?"

"이거요, 이거."

그가 꺼낸 것은 희끄무레한 돌덩이였다.

처음에는 그게 뭔지 몰랐지만 인랑의 후각 덕분에 알 수 있었다. 암염이었다.

"소금은 어차피 남쪽 바다에서 얼마든지 구할 수 있잖아? 뭐 하러 크라우헨까지 사러 가는 거지?"

그러자 마오는 어깨를 으쓱했다.

"암염과 천일염은 맛이 다르거든요. 그러니까 이쪽 염전에서 정제한 소금을 싣고 저쪽으로 가서 암염을 사 가지고 오는 거죠. 갈 때나 올 때나 내내 소금을 운반하기 때문에 상품을 관리하기가 쉽답니다."

"뭐, 그야 맛은 다르겠지만……."

마오가 가지고 있는 암염에서는 유황 냄새가 났다. 인랑의 후각이 워낙 대단해서, 변신하지도 않았는데 그 냄새 때문에 코가 마비될 것 같았다.

"기름진 고기에 대고 문질러서 불에 살짝 구워주면 최고로 맛있다니까요. 불이 잡내를 제거해줘서 맛이 좋아지거든요. 고급 식당이나 부유층한테 비싸게 팔 수 있어요."

정말?

"그런데 자네, 혹시 샤르딜에는 연줄이 있나?"

"아뇨, 저는 주로 남부와 북부를 오가는 편이라……. 샤르딜에서 정제염을 팔아봤자 비싸게 팔지도 못하니까요. 가끔 암염이나 팔러 갈 뿐이죠."

도움이 안 되는 녀석이군.

"샤르딜의 아람 태수님은 미식가라서 우리 가게의 암염을 정기적으로 구입하고 계십니다. 그러니까 만남을 주선하는 것 정도는 가능하겠죠."

"이봐, 자네 진짜……."

그거면 충분하고도 남잖아?

좋아, 그렇다면 이 악당과 계속 이야기를 나눌 필요는 없겠지.

"당장 알아봐."

"알겠습니다. 구체적으로는 어떻게 해드릴까요?"

나는 희미한 미소를 지었다.

"그냥 내가 인사드리러 간다고 전해줘."

"알겠습니다."

나는 즉시 모든 공무를 아일리아에게 떠맡기고 샤르딜로 갈 준비를 했다.

이것도 여행은 여행이었다. 동쪽에 있는 작은 사막을 우회해야 하므로.

실은 나 혼자 가고 싶었지만 단독행동을 하면 인랑 부대 녀석들이 시끄럽게 굴어서 어쩔 수 없었다.

좋아, 하맘 부대를 데려가자. 그 녀석들은 원래 사막의 유목민들 틈에 섞여서 살아왔다고 하니까 여행에는 익숙할 것이다.

"잘 부탁한다. 하맘."

"네, 알겠습니다. 부관님."

나는 이번에는 마왕군의 정식 사자로서 마차를 준비했다. 짐마차가 아니라 지붕도 달린 마차였다.

뭐 그렇게 대단한 것은 아니지만, 실은 여행용 마차라는 것 자체가 고급품이었다. 미랄디아에서는 자가용 제트기만큼 호화스러운 물건이었다.

설령 그것이 말똥 냄새로 인랑의 코를 마구 괴롭히고, 또 엄청나게 덜컹거린다 해도.

마차는 호화로운 탈것이므로 신분을 과시하기에는 딱 좋았지만, 그렇기 때문에 또 쓸데없는 사건에 휘말릴 가능성도 있었다.

"부관님, 전방에 모래 먼지가 발생했습니다."

하맘이 문을 두드렸다. 나는 창문을 통해 그쪽을 봤다.

"……열 명쯤 되나?"

"먼지가 일지 않도록 조심해서 달리고 있는 것 같으니까, 아마 그보다 좀 더 많을 겁니다. 13, 아니면 14명이지 않을까요."

과거에 사막에 살았던 하맘이 그렇게 말한다면 틀림없겠지.

하맘 부대 중 마부를 제외한 나머지 두 명이 전투태세를 취했다. 하맘도 허리에 찬 곡도(曲刀)에 손을 댔다.

"변신할까요?"

변신하면 쉽게 이길 수 있지만, 변신하지 않으면 이길 수 없는 인원 차이인데.

골치 아프게 됐다. 좀 더 많은 호위병을 데려올 걸 그랬나.

나는 적의 의도를 확인해봤다.

"저거 도적, 맞지?"

"이 일대를 주름잡는 유목민 전사들입니다."

도적이군.

그들은 단지 자기네 구역의 통행료를 징수하러 온 것이라고 생각할 테지만.

"귀찮게 됐군."

확 죽여버릴 수도 있지만, 지금 우리는 외교활동을 하러 가는 길이다. 쓸데없는 사건은 일으키고 싶지 않았다.

그때 하맘이 이런 말을 꺼냈다.

"싸움을 피하고 싶으시다면 제가 알아서 처리하죠. 저에게 맡겨주시겠습니까?"

하맘은 숨겨진 인랑 마을 출신이 아니다.

그는 인랑 부대가 결성되기 직전, 내가 어엿한 마술사가 되었을 무렵에 숨겨진 마을로 찾아온 이주자였다.

그 전까지는 이 지역에서 활동하고 있었나 보다.

하맘에게 무슨 생각이 있는 것 같았으므로 나는 그에게 다 맡기기로 했다.

"좋아. 네가 알아서 해봐."

"감사합니다. 그럼 부관님, 적당히 제 말에 맞장구를 쳐주십시오."

뜬금없이 무슨 소리야?

내가 당황해하는 사이에 말 탄 사람들이 우리의 마차를 둘러쌌다.

하맘이 짐작했던 것처럼 정확히 13명이었다. 모두 다 유목민 같은 옷을 입고, 활과 곡도로 무장하고 있었다.

리더처럼 보이는 중년 남자가 수염에 묻은 모래를 털어내면서 소리를 질렀다.

"이곳은 우리 슬자프가 지배하는 구역이다! 지나가고 싶으면 우리 두목님께 인사드리고 양을 두 마리 헌상하고 가라!"

말도 안 되는 소리. 애초에 양은 데려오지도 않았는데.

그때 그 남자가 곧바로 말을 이었다.

"그게 싫으면, 한 사람당 은화 다섯 닢을 지불해라!"

핵심은 그거였군요.

다섯 명이면 은화 25닢. 20만 엔쯤 되는군.

그 정도면 지불해도 되겠다고 생각했는데 하맘이 재빨리 앞으로 나섰다.

"오랜만이다, 형제들."

하맘의 목소리와 얼굴을 확인한 유목민들은 깜짝 놀랐다.

"뭐야, 너 설마, 하맘이냐?!"
"살아 있었어?!"
하맘, 너 도대체 무슨 짓을 하고 다닌 거냐.
하맘은 살짝 고개를 끄덕이고 이렇게 대답했다.
"그래, 어찌어찌 간신히 도망쳤거든. 지금은 이분을 모시고 있어. 현재로선 자세한 사정은 밝힐 수 없지만, 신분이 매우 높으신 분이야."
신분이 높다고? 내가?
하맘이 말없이 내 얼굴을 물끄러미 쳐다봤다.
아, 맞다. 맞장구를 쳐주기로 했지.
걱정 말라고.
나는 마차 좌석에 앉은 채 고개를 천천히 끄덕거렸다.
"슬자프 사람들이여, 만나서 반갑구나. 나는 륜하이트의 외교관이다. 하맘은 현재 나의 직속 부하로서 훌륭히 활약하고 있다."
이 마차에는 륜하이트 시의 문장이 새겨져 있으므로 설득력이 있을 것 같았다.
유목민들은 서로 얼굴을 쳐다보더니 말에서 내렸다.
이어서 가슴에 손을 대고 공손하게 인사했다.
"우리 동포를 위기에서 구해주시고 특별히 아껴주셔서 감사합니다."
오, 의외로 우호적인걸.
이 사람들은 내가 하맘을 도와준 은인이라고 생각하는 것 같았다.

아니, 오히려 하맘이 나를 도와주고 있는데 말이지.
나는 의젓하게 고개를 위아래로 움직였다.
"나는 지금 공무를 수행하기 위해 샤르딜로 가는 길이다. 급한 용무라 그쪽 두목님께 인사를 드리러 갈 수는 없으나, 은화라면 기꺼이 지불하겠다."
그러자 그들은 허둥지둥 고개를 옆으로 흔들었다.
"아뇨, 아닙니다. 우리 동포를 구해주신 은인께 금품을 받을 수는 없습니다."
"그런 짓을 했다가는 고요한 달의 분노를 사게 될 것입니다."
그들은 경건한 정월교도였다.
유목민 중 하나가 허리에 찬 가죽주머니를 끌러 이쪽으로 내밀었다. 소리와 냄새로 보아 하니 안에 발효주가 든 것 같았다.
"부디 앞으로도 우리 동포를 잘 보살펴주십시오."
나는 그 술을 받아들고 미소 지었다.
"약속하마. 고요한 달의 가호가 오늘 밤에도 자네들을 비추길 바란다."
내가 정월교 고유의 인사말을 하자, 그들은 고개 숙여 인사하고 나서 말에 올라탔다.
"이 마차에 경의를 표하라고 우리 부족 사람들에게 일러두겠습니다! 돌아가시는 길의 안전도 저희가 보증하겠습니다!"
나는 고개를 끄덕였다.
"고맙다."
마지막으로 리더처럼 보이는 남자가 나에게 말했다.

“저, 괜찮으시다면 존함만이라도 가르쳐주십시오!”

실은 비밀리에 여행하는 중이었는데, 이미 들켰으니 상관없나.

하맘은 말없이 표정으로 ‘조용히 하세요’라고 말하는 것 같았다. 그러나 나는 그들에게 경의를 표하기 위해 내 이름을 밝히기로 했다.

“내 이름은 바이트. 언젠가 다시 만나자.”

그 순간, 유목민들이 경악한 표정을 지었다.

“바이트?! 그…… 설마?!”

“그 엄청난 무용으로 유명한 인랑 바이트 님?!”

“륜하이트를 공략한 마왕군 장군이잖아!”

“이교도 4천 명과 싸웠다는 그…….”

4백 명입니다. 자릿수 늘리지 말아주세요.

이거 큰일 났군.

그들의 시선에서 이제는 공포와 존경이 느껴졌다.

나는 마차를 모는 인랑에게 명령했다.

“가자.”

“아, 네.”

우리는 서둘러 출발했다.

하맘이 조그맣게 중얼거렸다.

“부관님, 지금 이름을 밝히지 말걸 그랬다고 후회하고 계시지 않습니까?”

“……맞아.”

하맘의 과거를 자세히 알아볼 기운조차 없어졌다. 나는 마차

좌석에 기대어 축 늘어졌다.

그 후 우리는 별 탈 없이 샤르딜에 도착했다.

교역도시 샤르딜은 아름다운 호숫가에 위치한 도시였다. 교역로의 오아시스. 륜하이트와는 다른 문화권에 속해 있는지 전체적으로 아라비아 같은 느낌이 들었다.

이곳의 태수 아람은 미식가이므로 향신료나 소스 따위를 자주 사들인다고 한다. 그래서인지 그와 관련된 가게도 많아서, 시내 곳곳에서 이국적인 소스 냄새가 풍겨왔다.

"배고프네."

내가 중얼거리자 다들 똑같이 고개를 끄덕였다.

같은 교역도시라도 이곳은 대상(隊商)의 휴식과 물자 보급에 중점을 둔 것 같았다. 술집이나 포장마차가 많아서 우리 인랑들에게는 참 매혹적인 도시였다. 화물을 사고파는 것에 중점을 둔 륜하이트와는 다소 분위기가 다른 것 같았다.

듣자 하니 환락가도 있다던데. 약간 신경 쓰였다.

환생한 이후로는 쭉 인터넷도 TV도 없는 생활을 해왔으니까. 화려한 문화에 관심이 가는 것도 자연스러운 일이었다.

이곳은 적지이니까 가볼 수는 없겠지만…….

샤르딜의 성문 앞에서 내가 면회를 요청하자 위병들은 노골적으로 동요했다.

나까지 포함해 겨우 다섯 명, 심지어 모두 다 비무장 상태였지만 그래도 마왕군의 사자이니까.

그러나 아람 태수가 직접 등장하자 병사들의 동요도 즉시 가라앉았다.

별로 군인 같은 느낌이 들지는 않았지만 나름대로 통솔력은 있나 보다. 그건 아일리아와 비슷한가.

그런데 이 청년의 체형은 좀 둔하고 소심해 보였다.

"처음 뵙겠습니다. 샤르딜의 태수이자 이등영작인 아람 수크 샤자흐라고 합니다. 안 그래도 한 번 뵙고 싶었습니다."

"마왕군 제1사단 부관 바이트라고 하오. 갑자기 이렇게 방문해서 미안하구려."

자, 이제 얼마나 대단한 인물인지 구경해볼까.

나는 전망 좋은 호화로운 방으로 안내되었다. 태수의 응접실인 듯했다.

"동행하신 분들께서는 이쪽에서 편히 쉬시길 바랍니다."

"아뇨, 저희는……."

하맘이 고개를 가로저으려고 했지만 내가 그를 제지했다.

"걱정할 필요 없다. 푹 쉬어."

내 말을 듣고 하맘은 미간을 찌푸렸지만, 태수 일행 앞에서 나에게 반항하는 것은 좋지 않다고 판단한 것 같았다.

"네, 좋습니다."

하맘 부대는 별실로 안내됐다. 나는 태수와 단둘이 마주 앉게 되었다.

아람은 싱글싱글 웃으면서 나에게 재스민차 같은 것을 권했다.

"깜짝 놀랐습니다. 설마 마왕군의 최고 간부이신 바이트 님께서 오실 줄은 몰랐거든요."

"아니, 나는 평범한 부관에 불과하오."

나는 경계하지 않고 태연하게 차를 마셨다.

혹시 독이라도 들어 있다면 큰일 날 테지만, 소심한 나는 미리 해독마법을 걸어놨으므로 문제없었다.

잔꾀를 부려봤자 소용없다는 것을 상대에게 보여주기 위해서라도 일부러 당당하게 그 차를 다 마셨다.

무슨 찻잎을 썼는지는 몰라도 맛있네.

나는 유리잔을 내려놓고 느긋하게 잡담부터 시작했다.

아무래도 요즘 들어 나에 관한 나쁜 소문이 널리 퍼진 것 같으니까, 이번에는 좀 평화적인 태도를 보여줘야겠다.

"향기가 좋은 차군. 무역을 통해 손에 넣은 것이오?"

"네."

진귀한 차와 값비싼 유리 찻잔.

경제력과 무역 분야의 영향력을 은근히 어필하는 걸까?

흠, 그럼 이자는 책략가 타입인가.

그나저나 이 차는 정말로 맛있었다. 전생에도 먹어본 적이 없는 맛이었다. 좋아, 은근슬쩍 부탁이나 해볼까.

"기회가 된다면 차갑게 식혀서 먹어보고 싶은데."

"네, 그럼 나중에 차갑게 식힌 것을 준비하겠습니다."

"좋소, 얼음도 듬뿍 넣어주시오."

"얼음?"

아람의 표정이 굳어졌다.

"얼음……이요…… 그, 그렇군요……."

아차, 내가 실언을 했구나.

이 세계에는 당연히 냉장고 따윈 존재하지 않았다. 북부에는 얼음 창고가 있는 모양이지만, 남부에는 눈조차 내리지 않았다.

그러니까 아람이 얼음을 본 적이나 있을지 모르겠다. 그런 것이 존재한다는 것만 지식으로서 알고 있지 않을까.

나는 전에 스승님께서 종종 얼음을 만들어주셨으니까. 그래서 실수한 것이다.

여름이 되면 수업이 끝날 때 스승님이 거대한 고드름을 만들어 주셨다. 그러면 다 함께 그것을 깨뜨려서 차나 과일주스에 넣어 먹었다.

그때는 참 즐거웠는데……. 앗, 현실도피나 하고 있을 때가 아니지.

"샤르딜의 호수를 바라보면서 느긋하게 얼음 띄운 차를 마신다면 참으로 기분 좋을 테지요……."

아람은 동요를 가라앉히고 그렇게 말하면서 웃었다. 어색한 미소였다.

아무래도 나 때문에 그의 자존심에 금이 간 것 같았다. 미안하군.

그런데 당신, 의외로 까다로운 성격이네?

나는 샤르딜의 문화를 욕보이려고 여기까지 온 것이 아니었다. 우호를 다지기 위해 온 것이었다.

모처럼 좋은 대접을 받았는데 뭐라도 칭찬해야겠다.

아, 그래. 이 찻잔은 훌륭한 물건이지.

"이 유리 찻잔은 기포가 있어서 멋스럽군. 일그러진 느낌도 자연스럽고, 다소 두꺼운 것이 오히려 안정감 있어서 좋은 것 같소."

"네?"

또다시 아람의 표정이 변했다.

이번엔 또 뭐냐.

"이, 일그러지고 두꺼워요……? 그건, 그러니까……."

아차, 깜빡했다.

꽤 오래전에 륜하이트에서 깨뜨린 유리창도 이런 투박한 유리로 되어 있었다. 수리한 다음에도 그랬고.

그 투명도 낮은 유리창이 실내 풍경을 적당히 감춰줘서 기밀유지에 도움이 된다고 생각했었는데, 그건 일부러 울퉁불퉁하고 두껍게 만든 것이 아니었나 보다.

"보, 보잘것없는 물건입니다만…… 좋게 봐주셔서, 가, 감사합니다……."

노골적으로 착 가라앉은 목소리였다. 이거 참 미안하군.

하지만 이 디자인은 정말로 훌륭하다고 생각한다. 이전 세계의 전문점에서 구입하려면 수천 엔은 내야 할 것이다. 수만 엔일지도 모르고.

그러나 이제는 뭘 어떻게 칭찬하면 좋을지 모르겠다.

나는 이문화(異文化) 의사소통을 일찌감치 단념하고, 일단 못이나 박아두기로 했다.

"그런데 저 '안쪽 방'에 누가 계시는 것 같소만."

이 방은 언뜻 보면 단칸방처럼 보였다.

그러나 나의 청각과 후각이 아람 뒤쪽에 있는 비밀의 방의 존재를 가르쳐줬다. 도망치기 위한 탈출구라기보다는 '자객 대기실'인 듯했다. 저 안에 호위병이 숨어 있는 것이다.

아람은 식은땀을 뻘뻘 흘리면서 억지웃음을 지었다.

"그, 그건…… 그게, 시, 시녀가 안쪽 방을 청소하고 있어서…… 정말 죄송합니다."

아니 뭐, 병사를 숨겨놓는 것쯤이야 괜찮다고 생각한다. 태수가 적과 만나는 상황이니까 그렇게 하는 것도 당연하다.

하지만 그가 혹시 저 병사로 나를 공격하려고 한다면 쓸데없는 희생자가 나올 것이다.

그래서 충고를 해주고 싶었다.

그런데 상대가 시녀라고 하니까, 뭐라고 말하기 힘들었다.

"시녀치고는 남자 냄새가 강하게 나는데. 게다가 강철 옷을 입고 계시는 모양이오."

나의 청각은 금속 갑옷이 부딪치는 희미한 소리도 놓치지 않았다. 방음에는 꽤나 신경 쓴 것 같았지만 그것도 소용없었다.

아람은 딱딱하게 굳은 얼굴로 애매한 미소를 지었다.

"아니, 저기…… 그게…… 하하하."

아까부터 내가 무슨 말을 할 때마다 분위기가 어색해지는 것 같았다. 하는 수 없지, 단도직입적으로 말할 수밖에.

"아무리 철갑옷을 두른 시녀들이라 해도, 겨우 여섯 명 가지고는 안 될 텐데. 게다가 거리가 너무 멀지 않소?"

"헉?!"

냄새와 발소리로 구별 가능하기 때문에 인원수도 알 수 있었다.

거리가 먼 것도 사실이었다. 병사들이 숨어 있는 저 벽과 아람의 자리는 2미터 이상 떨어져 있었다.

아람이 갑자기 벽을 향해 뛰어가고 동시에 병사들이 뛰쳐나온다 해도, 내가 변신해서 아람의 목을 꺾어버리는 것이 더 빠를 것이다.

물론 그런 짓은 절대로 안 할 거지만. 마음만 먹으면 식은 죽 먹기였다.

즉, 지금 아람은 호위병 하나 없이 나와 단둘이 대치하고 있는 것이나 마찬가지였다.

그러니까 이상한 짓 하지 마라.

상대를 죽이지 않도록 힘 조절하는 것도 쉬운 일이 아니니까.

그나저나 나의 대화능력이 이렇게까지 형편없을 줄은 몰랐는데……. 이래서야 스승님이나 라시를 비웃지도 못하겠군.

하는 수 없다. 우호적인 대화는 불가능할 것 같으니 담담하게 사무적으로 일을 진행해야겠다.

"뭐, 그건 그렇고 오늘은 아람 님과 상담하고 싶은 것이 있어서 왔소."

"상담, 이요?"

아람의 옷은 땀으로 축축하게 젖어 있었다. 얼굴도 경직된 상태였고, 스트레스가 꽤 심한 것 같았다.

무슨 짓을 할지 모르는 인랑, 그것도 미랄디아에서 특히나 악명 높은 녀석과 마주하고 있으니까. 내가 저 녀석 입장이었다면 무서워서 실금했을지도 모른다.

나는 아람을 불쌍히 여기면서도 간략하게 설명했다.

"미랄디아 동맹뿐만 아니라 마왕군과도 우호적인 관계를 맺어 줄 수 없겠소?"

"네엣?!"

아람은 괴성을 지르며 펄쩍 뛰었다.

"지금 나더러 미랄디아를 배신하라는 겁니까?!"

"아니, 그건 아니니까. 진정하시오."

이제부터는 신중히 대화를 진행시켜야 한다.

협상의 기본은 상대에게 이익을 설명하는 것이다. '우리 제안을 받아들이면 이렇게 좋은 일이 생깁니다'라고 설명하는 것이 중요하다.

또한 협박도 이와 비슷하다. 우리 제안을 받아들이면 너희는 다시 안전해질 수 있다고 말하는 것이다.

물론 그것은 최후의 수단이지만.

나는 천천히 단어를 고르면서 낮은 목소리로 말을 이었다.

"언젠가는 멸망할 나라에 계속 충성을 바쳐봤자 의미가 없지 않소?"

"멸망……?"

모든 나라는 언젠가는 멸망한다. 전생의 역사 수업을 통해 나는 그것을 배웠다. 사실 반쯤은 잠이나 잤지만.

어쨌든 샤르딜 같은 도시국가가 오래오래 살아남으려면 변화의 물결을 꾸준히 잘 타야 할 것이다.

낡은 동맹에만 계속 매달리는 것보다도, 이제 막 기세를 떨치기 시작한 마왕군을 선택하는 것이 더 나을 텐데.

아람은 가만히 나를 쳐다봤다. 안색이 좋지 않군.

"역시 미랄디아를 멸망시킬 작정입니까?"

"상황에 따라서는 멸망할지도 모르지."

혹시 마족을 받아들인다면 국가로서의 형태는 달라질 것이다.

그러나 다행히 미랄디아는 왕국이 아니다. 원로원인지 뭔지에 마족도 들어가게 된다면 의외로 어찌어찌 일이 잘 풀릴지도 모른다.

그런데 아까부터 아람의 안색이 점점 나빠지는 것 같은데. 무슨 오해라도 하고 있나?

"오해하지 마시오. 우리는 유혈사태에는 관심이 없소. 실제로 륜하이트를 비롯한 세 개의 도시 사람들은 마왕군의 지배를 받으며 생활하고 있소."

"그, 그러니까…… 한편이 되면, 샤르딜은 멸망시키지 않겠다는 뜻입니까?"

"물론이오. 한편이 된다면."

한편이 되지 않아도 멸망시키지는 않을 테지만. 그래도 그걸 말하면 협상이 성립되지 않으니까 지금은 비밀로 해야지.

아람은 입술을 깨물고 고개를 숙였다.

뭔가 오해가 점점 더 심해지는 것 같은데. 다른 방향에서 상대의 이익을 설명해볼까?

"샤르딜을 비롯한 남부 도시들이 북부에 반감을 갖고 있다는 사실은 잘 알고 있소. 그래서 마왕군은 남북 양쪽에서 미랄디아를 흔들어놓고 있는 것이오."

이건 거짓말이었다.

제2사단과 제3사단의 방침이 전혀 다르기 때문에 마왕님께서 하는 수 없이 두 군단에게 서로 다른 루트로 나아가라고 명령한 것이었다.

우리 마족들은 변경의 숲과 산에서 살던 시골뜨기들이니까.

동맹의 내부 사정 따윈 알 리 없었다.

하지만 진실 따윈 별로 중요하지 않았다. 상대가 믿어주기만 한다면 그걸로 족했다.

"남부의 베르네하이넨, 투반, 륜하이트는 이미 마왕군에 점령되었소. 특히 베르네하이넨과 륜하이트는 태수가 직접 마왕군에 협력하겠다는 의사를 표했소."

베르네하이넨의 태수는 흡혈귀가 되어버렸으니까 자발적으로 그런 것은 아니었다. 하지만 내가 말하지 않으면 상대는 당연히 모를 것이다.

"남부의 여덟 도시 중에서 이제는 다섯 곳이 남았소. 마왕군 입장에서는 빨리 우리 편이 되어주는 도시를 좀 더 우대하고 싶은데."

한편이 될 거면 빨리 되세요, 하고 은근슬쩍 어필해봤다.

"특히 샤르딜은 조금 멀기는 해도 륜하이트의 동쪽에 있는 이

웃 도시니까. 가능한 한 빨리 우호적인 관계를 맺고 싶소."

아람의 얼굴을 슬쩍 훔쳐보니, 그새 안색이 좀 괜찮아진 것 같았다. 저것은 아마도 이것저것 계산해보는 표정일 것이다.

단, 이 이상 집요하게 협상을 시도하는 것은 금물이다.

샤르딜은 엄연한 미랄디아 동맹의 일원이다. 동맹을 배신하려면 엄청난 손해를 감수해야 할 것이다.

이대로 독립했다가 미랄디아군의 공격을 받더라도, 이곳에는 이 도시를 지켜줄 마왕군이 존재하지 않는다. 물론 가능하다면 지켜주고 싶지만 지금은 우리도 전력이 부족하다.

그러니까 정상적인 판단력이 남아 있다면, 여기서는 설령 제 목에 칼이 들어와도 '안 된다'고 대답해야 할 것이다.

그리고 지금 여기서 분명하게 거절당한다면 협상은 그 즉시 끝나버린다.

그건 곤란했다.

그래서 나는 벌떡 일어나, 고민하고 있는 아람을 향해 가볍게 인사했다.

"물론 당장 대답해달라는 것은 아니오. 신뢰관계를 양성하는 데에는 시간이 걸리니까. 대답은 나중에 해주셔도 좋소."

내 말을 듣고 아람은 노골적으로 안도한 표정을 지었다.

"알겠습니다. 좀 더 검토해보겠습니다."

"네, 그렇게 해주시면 고맙겠소. 그럼 다음에 또 봅시다."

나는 내친김에 샤르딜 시내를 가볍게 시찰하고 나서 귀로에 올랐다.

북쪽에 호수가 있기 때문일까. 대상들로 북적거리는 도시였다. 여러 지역에서 온 다양한 복장의 상인들이 주점이나 여관에서 푹 쉬고 있었다.

활기가 넘치고 사람들의 생활수준도 높아 보였다. 그런데 위병의 수가 유난히 적은 것이 신경 쓰였다.

그 대신 위병과 같은 복장을 한 병사들이 곳곳에서 눈에 띄었다. 저놈들의 정체는 뭘까?

돌아가는 길에는 하맘 부대의 원성을 들어야 했다.

"대장님, 왜 그때 태수를 해치워버리지 않은 겁니까?"

"맞아, 우리 다섯 명이서도 충분히 제압할 수 있었잖아?"

"오랜만에 마음껏 날뛸 수 있다고 생각했는데."

너희들은 왜 그렇게 날뛰는 것을 좋아하냐?

나는 한숨을 쉬었다. 그때 분대장 하맘이 나지막이 중얼거렸다.

"부관님을 믿어라. 부관님께서는 우리 같은 놈들은 범접도 못할 정도로 탁월한 지략을 가지고 계시니까."

그 말에 인랑들은 서로 얼굴을 마주 보더니 끄덕끄덕 고개를 끄덕거렸다.

"그건 그래."

"대장님께 맡겨두면 되겠지."

나는 참 좋은 부하들을 뒀구나.

그런데 사실 나는 탁월한 지략을 가지고 있는 것이 아니라, 단순히 전생에 인간이었던 것뿐이지만.

귀환한 뒤, 아람이 미랄디아군을 받아들이지 않았던 진짜 이유를 알게 되었다.

무역상들의 소문에 의하면 아람은 몰래 사병을 모으고 있는 것 같았다.

원로원이 샤르딜에 보내준 위병의 수는 고작 120명. 륜하이트보다 더 적었다. 아마도 통일전쟁 당시의 불화가 원인인가 본데, 그래도 너무 적었다.

교역로 주변에는 도시에 소속되지 않은 유목민도 존재한다. 그들은 가까운 이웃 주민이자, 때로는 교역로에 출몰하는 도적이 되기도 한다. 전에 우리도 경험했던 것처럼 그들은 여행객에게서 멋대로 통행료를 뜯어내는 것이다.

여행객이 돈만 순순히 내놓으면 편안히 여행할 수 있도록 길안내도 해준다지만, 그다지 착한 녀석들은 아니었다.

따라서 경계를 게을리할 수 없었다.

그러나 120명의 위병들을 가지고는 시내의 치안을 지키는 것이 고작이었다. 이 도시에는 사람들이 자주 드나들기 때문에 성문 출입 심사만 해도 쉬운 일이 아니었다.

일단 유사시에는 나라에서 상비군을 파견하게 되어 있지만, 그것도 제때 도착하지 못한다면 의미가 없다.

그래서 아람은 태수로 취임한 직후부터 풍부한 자금을 이용해 용병이나 검객을 고용하기 시작했다고 한다. 내가 샤르딜에서 본 것은 바로 그 사병들이었다.

정확한 인원수는 밝혀지지 않았으나 적어도 2백 명은 된다는 소문이 있었다. 게다가 내가 봤을 때에는 장비도 숙련도도 위병대 못지않은 수준인 듯했다. 나름대로 규율도 잡힌 것 같았고.

하지만 이것은 '도시 고유의 상비군 조직'을 금지하는 미랄디아 협정에 위배되는 행위였다. 아람은 이 사실을 들킬까 봐 두려워했던 것이다.

그래서 그렇게 겁을 냈던 거구나. 소심한 인간치고는 대담한 짓을 하는데? 어쩌면 책략가이면서도 제 꾀에 제가 넘어가는 타입인지도 모른다.

어쨌든 이것은 마왕군이 끼어들 절호의 기회였다. 우리의 힘을 빌려주는 대신 아군이 되어 달라고 해야겠다.

조만간 다시 한 번 가보자.

그 후로도 나는 일하는 도중에 틈틈이 샤르딜을 방문했다.

되도록 온화한 태도를 보여주려고 노력했는데 어째서인지 그다지 환영받지 못하는 느낌이 들었다.

생각건대 요즘 들어서 나에 대한 나쁜 소문이 너무 멀리 퍼져버린 것이 아닐까. 나 참, 곤란하군.

내가 무슨 말을 해도 이상한 뜻으로 곡해되는 것 같았다.

그런 의구심을 품은 채 나는 또다시 샤르딜에 인사를 하러 갔다.

"안녕하시오? 너무 자주 찾아와서 미안하구려."

슬쩍 아람의 표정을 살펴보니 그는 오늘도 안색이 좋지 않아 보였다.

"저, 지난번 그 일에 관해서는, 아직 결론이……."

"아, 그거라면 우리도 느긋하게 생각하고 있으니 걱정하실 필요 없소. 오늘은 은식기를 선물로 가져왔소. 당신이 미식가라는 소문을 들었거든."

섬세한 디자인의 스푼과 포크 세트를 받고 점점 더 괴로운 표정을 짓는 아람. 오늘은 평소보다 더 안색이 안 좋군.

보아 하니 이 은식기를 사용했다간 밥맛을 하나도 못 느낄 것 같았다.

뭐, 어쨌든. 꾸준히 찾아와서 우리의 존재에 익숙해지게 해야지.

미랄디아 동맹과의 관계가 별로 좋지 않다면, 언젠가는 아람의 선택 범위 안에 마왕군도 끼어들어갈 수 있을 것이다.

그렇게 생각했는데. 오늘은 어째 아람의 상태가 좀 이상했다. 그는 심각한 표정을 짓고 있었다.

"나는…… 나는, 샤르딜 백성들을 위험하게 만들고 싶지 않아……."

갑자기 아람이 조그맣게 중얼거리기 시작했다. 나는 고개를 갸우뚱했다.

"아람 님, 왜 그러시오?"

"언뜻 보면 나에게 선택의 기회를 주고 있는 것 같지만, 이건 나를 괴롭히는 함정이야……."

"함정?"

"그, 그래. 이렇게 마왕군 간부가 자주 방문한다면 언젠가 미랄디아 전체에 소문이 퍼질 테지. 샤르딜은 마왕군과 결탁했다고."

아. 그렇게 생각할 수도 있겠군.

하지만 조금 걱정이 지나친 게 아닐까.

"아람 님, 진정하시오. 겨우 몇 명이서 비공식적으로 은밀하게 방문하고 있으니 소문이 날 리 없소."

"아니, 안 돼! 더, 더 이상, 나는 미랄디아와의 관계를 악화시킬 수 없어! 마왕군과의 협상은 불가능해!"

소심한 겁쟁이인 줄 알았는데 의외로 용감한 사나이였다. 흥분하여 이성을 잃은 듯한 느낌도 들지만.

"샤르딜은 미랄디아 동맹의 일원이다! 우리는 동포를 배신하지 않는다! 혀, 협박으로 인간을 굴복시킬 수 있다고 생각한다면, 커, 커커커다란 오산이다!"

최대한 신경 써서 평화롭게 협상을 진행시키려고 했는데, 결국 완벽하게 거절당하고 말았다.

내가 내 예상보다 훨씬 더 그를 압박하고 있었나 보다.

이렇게 된 이상 나에게는 선택의 여지가 없었다. 협박하는 수밖에. 평소처럼 슬쩍 위협하고 가볍게 양보하는 것이다.

나는 천천히 인랑으로 변신하기 시작했다. 기이한 내 모습을 본 순간 아람의 얼굴이 창백하게 변했다.

"아람 님, 그것은 마왕군의 제안을 거부한다는 뜻인가?"

"그, 그렇다!"

아람은 주먹을 불끈 쥐고 부들부들 떨고 있었다.

"이 아람 수크 샤자흐, 태수로서 이미 각오는 했다! 4, 4천 명을 죽였다고? 그게 뭐가 대수냐!"

아니 실은 4백 명이고, 그때 내가 쓰러뜨린 것은 겨우 세 명 정도였는데.

"각오……?"

내가 한 발 내디디자 아람은 흠칫 어깨를 움츠렸다.

"주, 주주, 죽일 거면 나를 죽여라! 그 대신, 우리 시민들에게는 절대로 손대지 못한다!"

이런 말 하기는 미안하지만, 이 친구의 전사로서의 기량은 생초보보다 조금 나은 수준이었다. 몸놀림을 보아 하니 틀림없이 아일리아보다도 약할 것이다.

그런데도 인랑인 내 앞에서 날카롭게 소리를 질러대다니. 그의 각오가 얼마나 대단한지 알 수 있었다.

이처럼 목숨 걸고 민중을 지키려고 하는 지도자는 아일리아 이후로는 처음 봤다.

뭐랄까, 이 녀석, 책략가인 척하는 겁쟁이가 아니었나? 의외로 화끈한 열혈남아라서 깜짝 놀랐다.

하긴 평범한 책략가라면, 웬만해서는 협정을 깨뜨리고 사병을 모으는 위험한 짓 따윈 안 할 테지. 어쩌면 음모를 꾸미는 데에는 소질이 없는 타입일지도 모른다.

좋아, 일단 확인해볼까.

"당신은 샤르딜의 백성들을 위해 목숨을 바치겠다는 건가?"

"그, 그렇다!"

온몸이 덜덜 떨리는데도 그의 눈에서는 결코 빛이 사라지지 않았다.

"당신들은, 마족은 확실히 강하다. 하지만 단순한 완력으로는 결코 인간을 복종시킬 수 없어! 나를 죽여봤자 샤르딜을 손에 넣지는 못할 것이다. 두고 봐라!"

그의 말은 옳았다.

마족은 최강의 전사가 집단을 통솔하기 때문에, 리더가 죽었을 때의 후계자는 그다음으로 강한 전사이다. 따라서 당연히 통솔력이 떨어진다.

그러나 인간 지도자는 조금 다르다. 지도자를 죽이고 또 죽여도, 그와 동등하거나 그보다 더 우수한 후계자가 등장하는 것이다.

이러한 차이도 인간과 마족과의 결정적인 차이였다.

그래서 우리 마족은 인간을 이기지 못한다.

그나저나 첫인상과는 달리, 아람은 예상보다 훨씬 더 엄청난 정열가였다. 이토록 솔직하게 속마음을 다 드러낼 줄은 몰랐다.

오케이, 협박은 그만하자. 나도 속마음을 솔직히 털어놓자. 이익이 아닌 이치를 통해 설득해보자.

"걱정하지 마라. 나와 마왕님은 유혈사태를 원치 않으니까."

제2사단의 생각은 좀 달라서 '마왕군은'이라고 말하지 못하는 것이 아쉬웠다.

"륜하이트를 공략할 때에도 죽인 사람은 위병 일곱 명뿐이었다. 시민은 털끝 하나 건드리지 않았어. 우리가 투반 병사 4백 명을 죽였다는 것은 인정하나, 그것도 그들이 륜하이트를 공격했기 때문이다."

아람의 심각하게 굳어진 얼굴이 딱 한순간 스르르 풀렸다.

"그, 그게 정말……인가?"

"정말이지. 애초에 우리가 소문대로 흉악한 종족이었다면 아일리아 님이 마왕군과 동맹을 맺지도 않았을 텐데. 안 그런가?"

이 대사가 상당히 효과적이었나 보다. 아람은 침묵했다.

나는 평소에 쌓인 울분을 토해내는 심정으로 아람에게 강하게 말했다.

"인간을 지배하는 것은 우리의 목적이 아니고, 인류가 멸망하기를 바란 적도 없다. 오히려 인간이 우리를 멸망시키려고 하니까 어쩔 수 없이 우리도 들고일어난 것이다."

"그, 그건 그럴지도 모르지만……."

"마왕님께서는 인간과의 공존을 모색하고 계신다. 우리는 미랄디아와는 달리, 샤르딜에는 아무런 원한도 없다. 그러니까 분명히 잘 지낼 수 있을 거야."

그러나 아람은 곤란한 표정으로 입술을 깨물었다.

"하, 하지만, 그렇다고 마왕군과 손잡으면 샤르딜 시민들이 위험해질 텐데……. 나에게는 시민들을 지켜야 할 책임이 있어."

마족과의 공존을 인정했다가는 세상 자체가 바뀌어버릴 테니까. 현상 유지를 원하는 미랄디아 상층부의 위정자들은 그것을 쉽사리 용인하지 못할 것이다.

그러나 우리도 이대로 멸망하고 싶지는 않았다. 어딘가에서 우리가 살 곳을 찾아야 한다.

그 목적을 위해서라면 폭력도 사용할 것이다.

"그건 나도 마찬가지다. 마족은 인간들 때문에 점점 살 곳을 잃어버리고 궁지에 몰려 있어. 더 이상 물러날 곳이 없다. 우리와 동맹을 맺어준다면 마왕군도 샤르딜을 지키는 데 협력할 것이다. 우리 함께 새 시대를 열어보지 않겠나."

아람은 피가 날 정도로 세게 입술을 깨물고 있었다. 미간에는 고통스런 주름이 새겨져 있었다.

"확실히 변혁은 중요하지. 강물을 따라 내려가는 배와 마찬가지로, 한곳에 언제까지나 머물러 있는 것은 불가능해. 그런데 또 한편으로는 지나치게 빠른 흐름에 몸을 맡겼다가는 배가 뒤집어질 테지. 나는 선대에게서 그 사실을 배웠다. 그리고 그 흐름에 편승하기 위한 모략도 배웠어."

아하, 이 녀석이 그동안 책략가처럼 행동했던 것은 선대의 가르침 때문이었나.

자신에게 어울리지 않는 캐릭터를 연기하는 것은 힘든 일일 텐데…….

"마족과의 공존이라는 흐름에 편승하는 순간, 미랄디아라는 배는 틀림없이 뒤집어질 것이다. 그리고 그때 샤르딜이라는 조각배도 덩달아 뒤집어지지 않을까?"

나는 고개를 가로저었다.

"그런 일은 없을 것이다. 륜하이트에 한번 와봐라. 마족과 인간이 사이좋게 잘살고 있으니까. 신중하게 일을 진행시키면 우리는 함께 앞으로 나아갈 수 있을 것이다."

그러나 아람은 아무 말 없이 가만히 서 있었다.

"조금만…… 생각할 시간을 주시오. 이번에는 시간을 끌려는 것이 아니라……. 정말로 생각해볼 시간이 필요하니까. 다른 이들과도 상담하고 싶소."

그에게서는 거짓말하는 냄새가 나지 않았다. 표정도 더없이 진지했다.

아람을 믿어보자.

"좋소. 천천히 생각해보시오. 귀공이 수상한 움직임을 보이지 않는 한, 우리는 샤르딜에 간섭하지 않을 것이오."

남부 전선에서의 행동 방침은 나에게 일임되어 있었으므로 이런 약속도 할 수 있었다. 아람의 경우에는 지나치게 간섭하지 않는 편이 좋을 것이다.

아람은 나를 뚫어져라 바라보더니 이윽고 입을 열었다.

"당신…… 정체가 뭐요?"

"마왕군에 속하게 있는 일개 부관이오."

나는 그렇게 대답하고 등을 돌렸다.

"다음에 또 봅시다. 아람 님."

멋지게 그곳을 떠나 륜하이트로 돌아오는 길에 나는 진지하게 반성했다.

아무래도 요즘 들어 내가 자만에 빠졌었나 보다. 무신경한 발언도 종종 했고, 남을 쉽게 협박하는 것도 인간적으로 문제가 있었다. 인랑의 힘을 믿고 교만해져서 방자하게 굴었을지도 모른다.

그리고 남을 배신하거나 증오하는 종류의 책략만 잔뜩 보아왔기 때문에 마음의 여유를 잃어버린 것 같기도 했다.

알량한 잔재주에만 의존하지 말고 때로는 진심으로 대화하는 것도 중요하구나.

뭐, 어쨌든 아람이 성실한 인물인 것 같아서 다행이다. 아직 방심은 금물이지만, 어쩐지 우리의 협상은 계속 진행될 것 같았다.

*　　　*

〈아람의 계보〉

나는 고민거리가 있을 때에는 언제나 우리 샤자흐 가문의 가계도를 본다.

아버님, 조부님, 증조부님. 역대 태수들의 이름이 그곳에 적혀 있었다.

그것을 보면 역대 태수들의 삶과 가르침이 내 안에서 되살아났다.

이곳이 아직 사막의 작은 오아시스였을 무렵부터 우리 일족은 계속해서 샤르딜을 지키고 발전시켜왔다.

우리의 가장 큰 위기였던 미랄디아 통일전쟁 당시, 우리 증조부님은 용감하게 북부와 싸웠다. 그러나 결국 패배하고 말았다.

그 후에는 힘든 나날이 이어졌다. 직위를 계승한 조부님은 원로원의 집요한 압력에 다양한 방법으로 대항했다.

조부님의 놀라운 권모술수가 없었더라면 샤르딜은 어떻게 됐을지 모른다.

나는 그런 조부님의 가르침을 받고, 아버님의 뒤를 이어 샤르딜 태수가 되었다.

조부님과 아버님처럼 영리하게 잘 행동해야 한다.

그래서 나는 조부님과 아버님에게 협상 기술을 배우고, 내가 가진 재주를 전부 다 발휘했다.

조부님을 본받아 풍채를 좋게 하려고 억지로 살도 찌웠다. 그것은 모두 다 훌륭한 태수로서 시민들을 지키기 위함이었다.

그렇게 생각했다.

언제부터였을까.

마치 가면을 쓰고 있는 것처럼 자신의 정체를 알 수 없게 되어버린 것이.

나는 어떤 성격이었고, 무엇이 특기였을까.

문득 정신을 차려 보니, 나는 조부님과 아버님의 불완전한 복제품이 되어 있었다.

이렇게 어설프게 배운 지혜로 계속해서 샤르딜을 지켜나갈 수 있을까.

그런 불안을 느끼고 있을 때 마왕군의 사자, 바이트라는 인랑이 내 앞에 나타났다.

돌아가신 조부님의 특기는 말없이 상대를 위압하는 협상 기술이었다. 경제력과 문화적 우월성, 또는 무력을 능숙하게 과시함으로써 항상 상대보다 우위를 점하고 협상의 주도권을 쥐는 것이다.

그런데 인랑에게는 그 기술이 전혀 통하지 않았다. 그 무엇에 관해서도 그자보다 우위에 설 수 없었다. 경제력도 문화적 우월성도, 또 당연히 무력도, 내가 그자보다 더 낫다는 것을 증명하지 못했다.

완벽한 패배였다. 나는 어설프게 배운 지식의 한계를 실감했다. 그리고 극심한 혼란에 빠졌다.

한편 상대는 여전히 담담하기만 했다. 여유롭고 태연한 태도였다.

그는 냉정하게 나를 설득하고, 샤르딜에게도 유리한 조건을 제시했다. 압도적인 힘을 가지고 있으면서도 정중하게 손을 내밀었다.

그 손을 뿌리칠 만한 힘이 나에게는 남아 있지 않았다.

결국 타인에게서 빌려온 지혜 따윈 도움이 되지 않았다. 조부님의 권모술수도, 조부님의 훌륭한 인맥과 경험이 있어야 비로소 도움이 되는 것이다. 수박 겉 핥기 식으로 흉내 내봤자 의미가 없다. 그 점을 뼈저리게 깨달았다.

지금 여기서 샤르딜이라는 배의 키를 잡고 있는 사람은 조부님도 아버님도 아닌 나였다. 나는 결국 나일 수밖에 없다. 나 자신의 능력을 믿고, 이제는 죽이 되든 밥이 되든 무작정 해보는 수밖에 없다.

나는 역대 태수의 이름이 새겨진 가계도를 접어서 조심스럽게 다시 책장 안에 집어넣었다. 더 이상 이것을 펼쳐볼 일도 없을 것이다.

교묘한 잔재주를 부리며 영리하게 살아갈 능력 따윈 나에게는 없었다. 그러니 내 마음대로 솔직하게 행동해야겠다.

*　　　*

그로부터 얼마 후, 샤르딜의 태수 아람이 륜하이트를 방문하고 싶다고 말했다.

다행히 그럴 생각이 들었나 보다.

그것은 매우 기쁜 일이었지만, 딱 하나 오산이 있었다.

그토록 내키지 않아 하던 아람이 설마 이렇게 빨리 결단을 내릴 줄은 몰랐던 것이다. 예상보다 훨씬 더 과감한 남자인 것 같았다.

큰일 났군. 아직 동쪽 성벽조차 완성되지 않았는데.

"어떻게 안 되겠나?"

"안 됩니다. 마법이라도 부려주실래요?"

공사를 지휘하는 투반 건축가 그룹의 아주르에게 말을 꺼내봤지만 단칼에 거절당했다.

마법을 써서 어떻게 해결할 수 있다면 벌써 썼겠다.

아니, 잠깐만.

또다시 며칠이 지났다. 아람 태수는 사병 1백 여 명을 데리고 륜하이트를 방문했다.

호위병이 다소 많은 듯한 느낌도 드는데, 태수가 적지를 방문하는 것이니까 뭐 어쩔 수 없나.

과거에 몇 번 대화를 나눠봤으므로 아람이 여기서 갑자기 전쟁을 시작할 만한 남자가 아니란 것쯤을 알고 있었다.

"오…… 륜하이트의 성문이……."

아람이 경탄하는 것도 무리는 아니었다.

새로 만들어진 성문은 마도다운 위용을 자랑하고 있었다. 투반의 견고한 성문을 참고해 좀 더 튼튼하게 만들어놓은 것이었다.

그 성문과 이어진 성벽은 륜하이트 주위를 빙 둘러싸고 있었다. 높이도 두께도 본격적인 공성전에 대비한 것이었다.

게다가 이 성벽은 단순히 튼튼하기만 한 것이 아니었다.

"성벽이 위로 쭉 경사져 있군요."

아람이 눈치 빠르게 그 점을 발견하자 나도 자랑스럽게 가슴을 펴고 대답했다.

"혜안이 있으시구려. 아람 태수님. 이것은 '무사 돌려보내기'라는 장치요."

성벽 바깥쪽은 기울어져 있었다. 언뜻 보면 그대로 뛰어 올라갈 수 있을 것 같지만, 위로 갈수록 경사가 급해져서 최종적으로는 올라가지도 못하고 내려가지도 못하게 되는 것이다.

일본 성의 석벽에 사용된 '무사 돌려보내기'라는 장치를 여기서 채용해봤다.

이 세계에서 성을 공격할 때에는 성벽에 긴 사다리를 걸쳐놓고 위로 올라가는 것이 일반적인 방식이다. 그런데 화살이 비처럼 쏟아지는 와중에 사다리를 들고 돌격하는 것은 죽으러 가는 거나 마찬가지였다. 아무도 원치 않는 행위였다.

그래서 일부러 "사다리를 걸치지 않아도 올라갈 수 있겠는데?"라는 생각이 들게끔 성벽을 만들어놓고, 거길 기어 올라오는 적군을 일망타진하는 것이다.

또한 이 경사는 사다리 대비책으로서도 훌륭했다. 아무리 애를 써도 사다리를 수직으로 설치할 수는 없으므로, 사다리를 타고 올라오는 적군은 무방비한 등과 후두부를 노출시키게 되는 것이다. 위에서 내려다볼 때 보이는 면적도 넓어진다.

그러니까 위에서…… 뭐, 이것저것 떨어뜨려서 적을 물리치는 것이다.

최상부에는 펄펄 끓는 기름을 밑으로 흘려보내는 구멍도 설치되어 있었다. 그러니 륜하이트를 공격하려는 분들은 부디 조심하시길 바랍니다. 뜨거워요.

"이 엄청난 것을 도대체 언제 만드셨습니까?"

실은 만들지 않았어요.

성문을 제외한 나머지는 모두 다 환영마법으로 만든 완성 예상도랍니다.

"륜하이트는 더 이상 미랄디아의 부하가 아니오. 성벽을 만들 때에도 누구 눈치를 볼 필요가 없지. 그래서 당장 다시 만든 거요."

그렇게 자신만만하게 말한 뒤, 나는 측근인 척하고 있는 라시에게 귓속말로 속삭였다.

"이거 진짜 만져도 되는 거야?"

"아, 네. 감촉도 '만진 느낌이 들게끔' 재현해놨으니까요. 물론 몸통박치기 같은 것을 하면 들통날 테지만요."

과연 대현자 고모비로아 님의 제자는 대단하시다. 원래부터 능력이 좋았지만 성장속도도 참으로 굉장했다. 이 정도면 성녀님 역할을 할 만하다.

하지만 그래봤자 이것은 환상이었다. 자칫하면 들킬지도 모른다.

나는 은근히 초조해하면서 아람을 성문 쪽으로 유도했다.

"이런 것보다도 시내의 모습을 보여주고 싶군요. 분명히 태수님도 놀라실 것이오."

응? 빨리 들어가자. 어서 가서 시내나 구경하자.

아아, 그렇게 자세히 성벽을 살펴보지 말아줘.

우리는 새로 만든 동문을 통과했다. 그 주변에는 드넓은 공터가 펼쳐져 있었다.

"조만간 이곳에 새로운 주택지를 건설할 예정이오. 구시가에는 륜하이트 시민들이 살고 있으니까, 새로 온 자들은 대개 인간이든 마족이든 다 함께 여기서 살게 될 것이오."

기존 생활을 유지하고 싶어 하는 륜하이트 시민에 대한 배려였다. 원주민과 새로운 이주민과의 충돌은 전생에 지겹게 보아왔으니 이제는 사양하고 싶었다.

우리는 드넓은 공터를 지나 옛 동문을 통과했다.

륜하이트 동문 대로를 본 순간, 아람과 사병들은 일제히 탄성을 터뜨렸다.

"오……."

"이것이 마도인가……."

동문이 봉쇄됐을 때 이쪽 지구를 활성화시켜 달라는 요청을 받았으므로, 나는 이 지역에 견인들의 공방을 건설했다. 취미와 실익을 겸한 견인들의 공예 살롱이랄까.

이 활성화 계획은 성공했다. 이제는 견인들을 위한 식당과 오락시설도 생겨났다.

공방 한구석에서는 인간 무역상과 견인 기술자가 잡담을 나누고 있었다. 그들이 기분 좋게 대화하는 것을 보니 상품이 잘 팔렸나 보다.

또 저쪽에 있는 정육점 앞에는 용인 몇 명이 모여 있었다. 저녁에 먹을 닭을 몇 마리나 살지 고민하면서 면밀하게 중량을 계산하고 있었다.

저 녀석들, 크루체 기관의 부하들이군. 공방에서 뭔가 발주하고 돌아가는 길인가 보다.

또 다른 곳에서는…… 어? 저거 판 누나 아냐?

"판, 뭐 하는 거야?!"

그러자 판 누나는 견인들에게 둘러싸인 채 이쪽을 향해 손을 흔들었다.

"오늘 우리 부대는 비번이거든. 그래서 견인들과 함께 차를 마시고 있었어. 바이트 군도 같이 마실래?"

"안 돼! 오늘은 귀빈이 오신다고 했잖아?!"

"아, 맞다."

판 누나는 견인과 얽히기만 하면 이렇게 정신을 못 차린다니까.

아람 일행의 시선이 느껴졌다. 나는 서둘러 헛기침을 했다.

"실례했소. 부하가 좋지 않은 모습을 보여드렸군요."

아람은 나와 판 누나를 몇 번이나 흘끔흘끔 훔쳐봤다.

그러다가 결국 못 참겠다는 듯이 조그맣게 한마디 했다.

"저, '바이트 군'이란 호칭은……?"

"잊어버리시오. 알겠소?"

내가 눈을 부라리자 그는 열심히 고개를 끄덕거렸다.

나는 아람에게 이 장소가 어떤 곳인지 설명했다.

"동쪽 지구에는 견인들의 공방이 있는데, 여기서 작품을 구입할 수도 있소. 그들은 뛰어난 은세공사라오. 그들이 은을 망가뜨린다는 것은 질 나쁜 헛소문에 불과하지."

"아…… 그럼, 전에 선물해주신 은식기도?"

"그렇소. 그들이 만든 작품이오."

"그렇군요. 이거 아주 훌륭한 산업이 될 것 같은데요. 문화적으로도 예술적으로도 가치가 있어 보입니다."

오, 그런 말을 들으니 기쁜걸.

같은 개과 마족으로서, 견인들의 나쁜 이미지는 불식하고 싶으니까.

"죄송합니다. 실은 인랑인 당신이 나에게 은식기를 주셨을 때에는 이런저런 이상한 추측을 했었습니다. 그런데 실제로는 별 뜻이 없었던 거군요."

"아니, 오해하게 만들어서 나야말로 미안하오."

아하, 그랬구나! 이제야 의문이 풀렸다.

인간들은 인랑의 약점이 은이라고 생각하니까. 인랑이 은을 선물한다면 '이게 무슨 뜻이지?!' 하고 고민하는 것이 당연했다.

……다음부터는 조심하자.

그 후 우리는 륜하이트 중심부로 향했다.

태수의 저택 앞에서는 아일리아가 정장을 갖춰 입고 아람을 기다리고 있었다.

"아람 님, 오랜만에 뵙습니다. 실은 제가 성문 밖까지 나가 환대했어야 하는데, 보다시피 사정이 이러하여……."

아일리아의 서기관 두 명이 서류 뭉치를 끌어안고 옆에 서 있었다. 그 뒤에는 위병대와 인랑 부대 멤버들이 각각 20명쯤 정렬해 있었다.

아무래도 서류 처리 작업이 아직도 끝나지 않은 것 같았다. 최근에 내가 자주 샤르딜에 가느라 자리를 비워서 그런가 보다.

그런데 아일리아가 여기서 기다리게 된 데에는 또 다른 이유도 있었다.

암살 가능성 때문에 그녀는 성문 밖으로는 나갈 수 없었다. 그녀는 마왕군의 핵심인물들 중에서는 가장 약하니까.

나처럼 아무렇지도 않게 바깥을 돌아다니지 못하는 것이다.

아람은 아일리아의 얼굴을 보고 안심한 것처럼 그녀에게 다가갔다.

"건강하신 것 같아서 다행입니다. 지금은 '마인공'이란 이름을 쓰신다고요."

"네, 마족과 인간을 이어주기 위해 최선을 다하고 있습니다."

칭호가 너무 훌륭해서 그런지, 이 이야기만 나오면 아일리아는 늘 부끄러워했다.

"그동안 있었던 일까지 포함해서 자세한 이야기를 하고 싶습니다. 자, 이쪽으로 오시죠."

아일리아의 안내를 받아 아람 일행은 저택 안으로 들어갔다.

나도 동석할 테지만, 뒷일은 아일리아에게 다 맡기면 될 것 같았다.

아일리아의 이야기를 끝까지 들은 아람은 진지하게 고개를 끄덕거렸다.

"그래요, 잘 알겠습니다……. 그렇다면 이 도시의 풍경도 모두 다 이해가 가는군요."

이어서 그는 녹차를 한 모금 마셨다.

"제가 만약 륜하이트의 태수였다면 최종적으로는 비슷한 판단을 내렸을 겁니다. 아일리아 님만큼 빠르게 결심하지는 못했을 테지만요."

거짓말하지 마, 당신도 결단력 있는 사람이잖아?

내가 그런 눈빛으로 쳐다보자 아람은 쓴웃음을 지었다.

"그런데 우리 샤르딜은 병력도 적고 수비력도 좋지 않아서요. 마왕군이 주둔하지 않는 한, 본국을 상대로 무슨 짓을 하는 것은 불가능합니다."

그건 그렇지.

하지만 그쪽으로 보내줄 병력이 없으니……. 긴급한 순간에 도와주는 것 정도는 가능해도, 군대가 상주하는 것은 불가능하다.

그때 아람이 말을 이었다.

"그래서 일단은 밀약이라는 형태로 륜하이트와 협력관계를 맺고 싶습니다. 언젠가 적당한 시기에 그 사실을 공표하여 정식 동맹을 맺읍시다. 물론 마왕군과도 말이죠."

"오, 반가운 말씀이군."

밀약이니까 완전히 안심할 수는 없지만, 그래도 이 정도면 상대가 많이 양보한 것이었다.

그 후 비공식적으로나마 문서에도 조인하고 다 함께 악수를 했다.

이제는 샤르딜도 우리의 아군이다.

드디어 네 번째 도시가 우리 편이 된 것이다.

샤르딜과의 밀약이 성사된 뒤, 나는 오랜만에 마왕님께 상황을 보고하러 갔다.

"바이트, 요즘 아주 바쁜가 보구나."

"네, 이런저런 잡일을 처리하고 왔습니다."

내가 솔직히 대답하자 마왕님은 쓴웃음을 지었다.

"가짜 용사를 쓰러뜨리고 그 사실을 폭로하여 북부 미랄디아군의 사기를 바닥까지 떨어뜨려놓고, 적군의 마술사를 아군으로 만들고, 교역도시 샤르딜과의 밀약을 맺은 것이 단순한 잡일이란 말인가."

"어, 네, 그렇죠……."

마왕님의 엄청난 목표에 비하면 내가 한 짓은 어차피 잡일에 불과하다. 그러니까 이런 것들은 내가 처리하면 된다.

마왕님은 참으로 이상하다는 표정을 지으며 보고서를 책상 위에 내려놨다.

"이게 다 잡일이라면 마왕군에는 잡일하는 일꾼들밖에 없다고 해야겠군. 혹시 그대가 좀 더 대단한 일을 하고자 한다면, 짐이 퇴위하여 그대에게 마왕 자리를 물려주는 수밖에 없겠는데. 그래, 그렇게 할까?"

"자, 잠깐만요. 폐하께서 퇴위하시면 저도 마왕군을 그만두고 고향으로 돌아갈 겁니다."

"정말 욕심이라곤 하나도 없는 사내로군."

마왕님이 즐겁게 웃었다. 나도 덩달아 웃었다.

부관 자리가 얼마나 속 편한데요.

"가짜 용사 사건은 잘 처리해주었다. 수고했어. 그런데 가짜 성녀는 어떻게 됐나?"

"지금은 저의 측근이 되었습니다. 성격도 순하고 야심도 없는 착한 인물입니다."

라시의 환술은 일류다. 그것은 전술에도 사용할 수 있는 수준이었다. 게다가 그 녀석은 겁쟁이지만 근본적으로 착한 인간이었다.

마왕님은 고개를 깊이 끄덕였다.

"그대는 적을 아군으로 만드는 기술이 탁월하지. 그 실력은 짐보다 훨씬 더 뛰어나구나."

"과찬이십니다."

단순히 적을 과감하게 죽이지 못하고 질질 끌면서 악연을 이어가는 것뿐인데…….

어쨌든 모처럼 칭찬받았으니 가만히 있어야지.

"샤르딜의 태수를 포섭하는 과정에서도 그대의 수완이 빛을 발했군."

"아뇨, 그것도 실은 실패의 연속이었는데요……."

나는 아람의 성격을 오해한 것과, 부주의하게도 그를 괜히 겁먹게 만들었다는 것을 솔직히 이야기했다.

"애초에 저는 남을 설득하는 것은 특기가 아닙니다. 단지 예전에 인간이었을 뿐이죠. 아람 님이 필사적으로 책략가 흉내를 내는 것을 저는 좀처럼 눈치채지 못했습니다."

"흠, 그렇군."

마왕님은 고개를 끄덕거렸다.

"그런데, 바이트. 마족의 머릿속에는 애초에 '평소와는 다른 나 자신을 연기한다'는 발상 자체가 존재하지 않아. 아람이라는 젊은이의 심정을 이해해주는 녀석이 없는 것이다."

확실히 그건 그렇다.

마족 세계에서는 어떤 캐릭터를 일부러 만들어낼 필요가 없다. 오직 실력에 의해 관계가 결정되니까. 설령 동격이라 해도, 누가 더 우위에 있는지는 자연스럽게 결정된다.

상대가 나보다 강하면 그가 시키는 대로 하고, 상대가 나보다 약하면 편하게 대하면서 여차할 때 도와준다. 그것이 전부다.

마왕님은 나를 보고 온화하게 말씀하셨다.

"인간 사회는 복잡하지. 단순명쾌한 삶의 원리를 바탕으로 생존경쟁에서 살아남은 마족들로서는 이해할 수 없는 부분도 많아. 그렇기 때문에 짐이나 그대와 같은 존재가 필요한 것이다. 물론 고생이 많겠지만."

쓴웃음을 짓는 마왕님 때문에 나도 모르게 똑같이 웃었다.

"아뇨, 제가 하는 고생은 마왕님께서 느끼시는 중압에 비하면 별것 아닙니다. 안심하고 맡겨주세요."

아, 안 돼. 또다시 경솔하게 일을 떠맡고 말았다.

마왕님은 내 말을 듣고 고개를 끄덕이더니 이렇게 말씀하셨다.

"그대와 한편이 된다면 아람 태수는 미랄디아 동맹과 척을 지게 될 것이다. 그때 우리가 그를 지켜줄 수 있을지 없을지, 거기서 마왕군의 진가가 드러나겠군."

"네."

확실히 그것이 마음에 걸렸다.

이 세계 사람들은 유난히 자기 동족을 죽이고 싶어 하니까……. 아니, 내가 전생에 너무 평화로운 세계에서 살았기 때문에 이런 생각을 하는 건지도 몰랐다. 이 안이한 생각이 냉정한 판단을 방해하는 것이다.

"후후……."

마왕님이 묘하게 기분 좋은 웃음소리를 냈다. 나는 고개를 갸웃거렸다.

"왜 그러십니까?"

"아니, 아무것도 아니다. 흠, 그래…… 그렇단 말이지."

마왕님, 그렇게 웃으시는 이유가 뭡니까?

"바이트."

"네."

"지배 영역이 확대될수록 앞으로 점점 더 많은 전력이 필요해질 테지. 그러니 짐의 심복인 푸른 비늘 기사단 5백 명을 그대의 휘하로 보내주마."

푸른 비늘 기사단? 바르체 부관이 이끄는 마왕군 제1사단의 정예부대가 아닌가.

"아, 안 됩니다, 마왕님. 그들은 폐하를 지키는 방패잖아요?!"

그런데 마왕님은 고개를 옆으로 저었다.

"그들이 지켜야 할 대상은 짐이 아니다. 마족의 미래지. 그리고 그것은 이 마왕성이 아닌 륜하이트에 존재한다."

마왕님이 몸을 일으키더니 내 어깨에 손을 얹고 말씀하셨다.

"실은 미리 바르체의 의사를 타진해봤다. 같은 제1사단 동료이니까 쾌히 승낙해주더군."

"하지만 그러면 폐하를 지켜드릴 호위병이……."

푸른 비늘 기사단과 쌍벽을 이루는 붉은 비늘 기사단은 현재 북부로 파견된 상태였다.

제1사단의 보병 전력 중 대부분은 아직 그룬슈타트 성에 남아 있지만, 보병만 가지고는 안심이 되지 않았다.

"걱정하지 마라, 바이트. 짐은 짐이 스스로 지킬 것이다. 그것도 못한다면 마왕이라고 할 수 없지."

그러면서 마왕님은 빙그레 웃었다.

"아주 뛰어난 심복이 일을 다 해주는 덕분에 짐도 심심하던 참이었거든. 가끔은 이렇게 마왕다운 일도 해야지, 안 그러면 좀 불안하다고 할까. 뭐, 말하자면…… 마치 자식 생각하는 부모의 마음 같은 것이지."

앗, 마왕님께서 쑥스러워하신다.

나는 참 분에 넘치도록 좋은 대접을 받고 있구나.

"……성은이 망극하옵니다."

나는 고개를 깊이 숙이면서 마왕님의 후의를 감사히 받아들였다.

"용사를 죽인 바이트 님과 함께 싸우게 되어서 제 부하들도 사기충천해 있습니다."

바르체 부관이 웃으며 나와 같이 행군했다.

"제가 쓰러뜨린 것은 가짜 용사입니다. 자랑거리라고 할 수 없죠."

"하지만 그들이 제2사단을 위협했던 것도 사실입니다. 정말 잘하셨어요."

그들은 기룡(騎龍)이라고 불리는 이족보행 마물을 타고 있었다. 기룡은 기마만큼 무거운 것을 태우지는 못하지만, 다리가 두 개이므로 좁은 곳에서도 민첩하게 움직인다.

게다가 가장 큰 장점은 그들의 성질이었다.

기룡은 육식동물이고, 기마의 천적이다. 그래서 기마는 본능적으로 기룡과 싸우는 것을 기피한다.

말하자면 기병 안티 유닛 같은 것이다.

단, 그들은 용인 이외에는 아무도 따르지 않는다.

그래서 지금 나 혼자만 걸어가고 있었다. 보통 말과 나란히 행군하는 것도 불가능하므로 말에도 타지 못했다.

나도 명색이 부관인데…….

"아까부터 우울해하기도 하고, 싱글싱글 웃기도 하고 바쁘시네요. 왜 그러십니까?"

"아, 아니, 그게 말이죠. 용맹하기로 이름난 푸른 비늘 기사단과 같이 싸울 수 있어서 기쁘기도 하지만, 또 한편으로는 책임이 무겁다는 것을 통감하는 중이라서요."

그러자 바르체 부관이 싱긋 웃었다.

"저희도 마찬가지입니다. 바이트 님을 도와드릴 수 있도록 정신 바싹 차리고 열심히 일하겠습니다."

오, 멋지다. 든든해.

그런데 우리 부대는 점점 더 혼돈에 빠지는 것 같군…….

내가 푸른 비늘 기사단과 함께 륜하이트로 돌아왔을 때, 견인부대는 용들의 숙소를 만들고 있었다.

"앗, 바이트 님 오셨네?"

"어서 오세요. 바이트 님."

"와, 진짜 용이다!"

저기, 너희들이 지금 만들고 있는 것이 그 기룡들의 잠자리거든? 왜 깜짝 놀라는 거야?

"바이트 님, 우리도 이거 타볼 수 있어요?"
"안 돼, 절대로 안 돼. 용인밖에 못 탄대."
"네——……? 아, 아쉽다."
됐으니까 일이나 열심히 해.

*　　*

〈바르체 형제의 점심시간〉

륜하이트에 부임한 나는 크루체 형님과 좀 더 오랫동안 함께 지내게 되었다.

형님은 우리 푸른 비늘 씨족의 천재이자 나의 자랑거리이다.

"형님, 새로 개발하신 용옥을 푸른 비늘 기사단에서도 사용하고 싶은데요."

"발색용 금속 가루의 대량생산이 아직 시작되지 않았기 때문에 그리 쉽게 사용할 수는 없어. 그래도 괜찮다면, 기관을 파견해줄게."

"고마워요. 형님."

같이 점심을 먹을 때에도 일에 관한 이야기만 나눴다. 얼마 전에는 슐레 님이 "밥 먹을 때에는 다른 이야기 좀 합시다?"라고 말해서 사흘 내내 마음이 울적하기도 했다.

하지만 그 외에는 무슨 이야기를 해야 할지 모르겠다. 그러니까 일에 관한 화제를 꺼내도 기분 좋게 응해주는 형님이나 바이트 님은 나에게는 소중한 이야기 상대였다.

형님은 마왕군의 장수는 아니지만, 마왕 폐하의 측근이다. 그 뛰어난 두뇌를 인정받아 나 같은 놈보다도 훨씬 더 중요한 일을 맡으셨다.

폐하도 슐레 님도 붉은 비늘 씨족 출신이다. 그런데도 그분은 자신의 친척들만 편애하지 않고 나와 형님을 중용해주셨다.

그런데 가장 놀라운 것은 용인족도 아닌 인랑족의 바이트 님인 것 같았다.

솔직히 말해서 나는 다른 종족들을 은근히 얕보고 있었다. 용인족만큼 논리적이고 냉정한 종족은 존재하지 않는다. 물론 나는 경솔한 놈이므로 별로 대단치 않지만, 진정한 영걸은 용인족에서 나타나는 법이다.

그런 교만한 생각을 했던 것도 사실이다.

"형님."

"왜 그러니? 바르체. ……우선 입부터 닦으렴."

어릴 때처럼 형님에게 지적을 받고 황급히 입가를 닦았다.

"형님, 마족 영웅이라고 하면 누가 떠오르십니까?"

그러자 형님은 재미있다는 듯이 눈을 가늘게 떴다.

"별일이구나, 바르체. 네가 일 말고 다른 이야기를 꺼내다니."

"일에 관해 생각하다가 문득 그게 좀 신경 쓰여서요."

내 말에 형님은 고개를 끄덕이더니 잠시 생각에 잠겼다.

"물론 두말할 것 없이 마왕 폐하지. 그리고 티베리트 님과 고모비로아 님. 이 세 분은 빼놓을 수 없을 거야."

폐하는 물론이고, 티베리트 님과 고모비로아 님도 마왕군에 꼭 필요한 중진이시다.

이어서 형님은 팔짱을 꼈다.

"사령술의 달인인 흡혈귀족의 멜레네 님과 훌륭한 전사인 인마족의 필니르 님. 두 분도 인간 도시를 다스린다는 어려운 일을 멋지게 해내고 계시지. 하지만……."

나는 더 이상 참지 못하고 형님의 뒷말을 이었다.

"인랑족의 바이트 님, 맞죠?"

"맞아. 바르체."

형님은 식사하던 손을 멈추고 내 얼굴을 보았다.

"마술사로서의 실력은 멜레네 님이 더 나을 테지. 병사들의 존경과 신뢰를 한 몸에 받는 무용으로 따진다면 필니르 님도 훌륭하고. 그러나 바이트 님이 가지고 계신 능력은 그것만이 아니야."

"인간들의 마음을 이해하고 마족과 융화되게 만드는 외교력. 그거 맞죠? 형님."

형님은 내 말을 듣고 쓴웃음을 지었다.

"그건 그렇지만…… 바르체. 질문이 아니라 확인을 하고 싶었던 거냐?"

"그럴지도 모릅니다."

나는 조금 멋쩍어져서 살짝 헛기침을 했다.

"형님은 투반을 공략할 때 종군하셨지요. 바이트 님이 싸우는 모습을 가까이에서 지켜보셨을 텐데요. 어땠습니까?"

"끔찍했어."

형님은 탄식했다. 이런 표정은 칠 년 반 만에 처음 봤다.

형님은 그때의 기억을 떠올리기만 해도 우울하다는 듯이 이렇게 말했다.

"보고서는 읽어봤지? 그분은 우리 기관들의 고충 따윈 생각도 하지 않아. 하지만……."

"하지만, 뭔데요?"

"인정하고 싶진 않지만, 그렇게 하는 것 외에는 뾰족한 방법이 없었을 거야. 그분 때문에 우리 기관들이 운다, 울어."

"하하하."

내가 웃자 형님은 짓궂은 표정을 지었다.

"그분 같은 영웅이 되고 싶지? 바르체."

"네, 저는 아직 멀었지만요."

"그럼 좀 더 열심히 공부해라. 무용만 가지고는 결코 그분을 따라잡지 못할 테니까."

아픈 곳을 찌르시네요.

이어서 또 한 번, 일격이 가해졌다.

"그리고 슐레 님의 마음을 사로잡고 싶다면 군학 말고 다른 분야도 좀 공부하는 편이 좋지 않을까?"

"생각해보겠습니다."

나는 그 절세미녀의 얼굴을 떠올리면서 말을 이었다.

"그 고운 비늘과 용안옥(龍眼玉)처럼 빛나는 눈동자, 그리고 칼날같이 깔끔한 이빨. 형님도 그녀를 보면 마음이 설레지 않나요?"

"아니, 난 학문에만 관심이 있어서……."

"전쟁터에서는 그토록 늠름하고 침착하게 행동하시면서도 평소에는 또 부드러운 부분도 보여주시거든요. 그야말로 용인족의 보물이라고 할 만한 여성입니다. 그 어여쁜 꼬리가 살랑거리는 모습을 생각하기만 해도 저는 10만 군대와도 싸울 수 있을 것 같습니다."

"진정해라. 내 아우야. 그건 단순히 이성을 잃은 것뿐이지 않니."

형님은 한숨을 내쉬고 최후의 일격을 가했다.

"그 점에 관해서도 바이트 님을 조금이라도 본받아봐라. 그분은 결코 사랑 때문에 냉정함을 잃어버리진 않거든."

"……그렇죠."

또다시 과제가 하나 더 늘었다.

*　　　*

륜하이트로 돌아온 후, 여독이 아직 완전히 풀리지 않았을 무렵.

내가 집무실에서 용인병과 기룡의 식사 문제를 어떻게 해결할지 고민하고 있는데, 아일리아가 불쑥 뛰어 들어왔다.

"큰일 났습니다! 북쪽에서 온 미랄디아 동맹군이 샤르딜로 향하고 있어요!"

"뭐라고?! 누가 보고한 것이오?!"

"륜하이트 무역상의 파발꾼입니다! 편성은 상비군 기병과 보병 약 2천 명!"

"공성병기는?"

"아무도 못 봤다고 합니다."

공성병기가 없다면, 진심으로 샤르딜을 함락시키려고 하는 것은 아닐 것이다. 아마 일종의 정치적인 쇼일 테지.

그러나 불길한 예감이 들었다.

나는 벌떡 일어났다.

"인랑 부대와 인마 부대, 그리고 푸른 비늘 기사단을 소집하겠소. 아람 님이 위기에 처했을지도 몰라."

"지금부터 우리는 샤르딜을 구하러 갈 것이다!"

나는 인마병과 용인기병과 인랑 부대 앞에서 큰 소리로 선언했다.

"단, 샤르딜은 표면적으로는 미랄디아 동맹의 일원이다. 따라서 이번에는 각 부대가 변칙적인 행동을 해야 한다. 그 점에 충분히 유의하도록."

"네!"

푸른 비늘 기사단을 이끄는 바르체 부관이 경례를 했고, 인마 부대를 통솔하는 세이세스도 고개를 끄덕였다.

"알았다……."

마족은 다들 툭하면 제멋대로 행동하니까 걱정이지만, 아마 이 친구들은 괜찮을 것이다.

"인랑 부대, 전원 변신하라! 출진!"

나는 인랑 부대 전원을 변신하게 하고 기병들과 함께 출격시켰다. 물론 선두를 달리는 것은 나였다.

"이봐, 바이트. 넌 대장이니까 맨 뒤에서 달려야지."

설마 뇌까지 근육으로 된 큰 가니에게 이런 소리를 들을 줄은 몰랐다.

판 누나도 그 말에 동의했다.

"맞아. 그런데 이번 주 바이트 담당 분대는 어디야?"

"아, 우리야."

제릭과 그 분대 멤버들이 손을 들었다.

뭐야, 뭔데?

"잠깐만, 바이트 담당이라니, 그게 뭐야? 처음 듣는데?"

"전쟁터에서 바이트 군이 제멋대로 폭주하지 않도록 호위 및 감시 역할을 수행하는 담당자들이야. 이의는 받아들이지 않겠어."

나는 인랑 부대의 대장이거든? 그런 것을 너희들 마음대로 결정하지 마.

"됐으니까 안전한 곳에서 지시나 해. 대장."

"네가 전사하기라도 하면 또다시 숨겨진 마을에서 고구마나 캐먹고 살아야 한단 말이야."

"게다가 마왕님께는 또 뭐라고 말씀드려야 하겠어? 제발 생각 좀 해봐라."

어느새 나는 모든 이들의 걱정거리가 되어버린 것 같았다…….

그때 제릭이 계속 달리면서 내 어깨를 가볍게 툭 쳤다.

“걱정하지 마, 대장. 너는 우리가 꼭 지켜줄 테니까.”

“넷을 다 합쳐도 대장보다 약할지도 모르지만.”

“뭐, 그래도 방패 노릇은 할 수 있으니까.”

느긋하게 웃는 제릭 부대의 인랑들.

내가 무모한 짓을 하면 이 녀석들은 그보다 더 무모한 방법으로 나를 지키려고 할 것이다. 그것은 부하를 위험하게 만드는 짓이다.

아아, 그렇구나.

그래서 마왕님은 전선에 나서지 않는 것이구나.

이번에 싸워야 할 적은 보병과 기병을 합쳐서 2천 명이다. 이쪽은 기병 1천 명.

정면으로 부딪치면 승산이 없지만, 당연히 정면으로 부딪칠 생각 따윈 없었다. 이건 전쟁이니까.

“워드 부대, 북상하여 망을 봐라. 절대로 교전하지 말고.”

“알았어. 이거, 피가 끓는구먼.”

전직 용병인 하얀 털의 인랑이 즐겁게 웃었다.

그대로 네 명의 인랑이 대열에서 이탈해 모래 먼지 속으로 사라졌다.

GPS도 스마트폰도 없는 세상이므로 적의 위치를 정확히 알아내기는 힘들었다. 하지만 그것을 해낸다면 단숨에 우세해질 수 있다.

동맹군은 기병과 보병이므로, 보병의 속도에 맞춰 행군하고 있을 것이다. 혹시 기병만 먼저 오고 있다면 작전 변경이다.

한편 이쪽은 모두 다 기병의 속도로 행군할 수 있다. 1천 명 전원이 똑같은 속도로 발맞춰 이동하고 있었다.

단, 동맹군 접근 소식이 륜하이트에 전해졌을 때에는 이미 동맹군은 꽤 먼 거리를 이동했을 것이다. 실시간으로 얻은 정보가 아니니까.

그러니까 이제는 그저 동맹군이 아직 샤르딜에 도착하지 않았기를 바랄 뿐이었다.

"그런데 바이트 님, 이 작전이 정말로 성공할까요?"

바르체 부관이 약간 걱정스런 어조로 질문했다.

"혹시 그 아람이라는 태수가 배신한다면, 우리는 협공을 받게 될 겁니다."

그럴 가능성도 충분히 있었다. 그러나 나는 이렇게 대답했다.

"그때는 재빨리 도망쳐야지요. 우리의 신속한 기동력을 발휘해서. 어쨌든 우리가 하는 일은 똑같을 겁니다."

"그건 그렇군요."

나는 아람이 배신할 가능성은 낮다고 생각했다.

그때 그 열변이 나를 속이기 위한 연기였다면 그는 참 대단한 배우일 것이다. 그만한 연기 능력이 있었다면 처음부터 미랄디아와의 관계를 입맛대로 요리할 수 있었을 테고.

뭐, 그러니까 아마 괜찮을 것이다. 또 일단 대책은 세워놨으니까.

"저기 있다!"

앞서가던 인마 부대 중 누군가가 외쳤다. 곧바로 다른 부대에서도 비슷한 목소리가 튀어나왔다.

샤르딜의 성벽이 뿌연 모래 먼지 너머로 희미하게 보이기 시작했다.

미랄디아군의 모습은 보이지 않았다.

다행히 제때 도착했나 보다.

조금 떨어진 언덕 위에서 나는 인랑 부대에게 명령을 내렸다.

"인랑 부대, 인간으로 돌아와라! 여기서 대기! 하맘 부대는 샤르딜로 진입해라!"

인랑들은 인간 모습으로 돌아와 그 자리에 쪼그려 앉았다.

하맘은 샤르딜을 몇 번이나 방문했고 아람과도 안면이 있었다.

우선 아람과 연락을 취해보자.

마왕군 때문에 깜짝 놀랐을 테니까.

"인마 부대는 샤르딜 동문으로 이동! 푸른 비늘 기사단은 서문에 포진해라!"

샤르딜은 교역도시임에도 불구하고 성문이 동쪽과 서쪽, 두 군데에만 있었다.

북쪽은 호수이므로 그렇다 쳐도, 남문이 존재하지 않는 데에는 이유가 있었다.

위병대 인원의 상한선이 너무 낮게 책정되어 있어서, 성문을 더 늘리면 경비 및 방어가 불가능해지기 때문이다.

따라서 성문 두 개만 포위해도 샤르딜을 일시적으로 외부로부터 고립시킬 수 있었다.

"세이세스, 저 녀석들이 배신하지 않는 한, 샤르딜 병사와는 교전하지 마라."

내 말을 듣고 과묵한 인마족 전사는 고개를 끄덕였다.

"안다. 싸워야 할 때뿐만 아니라 싸우지 말아야 할 때를 정확히 파악하는 것이 진정한 전사의 역량이다. 실수 없이 완벽하게 병사들을 지휘할 것이다."

"자네는 늘 싸움 이야기를 할 때에만 달변가가 되는군."

"아…… 뭐, 그렇지……."

세이세스는 살짝 얼굴을 붉히면서 부하들을 이끌고 저쪽으로 달려갔다.

"그럼 저도 출격하겠습니다."

바르체 부관은 능숙하게 기룡을 부리면서 부하들을 데리고 빠르게 달려갔다.

그 유명한 푸른 기사님의 용맹한 모습을 마음껏 감상해봐야겠군.

나는 인랑 부대와 함께 이곳에서 상황을 지켜보기로 했다.

샤르딜의 성문은 봉쇄됐다. 서문은 푸른 비늘 기사단이 포위하고 있었다. 당장이라도 공격할 것처럼 대열을 짓고 있었지만 그 자리에서 꼼짝도 하지 않았다.

성벽에 있는 병사들도 딱히 응전하지는 않았다. 화살도 날아오지 않았다. 아직까진 일이 잘 진행되고 있었다.

이제 상비군이 오기를 기다리면 된다.

잠시 후 하맘 일행이 돌아왔다.

"역시 아람은 아무 소식도 듣지 못했나 봅니다. 깜짝 놀라더군요."

역시 그랬군.

하맘은 계속해서 이야기했다.

"미랄디아군의 의도가 무엇일지 물어봤더니, 그는 아마 강제적으로 군대를 주둔시킬 작정인 것 같다고 대답했습니다."

아하, 그래. 태수의 의향은 무시하고 그러겠단 말이지.

그런데 예고도 없이 2천 명이나 되는 인간들이 몰려온다면 과연 음식이나 잠자리를 제대로 마련할 수 있을까?

아니 뭐, 내가 신경 쓸 문제는 아니지만…….

한편 워드 부대에서도 이상한 보고가 들어왔다.

"미랄디아 동맹군 확인. 기병 3백 명, 보병 5백 명입니다. 적은 행군 중. 기병을 앞세운 종렬 대형입니다. 워드 영감님 말씀에 의하면 중기병과 경보병이라고 합니다."

"뭐? 숫자가 안 맞는데?"

인랑들이 서로 얼굴을 마주 보았다.

생각해볼 수 있는 가능성은 두 가지.

첫째, 나머지 1천2백 명의 병력이 어딘가에 존재하고 있을 가능성. 이 경우 행군이 늦어지고 있을 가능성도 있고, 복병이나 별동대가 존재할 가능성도 있다.

둘째, 단순히 숫자를 잘못 알았을 가능성.

이 상황을 보고한 것은 군인이 아니라 민간인 무역상이었다.

시내나 도로를 행군하는 군대의 규모를 정확히 파악하지 못했을지도 모른다.

그런데 최악의 가능성도 있었다. 1천2백 명의 병사들이 륜하이트로 진군하고 있을지도 모른다는 것.

그렇다면 여기서 느긋하게 있을 순 없었다. 여차할 때에는 라시가 해골병을 조종할 테지만, 그녀는 정식 군인이 아니었다.

돌아가야 하나.

나는 고뇌하면서도 현재 상황을 정리해봤다.

현재로선 적군은 우리들보다 수가 적었다. 덤으로 종렬 형태로 행군하고 있었다. 이대로 싸움을 벌여도 우리가 지지는 않을 것이다.

만에 하나 아람이 우리를 배신한다면 패배할지도 모르지만.

이 경우에는 샤르딜 병사 3백 명이 우리를 협공할 것이다.

그러면 승패는 쉽게 짐작할 수 없게 된다.

하지만 아람이 우리를 배신했을 때에는 그냥 도망치면 된다. 처음부터 기병을 뿌리치고 달아날 수 있도록 부대를 선발한 것도 그 때문이었다.

그보다도 혹시 미랄디아군이 이상한 생각을 하고 있다면, 그들에게서 아람을 지켜줘야 한다. 여기서 실패하면 밀약이 파기될 가능성도 있다.

지금은 승부를 걸어야 할 순간이다.

여차하면 인랑 부대를 이끌고 마구 날뛰어줄 테다.

나는 마침내 결단을 내리고 인랑 부대에게 명령했다.

"인마 부대와 푸른 비늘 기사단은 다른 명령이 내려질 때까지 그대로 대기한다. 그리고 인랑 부대는 난민으로 위장하여 샤르딜로 들어간다. 나는 제릭 부대를 데리고 워드 부대와 합류할 것이다."

"알겠습니다!"

전원이 일제히 대답했다.

1천 명 이상의 목숨을 짊어진다는 이 중압감을 이겨내기 위해 나는 큰 소리로 외쳤다.

"가자!"

잠시 후, 나는 제릭 부대와 워드 부대의 경호를 받으면서 가도에서 약간 떨어진 언덕 위에서 전황을 지켜보고 있었다.

기병 3백 명은 자세히 보니 확실히 중기병이었다. 말에게도 갑옷을 입혀놨다.

한편 보병 5백 명은 비교적 가볍게 무장하고 있었다. 비싸 보이는 체인메일을 입고 있었는데 눈에 띄는 무기는 활, 단창(短槍), 검밖에 없었다.

"영 이상한데."

내가 혼잣말을 중얼거리자 제릭도 고개를 갸웃거렸다.

"이상해. 대장. 저것은 마치 '돈을 처발랐어요' 하고 자랑하는 듯한 차림새잖아."

"너도 그렇게 생각해?"

숫자만 보면 샤르딜을 공략하는 것도 가능해 보이는데, 저 몸

값이 비싼 중기병을 어디서 어떻게 사용할 생각인지 짐작도 가지 않았다.

보병도 비싼 체인메일을 걸치고 있는 것은 좋은데, 공성전에서 가장 위험한 무기인 적의 화살을 막아내는 데에는 가격만큼의 효과는 기대하기 어려울 듯했다.

전쟁 경험이 많은 워드 영감님이 느긋하게 중얼거렸다.

"샤르딜을 가볍게 겁주러 온 게 아닌가? 뭐, 병력을 보여주고 협상을 시도하려고 하는 놈들도 꽤 흔하니까."

"그렇군요. 그나저나 참 사치스럽게 철을…… 앗, 대장, 저거 봐!"

제릭이 내 어깨를 꽉 붙잡았다.

시키는 대로 그쪽을 봤더니 보병이 마차를 둘러싼 채 행군하고 있었다.

두꺼운 널빤지와 철판으로 만들어진 마차. 아마 호송차일 것이다.

"아람을 구속할 생각까지 하고 있는 건가."

저게 진짜인지 단순한 위협용인지는 몰라도, 어쨌든 저놈들의 목적은 알았다.

나는 용옥…… 즉, 신호탄을 준비시켰다.

"저놈들이 호수를 우회하는 길에 진입하자마자 단숨에 해치운다. 알았나?"

"알았어, 대장."

북쪽에서 남하한 미랄디아군은 샤르딜의 북쪽에 있는 호수에

도착했다.

그리고 그 호수를 따라 서쪽으로 이동하기 시작했다.

동쪽으로 돌면 병사들은 샤르딜에 우측을 노출시키게 되지만, 서쪽으로 돌면 좌측을 노출시키게 된다.

중기병의 방패가 가장 큰 효과를 발휘하는 각도다. 그들 나름대로 경계하고 있나 보다.

그때 미랄디아군의 움직임이 갑자기 느려졌다.

샤르딜 성문을 포위하고 있는 마왕군의 존재를 눈치챈 것이다.

"지금이다!"

"알았어, 대장!"

제릭이 신호탄을 쏘아 올렸다.

공격 개시 신호였다.

그 순간, 서문에 포진해 있던 푸른 비늘 기사단이 일제히 방향을 바꿨다.

기룡에 올라탄 용인들은 마치 하나의 생물처럼 일사불란하게 대열을 이루었다. 무섭도록 숙련된 움직임이었다.

이에 미랄디아군은 신속히 대응했다. 역시 프로는 달랐다.

중기병들이 대열을 변경하려고 했다.

그러나 그들 왼쪽에는 호수가 있었다. 그쪽으로 쫙 퍼지는 것은 불가능했다.

그래서 하는 수 없이 오른쪽으로 넓게 산개하기로 한 것 같았다. 일렬횡대로 늘어서서 기병창을 들고 돌격할 생각인 듯했다.

그러나 푸른 비늘 기사단은 그들에게 그럴 시간 따윈 주지 않았다.
아직 대열을 다 변경하지도 못한 중기병대를 향해 기사단은 경쾌하게 돌진했다.
이족보행을 하는 기룡은 돌진력은 부족하지만 민첩성은 군마보다 압도적으로 뛰어났다.
게다가 그 이빨과 체취가 기마들을 겁에 질리게 만들었다. 이래서야 말에 갑옷을 입혀봤자 소용없었다.
"오……."
"굉장하군."
인랑들이 놀라서 신음하는 것도 이해가 갔다.
일방적인 싸움이었다.
길고 거대한 시위용 기병창을 들고 있던 중기병대는 대열을 갖추기도 전에 난전 상태에 돌입했고.
허둥지둥 검을 뽑았지만, 이번에는 기마가 공황 상태에 빠져 제대로 싸울 수 없었다.
설상가상으로 바르체 부관이 중기병대를 호수 쪽으로 밀어붙이는 식으로 부대를 지휘하고 있었다.
기병은 말을 타고 있으므로 웬만큼 깊은 물속에 들어가도 버틸 수 있다. 그러나 중기병이 낙마했다가는 100퍼센트 익사할 것이다. 그러니까 물을 기피하는 것도 당연했다.
게다가 기마들은 패닉에 빠지기 일보 직전이었다.
그 순간, 중기병대의 질서가 완전히 무너졌다.

일단 무조건 적에게서 멀어지려고 물속으로 말을 몰아가는 자.

몸을 돌려 싸우기로 결심한 자.

샤르딜 쪽으로 탈출하려고 하는 자.

뒤따라오는 보병 쪽으로 탈출하려고 하는 자.

싸우기로 결심한 중기병들의 말로는 비참했다.

"내가 바로 푸른 기사 바르체! 무인으로서의 명예를 더럽히고 싶지 않은 자는 내가 상대해주마!"

큰 소리로 이름을 대면서 바르체 부관이 칼을 뽑았다. 그는 이도류(二刀流)의 달인이었다.

그는 기룡에 올라탄 채 두 자루의 곡도를 휘둘러 중기병들을 가차 없이 베어버렸다.

그토록 가볍게 칼을 놀리는데도 그 일격은 엄청나게 묵직했다. 중기병들의 갑옷이 베이고 찌그러졌다. 그들은 하나하나 차례대로 낙마했다.

바르체 부관의 주위에만 점점 주인 잃은 말들이 늘어났다. 적의 공백지대가 생겼다.

평소의 온화한 인상과는 전혀 다른, 무섭도록 사납고 용맹한 모습이었다.

그러나 미랄디아군도 가만히 당하고 있지는 않았다.

뒤따라오던 보병대가 단창을 겨누고 바르체 부관 및 부하들을 포위하려고 움직이기 시작했다. 이대로 가다가는 푸른 비늘 기사단이 호수 쪽으로 밀려갈 것이다.

그러나 바르체 부관의 지도력은 물러날 때에도 빛을 발했다.

"방향 전환!"

푸른 비늘 기사단은 민첩함을 최대한 살려서 샤르딜 쪽으로 도망치기 시작했다. 그리하여 포위되기 직전에 무사히 탈출했다.

그리고 무자비하게도 이번에는 샤르딜 쪽으로 도망쳤던 중기병들을 섬멸했다.

이 광경을 보고 당황한 나머지 중기병들과 보병대.

그들은 순식간에 숫자가 줄어들어 가는 아군을 구하기 위해 전열을 재정비하여 돌격을 개시했다.

전장은 호숫가에서 샤르딜 서쪽 성문 앞으로 이동하는 것 같았다. 우리도 적에게 들키지 않도록 조심하면서 그 뒤를 쫓기로 했다.

"이동한다."

"알았어."

남아 있는 중기병은 백 수십 기쯤 되는 듯했다.

나머지는 죽거나 다치거나, 부대에서 낙오되어 당장은 싸울 수 없었다. 엄청난 손실이다.

한편 미랄디아의 보병 5백 명은 멀쩡했으므로 적군은 보병대를 중심으로 싸우기로 결심한 것 같았다. 무기가 단창이기는 해도, 기병으로서는 약간 상대하기 껄끄러운 적이었다.

그런데 이때 말발굽 소리가 울려 퍼졌다.

"긍지 높은 전사들이여, 우리 조상신께 부끄럼 없는 전투를 하자!"

"오오오!"

동문에서 대기하고 있던 인마족 5백 명이 샤르딜의 남쪽에서 나타났다. 그들은 화살을 쏘면서 적을 향해 돌진했다.

그러자 푸른 비늘 기사단도 즉시 합류했다.

인마병들은 말과는 달리 기룡을 두려워하지 않으므로 다 함께 대열을 이룰 수 있었다. 도합 1천 기의 군세였다.

이렇게 갑자기 상대의 수가 늘어나자 미랄디아 보병들도 놀라서 겁먹은 것 같았다. 대열이 흐트러지기 시작했다.

약 두 배나 많은 기병과 싸운다는 것은 말도 안 되는 짓이었다. 장창과 거대한 방패로 무장했다면 또 모를까, 지금처럼 가볍게 무장한 상태에서는 적의 먹잇감이 될 것이 뻔했다.

더구나 화살도 날아오고 있었다.

도망치는 것도 불가능했다. 걸어서 도망친들 기마를 뿌리치는 것은 불가능하니까.

이대로 섬멸전이 벌어진다면 그들은 죽을 각오로 싸울 수밖에 없었다.

그때 샤르딜의 서문이 열렸다.

우렁찬 나팔 소리와 함께 완전히 무장한 보병들이 대열을 갖춰 밖으로 나왔다. 그들은 위병대의 군기를 높이 들고 있었다.

장창과 큰 방패, 밀집 대형. 마치 스파르타군의 팔랑크스(고대 그리스에서 만들어진 중장보병의 밀집 전투 대형) 같았다.

그 수는 3백 명 정도였으나 기병에게는 충분히 위협이 될 만

했다.

게다가 위치상 그들은 마왕군의 배후를 공격할 수 있었다.

"지금이다! 동포들을 구해라!"

인랑의 청각을 통해 멀리서 울려 퍼지는 아람의 목소리를 들을 수 있었다. 거참, 의욕이 넘치시는군.

원래 120명이어야 할 샤르딜의 위병대 3백 명은 천천히 마왕군을 향해 다가가기 시작했다. 이봐, 그래도 돼? 그걸 전부 다 출동시키다니.

한편 미랄디아 상비군의 보병 5백 명도 그새 다시 결집한 중기병에게 측면 방어를 맡긴 채 대열을 재정비했다.

이제 형세는 마왕군에 불리해졌다.

"좋아, 지금이다."

나는 제릭에게 신호탄을 쏘라고 명령했다. 신호탄은 전령보다 훨씬 더 빠르고 확실하니까. 이제 이것 없이는 못 살겠다…….

후퇴 명령을 확인한 인마 부대와 푸른 비늘 기사단은 즉시 전장에서 벗어났다. 어차피 적의 태반은 보병이고, 나머지 기병도 중무장을 해서 속도가 느렸다. 추격은 불가능했다.

마왕군은 그대로 모래 먼지를 일으키면서 륜하이트 쪽으로 달려갔다.

좋아, 여기까지는 계획대로다.

뒷일은 아람에게 맡길 것이다.

나는 인랑 부대가 돌아오기를 기다리면서 망원경으로 성문 앞의 풍경을 관찰했다.

만신창이가 된 중기병들이 여기저기서 모여들었다. 애마를 잃고 비틀비틀 걸어 다니는 놈도 있었다.

호수에 빠져 푹 젖어버린 군기가 축 늘어져 있었다.

위용 넘쳐야 할 정예병들이 지금은 꼴이 말이 아니었다.

보병들은 다친 곳은 거의 없었지만 기병들과 마찬가지로 기운 없이 바닥에 주저앉아 있었다. 그들은 아까 진심으로 죽음을 각오했던 것이다.

이윽고 아람이 그들에게 다가가자, 중기병들 중에서 지휘관처럼 보이는 자가 앞으로 나섰다.

거리가 멀어서 대화 내용은 들리지 않았지만, 지휘관이 몇 번이나 꾸벅꾸벅 고개를 숙이는 것이 보였다.

아람이 무슨 말을 하자 지휘관은 양손으로 아람의 손을 덥석 붙잡았다.

"잘됐나 보군."

내가 그렇게 중얼거리자, 때마침 돌아온 이랑 부대가 주먹을 불끈 쥐고 기뻐했다.

"엄청 쉽게 이겼네!"

"우리는 아무것도 안 했지만!"

"한바탕 날뛰고 싶었는데!"

기뻐하는 척하면서 실은 나에게 불만을 터뜨리는 것이었다.

"아, 어쩔 수 없잖아! 아람이 진짜로 우리를 배신했다면 그때부터 너희가 나설 예정이었단 말이야!"

나는 아람을 전적으로 믿었지만, 수많은 이들의 목숨을 책임지는 지휘관으로서는 그럴 수가 없었다.

그래서 혼란을 틈타 인랑 부대를 잠복시켰다. 혹시라도 아람이 배신한다면 샤르딜 시내에 불을 지르기 위해서.

도시가 불바다가 되면 전쟁을 할 여유 따윈 없어질 것이다. 아람은 반드시 위병들을 퇴각시킬 것이다. 북부의 군대보다도 자신이 다스리는 도시가 더 중요하니까.

뭐, 결과적으로는 아무 의미 없는 헛짓이었지만. 참 다행이다.

원래 비장의 무기란 것은 아예 안 쓰고 버리는 것이 제일 좋으니까.

그 후 우리는 성문 앞에서 벌어지는 일을 계속 감시했다.

아람은 미랄디아 상비군 지휘관과 완전히 친해진 것 같았다.

무슨 일이 생기면 인랑 부대를 이끌고 도와주러 갈 생각이었지만 이제 보니 괜찮을 것 같았다.

"좋아, 일단 돌아갈까? 승전 기념으로 고기나 좀 뜯고, 이제부터는 또 외교에 힘써야지."

"아싸!"

"고기, 고기!"

"우리는 아무것도 안 했지만!"

너희들, 너무 집요하다.

이번에 나는 일부러 아람에게 배신할 기회를 주었다.

아람이 진심으로 우리를 배신할 생각이었다면 얼마든지 다른 길을 선택할 수 있었을 것이다.

그러나 그는 배신하지 않았다. 내가 꾸민 시나리오대로 행동했다.

나중에 좀 더 중요한 국면에서 배신하려고 하는 걸지도 모르지만, 그의 성격상 그럴 가능성은 적어 보였다.

겉보기에는 책략가 같지만 실은 의외로 열정적인 열혈한이니까.

훗날 미랄디아군이 퇴각한 것을 확인한 뒤 나는 다시 샤르딜을 방문했다.

"바이트 님, 덕분에 살았습니다."

아람은 만면에 미소를 머금고 우리를 맞이했다.

"아무래도 그 녀석들은 처음에는 저를 심문회에 회부할 예정이었나 봅니다. 하지만 지휘관이 잘 말해줘서 취조를 받지 않고 넘어가게 되었습니다."

하긴 그렇겠지. 지휘관과 병사들도 생명의 은인을 구속하지는 못했을 것이다.

게다가 그때 그 상황에서 원군을 출동시켰다는 것은, 마왕군에 가담할 의지가 없다는 뜻이기도 했다.

"그런데 설마 사병까지 모조리 투입할 줄은 몰랐는데. 그냥 위병대 120명만 데리고 나올 줄 알았소."

"그러면 숫자가 너무 적어서 전황이 크게 바뀌지 않을 테니까요. 그 상황에서 마왕군이 후퇴하면 부자연스럽지 않겠습니까."

아람은 웃으면서 나를 응접실로 안내했다.

"이번 공로를 봐서, 사병을 몰래 보유한 것도 묵인해주겠다고 했습니다. 그들은 도시 방어에 필요한 전력이니까요."

"오, 다행이군."

정확히 어떤 대화가 오갔는지는 몰라도, 어쨌든 아람은 뜨겁게 열변을 토했나 보다.

미랄디아군 지휘관도 뜨거운 가슴의 소유자여서 의기투합했다고 한다.

그리하여 결국 그는 완전히 아람의 생각에 찬동하여, "맞아, 샤르딜의 위병 수는 이상하지. 상부에 건의를 해보겠소"라고 약속까지 했다고 한다.

아람의 경우에는 이상한 잔꾀를 부리는 것보다는 자연스럽게 행동하는 것이 좀 더 책략적인 방법인 것 같았다.

아람은 여기서 갑자기 옷매무새를 가다듬더니 나를 똑바로 봤다.

"이번에 저와 샤르딜을 위기에서 구해주셔서 정말 감사합니다. 실은 제가 외교활동에 실패해서 일이 이렇게 된 것이었는데, 당신이 우리를 구해주셨습니다."

"뭐, 귀공은 성격이 워낙 올곧으니까……."

처음에는 나름대로 노력하는 것 같았지만, 사실 아람은 권모술수에는 재능이 없었다. 아무리 숨기려고 해도 저절로 속마음이 드러나는 것이다.

그러니까 어설프게 숨기려고 하지 말고 처음부터 진심을 보여주는 편이 좀 더 강하게 남들의 마음을 사로잡을 수 있는 타입일 것이다.

나는 아람에게 말했다.

"마왕군은 약속을 지키고, 충분한 전력도 가지고 있소. 또 무엇보다도 무익한 살생은 하지 않소. 이번 전투를 통해 귀공도 아셨을 것이오."

적의 중기병대는 위협적인 존재였으므로 철저히 박살냈지만, 그래도 전사자는 수십 명에 그쳤다.

도망치거나 낙마하여 일시적으로 무력화된 기병은 많았지만 그 상황에서 굳이 그들을 다 죽일 필요도 없었으니까.

아람은 내 말을 듣고 고개를 크게 끄덕였다.

"네. 앞으로는 마왕군과 협력하겠습니다. 샤르딜뿐만 아니라 남부의 다른 도시들도 마족과 공존하게 만들어봅시다."

글쎄, 그게 그렇게 잘될까?

"우리 남부 사람들은 바다를 건너온 개척자들의 후예입니다. 신경지(新境地)를 개척하려는 정신이 여전히 남아 있어요. 분명히 마족과의 공존도 잘 이루어질 겁니다."

아람이 자신만만하게 말했다.

이 녀석, 진짜로 정열적인 인간이구나…….

우리는 아람과 헤어져 륜하이트로 돌아왔다.

이로써 륜하이트는 북쪽의 베르네하이넨과 투반, 동쪽의 샤르딜이라는 방패를 얻었다.

남쪽은 아직 방비가 덜 되었으나, 이쪽에서 상당한 규모의 적군이 등장할 가능성은 꽤 낮았다.

그러니까 한동안 느긋하게 내정에 전념할 수 있을 것이다.

그런데 그날 밤, 누군가가 나의 숙면을 방해했다.

"대장님, 정월교의 수장이 만나고 싶다고 하는데요……."

당직 인랑이 푹 잠들어 있던 나를 깨우러 왔다.

"이 오밤중에 무슨 일로……?"

아침에 다시 오면 안 되나?

그때 부하가 말했다.

"마왕군의 중대사를 예지했다고 합니다."

"뭐?"

륜하이트 정월교의 수장은 점성술사 미티였다.

그때 그 종교회의 이후로는 마주칠 기회가 거의 없었는데. 마왕군의 중대사라니, 뭐지?

상대는 륜하이트의 유력자 중 하나였다. 그래서 일단 만나보기로 했다.

미티를 집무실로 데려온 나는 하품을 참으며 응대했다.

"한밤중에 불쑥 찾아와 죄송합니다. 그런데 별의 배치가 용사의 출현을 알리고 있습니다."

아, 그 이야기였나?

"일부러 알려주러 오셨는데 이런 말씀 드리긴 뭐하지만, 용사라면 이미 물리쳤소. 가짜 용사였지만……."

"아뇨, '용사 란하르트'가 아니라. 진짜 용사입니다."

미티는 더없이 진지한 얼굴로 나에게 바싹 다가왔다.

"오늘 밤 늦게부터 북방에서 강하게 빛나는 운명의 별이 나타났습니다. 즉시 북방으로 사자를 보내 상황을 확인하시는 편이 좋을 것 같습니다."

나는 어쩔까 하고 망설였지만, 점성술사 미티의 실력에 관한 소문은 이것저것 들은 바 있었다. 남부에서는 유명한 인물인 것 같았다.

이 세계의 점성술은 진정한 예지마법이다. 점성술사의 실력이 좋으면 좋을수록 놀랄 만큼 정확하게 미래를 예지할 수 있다.

같은 마술사로서 전문가의 의견은 귀담아들어야 할 것이다.

"미티 님께서 그리 말씀하신다면 보통 일이 아닐 테지. 좋소, 즉시 조사해보겠소."

스승님은 오늘 밤 베르네하이넨에 머물고 계실 것이다.

그러니까 당장 인마족 병사 하나를 베르네하이넨으로 파견해서, 스승님께 북부 전선의 상황을 살펴보고 와달라고 부탁해야겠다.

여기선 뭘 해도 어느 정도 시간이 걸린단 말이지. 전화도 메일도 없는 세상이라.

그나저나 경건한 성직자가 용사 출현 소식을 마족에게 가르쳐 주다니, 이거 참 기묘하군.

"그런데 실례지만, 미티 님. 용사는 당신들의 아군이 아니오?"

그러자 그녀는 고개를 흔들며 미소 지었다.

"바이트 님께는 지난번 종교회의 때 신세를 졌으니까요. 게다가."

"게다가?"

미티는 장난스럽게 대답했다.

"륜하이트의 정월교도는 지금 이대로 살아가는 것이 더 행복하거든요. 북부의 용사보다도 남부의 인랑이 더 좋은 겁니다."

그런 말을 들으니 왠지 기뻤다.

"고맙소. 미티 님. 이 은혜는 잊지 않겠소."

나는 가볍게 인사하고 나서 곧바로 전령을 보냈다.

내가 심야에 보낸 인마병 전령은 좀처럼 돌아오지 않았다.

그는 다음 날 오후가 다 되어서야 겨우 돌아왔다.

"많이 늦었군. 무슨 일 있었나?"

그러자 젊은 인마병은 완전히 초췌해진 모습으로 대답했다.

"큰일 났습니다…… 티베리트 사단장님이……."

"그분이, 뭐?"

"전사, 하셨습니다……."

거짓말이지?

그분은 성벽보다도 더 높은 거인이고, 역전의 전사잖아?

"혹시 착오가 아닌가?"

"고모비로아 님께서 보고하신 내용이니까 틀림없는 사실일 겁니다……."

스승님이 직접 보고 오셨단 말인가.

"자, 잠깐. 제3사단장님은 무사하신가?!"

"네, 네. 오늘 아침에 돌아오셨습니다. 몹시 지치셔서, 지금은 멜레네 부관님의 간호를 받고 계십니다."

아무래도 상상을 초월하는 무슨 일이 있었나 보다.

스승님의 말씀에 의하면, 제2사단이 주둔하고 있는 북부의 농업도시 바헨에 미랄디아군이 쳐들어왔다고 한다.

당연히 티베리트 사단장이 맞서 싸웠는데, 그때 민병 한 명이 나타났고.

격전을 벌인 끝에 그가 티베리트 사단장을 베어 죽였다고 한다.

그다음부터는 지옥이 펼쳐졌다.

마족은 강한 리더의 명령대로 싸우는데, 그 리더가 쓰러지면 패닉 상태에 빠진다. 이 감각은 마족이 아니면 알 수 없다. 그만큼 리더에게 전적으로 의존하고 있는 것이다.

마왕님이 전선에 나서지 않는 것도, 내가 전선에서 어슬렁거릴 때마다 혼나는 것도 그런 이유 때문이었다.

제2사단은 사단장을 잃고 전쟁터 한복판에서 패닉 상태에 빠졌다.

미랄디아군은 마치 보너스 게임을 즐기는 기분이었을 것이다. 무시무시한 거인이 쓰러졌나 했더니, 적들이 모두 다 굳어버려서 우두커니 서 있었을 테니까.

그리하여 순식간에 제2사단 장병들이 목숨을 잃었다.

그런데 이때 급히 달려온 스승님이 전장 전체에 안개 마법을 걸었다. 그룬슈타트 성 주위를 감싸고 있는 것과 똑같은 안개였다.

스승님은 제2사단에게 후퇴를 명했다. 그렇게 간신히 전멸만은 막았다고 한다.

그때 스승님은 안개 마법이 전혀 통하지 않는 병사 한 명을 발견했다고 한다. 그 병사의 주위에서만 안개가 저절로 흩어지는 것이었다.

스승님의 마법을 무효화할 수 있는 존재. 그것은 용사 이외에는 있을 수 없었다.

"마왕님께는 누가 연락하러 갔나?"

"제2사단이 그룬슈타트 성을 향해 퇴각하고 있습니다. 혹시 몰라 베르네하이넨에서도 전령을 보냈습니다."

"알았다. 수고했어. 좀 쉬어라."

나는 곧바로 주요 멤버들을 불러 모았다. 각 부대의 대장들과 아일리아였다.

진짜로 큰일 났다.

제2사단장이 전사하고 제3사단장이 혼수상태에 빠진 현재, 마왕군의 지휘봉은 부사단장들이 잡게 되었다.

"바이트 님, 당장 그룬슈타트로 귀환합시다."

바르체 부관은 침착한 어조로 말했으나, 그 태도에서는 지독한 불안감이 느껴졌다.

"푸른 비늘 기사단만이라도 귀환할 수 있도록 해주십시오. 우리가 마왕 폐하를 지키겠습니다."

그러나 나는 그것을 허락할 수 없었다.

상대가 용사라면 그 어떤 정예부대가 출동해도 소용없을 것이다.

푸른 비늘 기사단 5백 기가 전멸할 때까지 싸우더라도 용사는 그저 약간의 피곤함만 느낄 뿐이리라.

상대는 인간 버전의 마왕님, 반신(半神)에 가까운 존재다. 그놈이 티베리트 사단장을 쓰러뜨렸다는 시점에서 절대로 우리에겐 승산이 없다는 것을 알았다.

티베리트 사단장은 혼자서도 푸른 비늘 기사단 전군과 대등하게 싸울 수 있는 강한 전사였으니까.

"바르체 님, 그것은 허락할 수 없습니다. 제 휘하에 있는 각 부대는 륜하이트 방어에 전념할 것입니다."

"하지만……."

"용사를 상대로 더 이상 전력을 소모시킬 수는 없습니다. 게다가 이곳은 마족의 미래가 달려 있는 도시입니다. 이곳을 제대로 지키지 않는다면 마왕님께서도 언짢아하실 겁니다."

나는 철저히 냉혹한 태도를 유지하면서 바르체 부관을 제지했다.

"아일리아 님, 당신에게 일시적으로 마왕군 소속 부대의 지휘권을 맡기겠소. 인간인 당신이라면 냉정하게 대처할 수 있을 것이오. 해골병은 라시가 조종할 테고."

"아, 알겠습니다. 그런데 저, 바이트 님은 어쩌시려고요?"

이 말을 꺼내면 반대의견이 속출할 것 같았지만, 나는 각오를 하고 당당하게 선언했다.

"나는 여러분 모두를 대표하여 마왕님을 지키러 갈 것이오. 나는 마술사니까. 직접 싸우지 않아도 마왕님을 도와드릴 수 있을 거요."

그 순간 일동은 침묵했다. 크루체 기관도 바르체 부관도, 인마 대장 세이세스도, 판 누나도, 모두 다 말없이 나를 쳐다보고 있었다.

역시 이건 좀 치사한가?

이윽고 크루체 기관이 입을 열었다.

"달리…… 방법이 없을 것 같군요. 아마 다른 누가 돌아가도 그다지 도움이 되지 못할 테니까요."

크루체 기관이 씁쓸한 얼굴로 중얼거리자, 동생인 바르체 부관도 동의했다.

"유감이지만 형님 말씀이 맞습니다. 우리와는 달리 바이트 님은 치유마법도 쓰실 수 있으니까요. 당신이 마왕님 곁에 있어주신다면 더없이 든든할 것입니다."

"게다가 바이트는 엄청나게 강하니까……. 사단장들이 없는 현재로선, 바이트가 최강의 전사다……."

세이세스의 한마디를 듣고 모두들 고개를 끄덕였다.

이 친구들은 내가 마왕님이나 사단장님 다음가는 강한 전사라고 생각하고 있나 보다.

아마도 나의 마법 실력을 과대평가하고 있는 거겠지. 뭐, 그 오해는 지금은 풀지 말자. 왠지 미안하군.

마지막으로 판 누나가 조용히 말했다.

"인랑 부대와 견인 부대는 내가 맡아서 지휘할 테니까 걱정하지 마. 바이트 군, 절대로 죽으면 안 돼. 알았지?"

"그래, 어떻게든 잘해볼게."

나는 그들에게 뒷일을 부탁하고 당장 여행 준비를 시작했다. 벌써 오후였고, 새로운 정보는 하나도 들어오지 않았다.

그룬슈타트 성까지는 걸어서 2~3일은 걸리는데, 인랑으로 변신하여 쉬지 않고 뛰어간다면 내일까진 도착할 것이다. 인간이나 말이 지나갈 수 없는 곳이라도 우회하지 않고 똑바로 통과할 수 있으니까.

나는 집무실 책상 서랍에서 낡은 가죽 표지 마도서를 꺼냈다. 학창 시절에 사용하던 교과서였다.

나는 어떤 페이지를 펼쳐놓고 거기 적혀 있는 주문과 동작을 다시 한 번 확인했다.

이것을 사용할 기회가 오지 않으면 좋으련만…….

그룬슈타트 성 주위에는 인간의 접근을 방해하는 안개가 자욱이 끼어 있었다. 나는 그 안개 속을 주의 깊게 걸으면서 천천히 성으로 다가갔다.

다행히 성은 아직 안전해 보였다. 위병들이 내 얼굴을 보고 얼른 성문을 열어줬다.

그러나 성 안에 한 걸음 발을 들여놓은 순간, 나는 제2사단이 괴멸됐다는 사실을 새삼스레 이해했다.

안뜰에서 쉬고 있는 제2사단의 거인과 괴물들은 거의 다친 곳이 없었다.

언뜻 보면 피해가 적어 보였지만, 실제로는 그렇지 않을 것이다.

아마도 부상당해서 움직이지 못하게 된 병사들은 살아 돌아오지 못한 것이리라.

그들의 침통한 표정과 눈에 띄게 줄어든 숫자. 그것만 봐도 알 수 있었다.

어쨌든 만난 김에 상황이 어떤지 물어봐야겠다.

제2사단 중에서 내가 가장 쉽게 말을 걸 수 있는 상대는 요귀족이었다. 그들은 졸병에 가까웠다. 몸집이 작고 약간의 마력과 적당한 지성을 가지고 있으나, 힘이 약했다.

말하자면 고블린 같은 종족이랄까.

"티베리트 사단장님께서 전사하셨다는 소식을 듣고 달려왔는데, 자세한 사정을 알려주게."

내가 말을 걸자 그들은 서로 얼굴을 마주 보더니 이렇게 대답했다.

"두목님, 죽었다……. 인간 한 놈이 죽였다. 그 후 인간들이 많이 몰려왔고 동료들이 많이 죽었다."

"사단장님을 죽인 인간은 어떤 녀석이었나?"

"평범한 인간. 검과 방패를 들었고, 평범한 옷을 입은 남자였다."

모르겠군.

뭐, 그래도 가짜 용사처럼 눈에 띄는 존재가 아니란 것은 알겠다.

"제2사단은 여기 있는 녀석들이 전부인가?"

요귀 병사가 고개를 옆으로 흔들었다.

"몰라. 성모님이 안개를 만들었어. 그래서 다들 흩어졌어. 성모님의 투구 덕분에 돌아올 수 있었어."

그를 자세히 살펴보니, 우리 스승님이 만들어준 투구를 쓰고 있었다. 제2사단에서는 '영령의 투구'라고 불리는 것 같았다.

"주크, 기요베르, 구부프…… 그 외에도 잔뜩. 죽은 동료들의 목소리가 들렸어. 그쪽으로 뛰어갔더니 붉은 용인이 있어서. 구해줬어."

제1사단의 붉은 비늘 기사단일 테지. 예정대로 후퇴를 도와준 모양이다.

안뜰을 한번 둘러보니, 그들은 각 종족들끼리 무리 지어 앉아 있었는데 그중에 꼭 한 명씩은 '영령의 투구'를 쓰고 있었다.

아마도 스승님이 만든 투구가 안개 속에서 안전한 방향으로 그들을 유도해줬나 보다.

그런데 생존자가 이 안뜰에 있는 병사들밖에 없다면, 제2사단은 이미 재기 불능이라고 해야 할 것이다.

인원수가 제일 많은 요귀 부대조차 수백 명 정도밖에 안 남아 있었다. 이 녀석들은 분명히 개전 당시에는 2천 명인가 3천 명쯤 있었다고 들었는데.

퇴각을 가장 큰 치욕으로 여기는 거인이나 대형 괴물들의 상황은 더더욱 비참했다. 거인족은 이제 겨우 몇 명밖에 안 남았으므로, 부대로서 운용하는 것은 불가능할 것이다.

그러고 보니 수귀 부대가 보이지 않는데.

"이봐, 수귀 부대는 어디 있나? 도그 대장 말이야. 자칭 천재라는 그 녀석은 어디 갔어?"

내 질문에 요귀 병사는 우울하게 고개를 숙이고 머리를 흔들었다.

"도그 님, 안 계셔."

"뭐?"

"'약한 놈들을 지키는 것이 강자의 의무다'라고 했어. 인간들과 싸웠어. 안개 때문에 보이지 않게 되었어. 조용해졌어."

요귀 병사도 그 후 그들이 어떻게 되었는지 짐작하는 것 같았다.

모두 한결같이 고개를 수그리고 있었다. 개중에는 훌쩍훌쩍 우는 놈도 있었다.

그래. 그 녀석에게도 그런 일면이 있었구나…….

이 이상 이들에게 질문하는 것은 너무 잔혹한 짓이다.

"그래, 알았다. 이곳은 제1사단이 지키고 있으니까. 편히 쉬어라."

"바이트 님. 고마워."

의기소침해진 그들에게 더 이상 작전을 수행하게 할 수는 없었다.

'제2사단은 전원 부상병'이라고 생각하고 향후 대책을 검토해 봐야 할 것 같다.

내가 서둘러 성 안으로 들어갔더니 붉은 비늘의 용인이 이쪽으로 뛰어왔다. 제1사단의 홍일점 슐레 부관이었다.

"바이트 님, 오셨습니까?"

"슐레 님, 무사하셔서 다행입니다."

정말 다행이다. 나중에 바르체 부관에게 가르쳐줘야지. 무척 걱정하고 있었으니까.

나는 그녀와 나란히 걸으면서 자세한 이야기를 들었다.

티베리트 사단장님이 용사로 추정되는 인간에게 패배한 후, 바헨의 성문으로 미랄디아군이 우르르 몰려 들어왔다고 한다.

바헨의 성벽은 복구되었지만, 공성전 노하우가 전혀 없는 제2사단이 수리한 것이므로 결함이 많았다.

게다가 농성하려고 해봤자 어차피 용사가 이미 바헨 안에 들어온 상태였다.

그래서 제2사단은 안개 속에서 전우의 혼령의 도움을 받아 각자 탈출을 시도했으나, 불행하게도 용사나 적군과 마주친 부대는 그대로 전멸을 당했다고 한다.

"안개가 바헨과 그 주변을 뒤덮었는데, 그 와중에 탈출한 제2사단을 쫓아오는 적군이 있었습니다. 우리 부대는 그들을 격멸하고 제2사단을 그룬슈타트까지 호위해 왔습니다."

"잘하셨습니다. 슐레 님이 안 계셨다면 제2사단은 전멸했을지도 모릅니다."

내가 그녀의 건투를 칭찬하자, 그녀는 고개를 저으며 분하다는 듯이 말했다.

"아뇨……. 그때 저는 제2사단과 함께 도망칠 수밖에 없었습니다. 용사가 이끄는 군대는 사기가 하늘을 찌를 듯하여, 그 자리에서 정식으로 맞붙을 수 없었습니다. 앞으로 그들이 이곳에 쳐들어온다면 틀림없이 고전을 면치 못할 거예요."

물론 그녀의 걱정도 이해는 갔지만, 그들이 이 성의 위치를 파악하는 것은 아마도 불가능할 것이다.

그룬슈타트 성은 깊은 숲속에 위치해 있다. 이 성이 인간들의 소유물이었던 시절과는 달리 이제는 여기까지 오는 길도 남아 있지 않았다.

덤으로 짙은 안개도 깔려 있었다. 이 안개는 시야를 차단할 뿐만 아니라 인간의 몸을 침식한다. 바헨에서는 충분한 효과를 얻지 못한 모양이지만, 인간은 이 안개 속에서 한나절만 돌아다녀도 틀림없이 쓰러질 것이다.

문제는 용사다.

아무리 대단한 우리 스승님의 마법이라도 진짜 용사에게는 통하지 않을지도 모른다.

"저는 마술사이니까 이 안개 속에서 평범한 인간이 오랫동안 활동하지 못한다는 것은 잘 알고 있습니다. 지금 걱정해야 할 것은 용사 한 명입니다."

그러자 슐레 부관은 한동안 곰곰이 생각해보더니 고개를 끄덕였다.

"알겠습니다. 기사단을 분대 단위로 나누어 적의 침입을 경계하도록 하겠습니다. 절대로 싸우지는 말라고 철저히 명령해놓겠습니다."

제2사단의 참상을 계속 지켜봤기 때문일까. 슐레 부관은 신중했다.

나는 내심 안도하면서 그녀에게 고개 숙여 인사했다.

"네, 좋습니다. 그럼 저도 도와드리겠습니다."

슐레 부관과 헤어진 뒤 나는 마왕님을 알현했다.

마왕님은 평소와 같이 집무실에서 사색을 하고 계셨다.

"바이트, 일부러 여기까지 와준 것이냐."

"네. 마왕님께 중대한 일이 생겼으니까요."

"짐의 신변 따윈 걱정하지 말고 륜하이트의 내정에 전념하지 그랬나. 뭐, 어쨌든 잘 왔다."

마왕님은 쓴웃음을 지으며 나에게 의자를 권했다.

마왕군 초기 멤버인 티베리트 사단장이 전사했으므로 마왕님이 울적해하실까 봐 걱정했는데, 다행히 그렇지는 않은 것 같았다.

"결국 티베리트도 떠나고 말았군……. 그 녀석은 과거에는 용인족의 영역을 침범하는 무법자였지."

마왕님은 책상 위의 한 점을 가만히 바라보면서 과거를 회상했다.

"그런데 짐이 토벌하러 갔을 때, 그는 짐을 보자마자 싸우지도 않고 즉시 항복했다. 생각이 없는 것처럼 보여도 실은 모든 것의 본질을 꿰뚫어 볼 줄 아는 남자였어."

아, 저런. 어쩌나.

이제 보니 마왕님은 은근히 충격 받으신 것 같았다.

"마왕군을 결성할 때 나와 뜻을 함께했던 동료는 이제 고모비로아 하나밖에 안 남았구나. 동료들 몫까지 열심히 살아야겠지."

"네. 떠나간 자들을 위해서도, 또 남아 있는 자들을 위해서도, 부디 마왕군을 잘 이끌어주시길 바랍니다."

나는 마왕님을 격려하면서 말을 이었다.

"아무리 용사가 대단해도 그룬슈타트 성을 금방 찾아내지는 못할 겁니다. 그 전에 어떻게든 준비를 하셔야지요."

마왕님은 내 얼굴을 물끄러미 바라보더니 이렇게 말씀하셨다.

"병사들을 움직여 수비에 전념하자……고 말하지 않는 것이 참으로 그대답군."

"저희들이 몇 명 있어봤자 아무 소용없으니까요."

마왕이라고 불리는 존재는 지상에 나타난 태양과도 같다. 평범한 인간은 절대로 이길 수 없다.

마찬가지로 용사도 평범한 인간과는 전혀 다른 존재다. 아직 성장하는 도중이거나 스스로 방심한다면 또 모를까, 기본적으로는 평범한 마족이 쓰러뜨릴 수 없는 상대이다.

물론 나도 용사와 맞서 싸울 생각은 없다. 다소 시간은 벌 수 있을지 몰라도 100퍼센트 죽임을 당할 테니까.

그러니까 차라리 다른 방법으로 시간을 벌면서, 마왕님께서 잘 준비하시도록 도와드리는 편이 나을 것이다.

내 역할은 아마도 전투가 끝난 후 그분을 치료하는 것이리라.

마왕과 용사가 싸운다면 이긴 자도 절대로 무사할 리는 없으니까.

그로부터 이틀 동안 나는 그룬슈타트 성에서 용사를 기다렸다. 륜하이트도 신경 쓰였지만, 지금 이 성 안에서 치유마법을 쓸 수 있는 마술사는 나 하나밖에 없었다.

스승님이 기운을 차리시면 교대할 예정이지만, 그 전에 용사가 온다면 내가 치료를 해야 할 것이다.

한편 불길한 보고도 들어왔다.

"지난 이틀 동안 이 주변을 경계하던 분대 세 개가 누군가에 의해 전멸 당했습니다."

슐레 부관이 심각한 표정을 지었다.

지도에 그려진 × 표시는 점점 그룬슈타트 성에 가까워지고 있었다.

"용사와 마주쳤나 보군요."

내 말에 슐레 부관도 동의했다.

"적을 만나도 싸우지 말고 무조건 보고를 우선시하라고 엄명을 내렸으니까요. 도망칠 새도 없이 전멸된 것 같습니다."

호러 영화가 따로 없었다. 안개 속에서 마주쳐 싸우게 된다면, 단 한 명의 보병인 용사는 매복 작전을 펼칠 수 있으므로 압도적으로 유리하다.

"바이트 님의 부대 편제를 참고하여 1개 분대는 네 명으로 편성해놨습니다. 그리고 두 명씩 전위와 후위로 나누어, 어느 한쪽이 습격당하더라도 나머지 한쪽이 탈출하여 보고하러 올 수 있게 해뒀습니다. 그런데도……."

안개 속에서 기병들이 다가오는 소리를 듣고 몰래 숨어 있다가,

도망칠 시간조차 주지 않고 한순간에 네 명을 다 베어버린…… 걸까.

무섭다. 어느 쪽이 괴물인지 알 수 없었다.

"바이트 님도 시체를 보셨지요?"

봤다. 어쩌면 숨이 붙어 있을지도 모른다고 생각했는데, 이미 완전히 살해된 상태였다.

"날카로운 무기로 일격에 기룡과 기수를 동시에 베었더군요. 일반적인 한손검으로는 절대 그런 식으로 벨 수 없습니다."

"그렇군요. 당신 의견을 들려주시겠어요?"

대형 무기를 사용했을 가능성도 있으나, 그 절단면에서는 도끼나 대검 특유의 '묵중함'이 느껴지지 않았다. 면도날 같은 날카로움이 느껴졌다.

나는 아직 확신하진 못하면서도 이렇게 대답했다.

"어디까지나 마술사로서 상상해본 것입니다만, 용사의 마력이 그런 상처를 낸 것이 아닐까요."

"그래요……. 이제 우리는 더 이상 손쓸 방도가 없겠군요."

슐레 부관이 분한 표정을 지었다. 나는 그녀에게 진언했다.

"마지막 분대의 전멸 지점을 보면 용사는 이미 그룬슈타트 근처까지 와 있습니다. 더 이상 정찰하는 것은 위험합니다."

"네, 저도 그렇게 생각해요. 앞으로는 최대한 병력 소모를 피하고, 성 안에서 경계하도록 하겠습니다."

슐레 부관은 이어서 조그만 목소리로 말했다.

"좀 전에 제2사단 장병 전체에 부대 해산 명령이 내려졌습니다.

일시적으로 고향에 돌아가게 해준 거죠."

"현명한 선택이군요. 용사의 진행 방향과 대략적인 위치는 알아냈으니까, 그와 마주치지 않도록 조심해서 탈출시키도록 합시다."

제2사단은 재기 불능이었다. 사단장을 잃어버린 그들은 자신감도 용기도 모조리 상실했다. 게다가 오랜 원정 때문에 기진맥진한 상태였다.

그런데 제2사단이 해산된다면 이제 성 안에는 용인족들만 남게 된다. 붉은 비늘 기사단 5백 기와 보병 3천 명. 그리고 부관 못지않게 강력한 근위병 12명.

보병대는 세 명의 부관이 1천 명씩 지휘하고 있는데, 나는 마왕님과 상담하여 그들에게 철수 명령을 내렸다.

내 예상이 정확하다면 보병은 3천 명이 있든 3만 명이 있든 아무 소용도 없을 것이다.

마지막까지 나를 애먹인 것은 붉은 비늘 기사단이었다.

"일단 성 밖으로 대피해주세요."

"안 됩니다. 적어도 기사단은 폐하 곁에 있어야 합니다."

슐레 부관은 당당한 말투로 딱 잘라 말했다.

큰일 났네……. 이런 말 하긴 뭣하지만, 아무리 유능한 정예부대인 붉은 비늘 기사단이라 해도 용사 앞에서는 볏단이나 마찬가지인데.

하지만 내가 그 사실을 지적해도 슐레 부관은 절대로 물러나지 않을 것이다.

그런데 그때 갑옷을 입은 마왕님이 나타났다. 검은 비늘 근위병들을 거느리고.

"슐레, 바이트를 괴롭히고 있나 보구나."

딸에게 말을 거는 것처럼 다정한 말투였다.

슐레는 얼른 허리를 곧게 펴고 긴장한 목소리로 대답했다.

"아, 아닙니다. 저는 단지 부관으로서의 책무를 다하려고 하는 것뿐입니다!"

"그대의 충성심은 기쁘게 받아들이겠다. 하지만 슐레, 시키는 대로 하려무나."

마왕님은 거대한 몸을 굽혀 그녀와 눈높이를 맞췄다.

"고모비로아와 바이트의 말에 의하면, 용사는 짐과 동등한 힘을 가지고 있다. 그렇다면 짐이 직접 싸우는 것이 가장 좋은 전술일 것이다. 아무리 그대와 붉은 비늘 기사단이 뛰어난 무인이라 해도, 짐을 이기지는 못할 테지?"

그건 그렇다. 마왕군 전체와 마왕님이 맞붙어 싸워도 마왕님이 이기지 않을까?

아마 마왕님 혼자서 인류 전체를 멸망시키는 것도 충분히 가능할 것이다. 멸망시킬 생각은 전혀 없지만.

마왕님이 부드럽게 설득하자 슐레는 고개를 푹 숙였다. 그리고 고통스러운 목소리로 대답했다.

"네, 그렇습니다……. 저는……."

"그래, 더 이상 말하지 마라. 그대의 충성과 무용은 짐의 자랑거리이기도 하다. 그러니까 이런 사소한 일로 그대들을 잃고 싶지 않은 것이다."

우리 마왕님, 대단하시다. 용사의 침공을 사소한 일로 치부하다니.

물론 마왕님도 이게 그리 단순한 일이 아니란 것쯤은 아실 것이다. 그러나 이렇게 말하면 슐레가 안심하리란 것도 아셨나 보다.

실제로 슐레는 간신히 납득한 것 같았다.

"고집을 부려 죄송합니다. 바이트 부관의 제안에 따르겠습니다."

"그래. 짐의 곁에는 근위병들과 바이트가 있으니까. 이 정도면 1만 군대에 필적할 것이다. 이제 그대는 제2사단의 생존자들을 지켜주길 바란다. 언젠가 그들도 다시 한 번 전선에 복귀해야 할 테니까."

"네, 알겠습니다!"

휴, 이제야 겨우 납득했구나.

그나저나 슐레 부관의 얼굴이 참 밝아 보였다. 아까와는 영 딴판이었다. 이것이 마왕님 효과인가.

"바이트 님."

슐레 부관이 나를 돌아보고 진지하게 말했다.

"무력한 저 대신 마왕님을 보필해주십시오. 그리고 바이트 님도 부디 무사하시길 바랍니다."

솔직히 말해서 나도 앞일을 전혀 예측할 수 없었다. 운 나쁘면 나도 꽤 높은 확률로 전사할 것이다.

그래서 나는 이렇게 대답할 수밖에 없었다.

"최선을 다하겠습니다."

성내가 완전히 고요해지고, 깊은 숲속에 밤의 어둠이 깔리기 시작할 무렵.

안개 너머에서 그놈이 나타났다.

안개 속에서 떠오른 사람 그림자는 단 하나. 가벼운 옷차림이었다.

"위병대는 철수해라. 내가 지시할 때까지는 절대로 공격하면 안 돼!"

나는 성벽에 있는 감시탑 위에서, 성에 남아 있는 용인족 병사들을 향해 명령을 내렸다. 성문을 열게 했다.

티베리트 사단장을 베어 죽인 상대에게는 성문 따윈 아무런 의미도 없었다. 성문이 부서지면 우리만 손해 볼 것이다.

하지만 이대로 저놈을 그냥 지나가게 놔두는 것도 영 불쾌하군.

용사처럼 보이는 인물은 망설임 없이 그륜슈타트 성의 성문을 통과했다.

가까이 다가올수록 그놈의 강력한 힘이 점점 더 확실하게 느껴졌다. 마술사는 아닌 것 같은데도 어마어마한 마력을 가지고 있었다. 그 마력은 마왕님과 마찬가지로 안쪽에서 무한히 흘러나오고 있었다.

틀림없다. 이자는 진짜 용사다.

용사가 내뿜는 힘에 의해 주변의 안개가 흩어졌다. 그의 주위에서만 마법 안개가 걷혔다. 압도적 존재감이었다.

"바이트 님……."

내 주위에 모인 위병들이 불안한 표정을 지었다. 그들은 정예 근위병이 아니라 일반 병사였다.

그러나 그들은 역전의 병사들이므로 용사의 위압감을 제대로 이해하는 것 같았다.

나는 그들에게 엄명을 내렸다.

"저자는 틀림없는 진짜 용사다. 우리가 한꺼번에 덤벼들어도 반격당할 뿐이니까, 절대로 손대지 마라."

"네, 알겠습니다."

안뜰에 들어온 용사는 망설임 없이 성으로 들어가려고 했다.

용사는 미랄디아 북부 시민의 평상복을 입고 그 위에다 미랄디아 민병용 간이 흉갑만 걸치고 있었다. 갑옷에는 바헨 시의 문장이 새겨져 있었는데, 용사가 바헨 출신인지 아니면 바헨에서 그 갑옷을 주웠는지는 모르겠다.

허리에는 민병들이 쓰는 가벼운 검을 차고 있었다. 그 외에는 짐 가방 하나 들고 있지 않았다.

장거리 무기는 안 가지고 있는 것 같은데. 여기서 화살이나 한 번 쏴볼까?

그렇게 생각했을 때,

"사단장님의 원수!"

"마왕님을 지켜야 해!"

성내 곳곳에서 그림자 여러 개가 불쑥 튀어나왔다. 수십 명쯤 되어 보였다.

자세히 보니 제2사단의 생존자들 중 일부였다. 도망치지 않고 남아 있었던 건가?

용인족 신병처럼 보이는 녀석도 있었다.

"안 돼, 그만둬!"

나는 소리를 질렀다. 그러나 그들은 용사를 향해 돌격했다.

다음 순간, 용사가 검을 뽑았다.

싸구려 검을 옆으로 한 번 휘둘렀다.

그런데 나는 그 검보다도 용사의 손에서 눈을 떼지 못했다.

손에서 검으로 마력이 흘러 들어가 보이지 않는 칼날이 발생했다. 그것도 엄청나게 긴 칼날이었다.

"엎드려!"

나는 다급히 외쳤다. 그러나 그 소리를 듣고 엎드린 것은 용인족뿐이었다.

그 등 위를 아슬아슬하게 스치면서 보이지 않는 마력의 검이 휙 지나갔다.

엎드리지 못한 녀석들이 어떻게 됐는지는 금방 알 수 있었다.

전원 두 동강이 났다.

안뜰에 모인 병사들은 방금 그 일격으로 인해 거의 다 전멸하고 말았다. 칼질의 흔적이 성벽에까지 깊숙이 남았다.

"도망쳐! 성 안으로 도망쳐!"

내 목소리를 듣고 살아남은 병사들이 후퇴하기 시작했으나, 용사는 그들을 도망치게 놔두지 않았다.

가볍게 한 걸음 내디뎠을 뿐인데도 10미터 이상 도약했다. 용인병 앞에 착지한 용사가 그에게 등을 돌렸을 때, 용인족 신병은 이미 피를 흩뿌리며 숨을 거둔 상태였다.

겨우 몇 초 만에 벌어진 참극. 물론 아무도 살아남지 못했다.

살육을 마친 용사는 손에 든 검을 보았다. 싸구려 도신은 그 굉장한 위력에 견디지 못하고 밑동부터 뚝 부러져 있었다.

용사는 용인의 시체를 툭 걷어차더니 그의 검을 주워들었다. 용인의 검은 손잡이도, 무게중심도 인간용 검과는 약간 달랐지만, 일단 검이기만 하면 뭐든지 상관없나 보다. 어차피 마력을 깃들게 할 막대기가 필요한 것뿐이리라.

용사가 문득 고개를 들어 나를 가만히 노려보았다. 내 주위의 용인병들이 당황하여 뒷걸음질 쳤다.

나도 무서웠다. 하지만 부관으로서의 자존심이 있으니까. 질까 보냐 하고 똑같이 상대를 노려봤다.

가까이 다가가면 틀림없이 죽겠지만.

잠시 후, 용사는 나에게 등을 돌리고 성 안으로 뛰어갔다.

예상은 했었지만 역시나 용사는 우리가 상대할 수 있는 녀석이 아니었다.

"나는 성 안으로 돌아가겠다. 너희들은 안뜰에 혹시 생존자가 없는지 확인해봐라. 그 후 도망쳐라. 알았나?"

아마도 생존자는 없을 테지만, 무슨 임무라도 맡기지 않으면

이 녀석들도 무모한 짓을 할 것 같았다.

위병들과 헤어진 나는 성의 통로를 따라 뛰어갔다. 서둘러 알현실로 향했다.

그런데 그때 맞은편에서 다가오는 사람 그림자가 눈에 띄었다.

젠장, 용사잖아!

참 난감하게도 알현실 앞에서 용사와 딱 마주치고 말았다.

이 녀석, 성 안에서 한 번도 헤매지 않고 여기까지 온 건가. 마치 사냥개 같군.

나는 두려움을 억지로 눌러 죽이고 용사를 노려봤다. 어차피 죽을 거면 제1사단의 부관으로서 꼴사납지 않게 죽고 싶었다.

그런데 용사는 나를 보더니 멈춰 섰다. 공격하지 않았다.

"마왕은 거기 있나 보군?"

차가운 음성이었다. 인간인 주제에 인간미라곤 손톱만큼도 없었다. 분노와 증오, 살의. 그에게서 느껴지는 인간적인 감정은 겨우 그것뿐이었다.

나는 그 비인간적인 분위기 때문에 한순간 얼어붙어버렸다. 그런데 용사는 내 대답을 기다리는 것 같았다.

하는 수 없지. 좋아, 당당하게 대답해주마.

"그렇다. 오너라. 인간이여."

무섭지만, 그래도 용사라고 불러주지는 않을 것이다. 진정한 용사란 마왕님 같은 영웅을 가리키는 말이다.

나는 문을 열고 용사를 안으로 들어가게 했다.

그가 내 옆을 지나갈 때 갑자기 지독한 살기가 느껴졌다. 용사의 주위에 맴돌던 마력이 점점 공격용 에너지로 변했다.

나는 반사적으로 반걸음 물러나 경계태세를 취했다.

그런데 용사는 변함없이 가만히 서 있었다. 나를 시험한 건가?

빌어먹을, 간 떨어질 뻔했잖아. 뭐라고 한마디 해줘야겠다.

"인간, 지금 나와 싸우자는 건가?"

그러자 용사는 말없이 나를 외면하고 또다시 걷기 시작했다.

방금 내가 방심했더라면 진짜로 두 동강이 났을 것이다…….

알현실에서는 근위병들이 완전무장을 하고 정렬해 있었다.

안쪽에 있는 옥좌에는 전투 준비를 마친 마왕님이 앉아 있었다. 무시무시한 위압감이 느껴졌다.

그런데 용사는 근위병들을 완전히 무시하고 마왕님 앞으로 똑바로 나아갔다. 우리들 같은 졸병을 상대하는 것도 지겨워졌나 보다.

용사는 증오에 찬 눈길로 마왕을 쏘아봤다.

"아세스라고 한다."

그것이 그의 이름인가 보다. 스스로 용사라고는 하지 않았다.

마왕님은 고개를 끄덕이고 차분한 어조로 대답했다.

"프리덴리히터라고 한다."

마왕님도 마왕이라고 자처하지 않았다.

용사는 검을 똑바로 들고 분노의 한마디를 내뱉었다.

"멜티아의 원수를 갚으러 왔다."

그가 말한 것은 내가 모르는 이름이었다. 도시 이름도 아니었다. 아마도 여자의 이름일 것이다.

마왕님은 대꾸하지 않으셨다. 고요한 눈빛으로 용사를 보더니 몸을 일으켰다.

용사도 마왕님도 더 이상 아무 말도 하지 않았다. 이제 와서 서로 대화할 마음 따윈 없는 것 같았다.

마왕님은 한쪽에 세워둔 창을 손에 쥐었다. 다루기 쉬운 단창이었다.

그런데 일반적인 창과는 형태가 약간 달랐다. 자루의 물미(창대 밑에 끼워놓는 끝이 뾰족한 쇠) 부분이 똑바르게 뻗은 것이 아니라 넓적하게 퍼져 있었다. 그 모양새가 마치 총…… 엽총이나 구식 보병총과 비슷해 보였다.

마왕님은 왼쪽 앞으로 창을 들어 올리면서 차분하게 말씀하셨다.

"그대의 이야기는 이것을 통해 듣겠다."

그 순간, 용사가 마왕님을 공격했다.

마왕님과 용사의 싸움은 그야말로 사투였다.

마왕님의 창은 알아보기 힘들 만큼 빠른 속도로 용사를 찔렀다. 넘쳐흐르는 마력이 창을 타고 격류와도 같이 휘몰아쳤다.

용사의 검은 이에 조금도 뒤지지 않았다. 그의 칼이 폭풍처럼 종횡무진으로 미친 듯이 난무하면서 상대의 창을 막아냈다.

단 한순간에 마왕님의 찌르기 공격이 몇 번이나 이루어졌고,

용사는 그것을 모조리 막아냈다. 격렬한 마력의 충돌로 인해 등 뒤에 있는 기둥들이 산산이 부서졌다.

나는 멍하니 그 전투를 지켜보다가 문득 어떤 사실을 깨달았다. 좀 전부터 용사가 교묘하게 움직이면서 근위병들을 싸움에 끌어들이려고 하는 것이었다.

마왕님은 자신의 창이 근위병에게 향하지 않도록 주의하면서, 근위병을 끌어들이려고 하는 용사를 견제하고 계셨다.

나는 서둘러 검은 비늘 근위병들을 물러나게 했다.

"근위병, 후퇴하라! 무기 자체의 길이에 현혹되지 마라! 저 검도 창도 마력으로 사정거리가 늘어나 있다!"

내 말을 듣고 근위병들이 즉시 반응하여 뒤로 펄쩍 뛰어 물러났다. 과연 마왕군이 자랑하는 고수들다웠다.

그러나 그들은 마술사가 아니기 때문에 눈에 보이는 부분밖에 보지 못했다.

반면에 나는 저 두 명의 신성(神性), 또는 영력 같은 것을 마력의 흐름으로 파악할 수 있었다.

그들의 싸움은 언뜻 보면 격렬한 공방을 되풀이하는 것처럼 보였다.

그러나 실제로는 서로가 서로의 존재를 소멸시키려고 하는 끝없는 소모전이었다.

마왕님의 창끝이 살짝 스치기만 해도 용사의 마력은 확 줄어들었다.

반대로 용사의 검이 마왕님에게 조그만 상처만 내도 마왕님의 육체에서는 대량의 마력이 새어 나갔다.

서로 상반되는 두 존재는 아주 가벼운 일격만으로도 상대에게 중상을 입힐 수 있는 것 같았다.

가능하다면 나도 도와드리고 싶었지만 저 싸움에 끼어들었다간 순식간에 산산조각 날 게 뻔했다. 게다가 내가 끼어드는 것은 마왕님께서 용납하지 않으실 것이다.

지원용 마법을 쓰고 싶어도 쓸 수 없었다. 아마 그것은 마왕님에게는 통하지 않을 테니까. 나의 보잘것없는 마법으로 마왕님의 능력을 향상시키는 것은 불가능했다.

그래서 나는 계속 주위를 경계하면서 근위병들과 함께 그 전투를 지켜봤다.

여차하면 죽을 각오로 뛰어들어 치유마법을 걸어드릴 작정이었다.

형세는 완전히 호각이었다. 창이 찌르면 검이 쳐내고, 검이 날아오면 창이 걷어낸다. 현란한 공방전이었다.

그런데 마왕님이 창을 내뻗었다가 도로 거두어들이는 순간, 아주 약간 표정이 변했다. 딱 한순간 창 놀림이 둔해졌다.

무슨 일이 일어났는지 나는 순식간에 이해했다.

과거에 마왕님께서 '전생자의 업보'라고 표현하셨던 그것.

나와 마왕님은 한때 인간이었다가 마물로 다시 태어났는데, 인간과 마물은 체격도 감각도 모두 다르다.

나는 전생에는 격투기를 배우지 않았으므로 인랑으로서의 격

투 기술밖에 모른다. 그래서 별로 불편한 점도 없었다.

그런데 마왕님이 지금 사용하시는 창술은 아마 전생에 익힌 기술일 것이다. 다른 용인들이 쓰는 기술과는 전혀 달랐다.

그러나 이것은 어디까지나 인간용 기술. 인간과 용인은 팔 길이나 관절 구조 등이 미세하게 차이가 났다.

그래서 인간용 기술을 억지로 사용하다 보면 몸에 무리가 가는 것이었다.

사실 마왕님이 가장 잘 다루는 무기는 검이지만, 오랫동안 검을 사용하면 어깨와 손목이 아파진다고 한다.

그래서 이것저것 실험해본 결과 최종적으로 창술을 선택하신 것이다.

마왕님의 창 놀림은 변함없이 빠르고 정확했다. 내가 보기에는 그다지 움직임이 둔해진 것 같지도 않았다.

그러나 초인끼리 벌이는 싸움에서 그것은 치명적인 허점이었다.

"죽어라!"

용사의 일격이 마왕님을 덮쳤다.

마왕님은 피하려고 했지만 아주 조금 늦었다.

용사의 검이 마왕님의 어깨부터 허리까지를 비스듬히 쫙 갈랐다.

마왕님의 마력이 단숨에 소멸되는 광경이 내 눈에는 똑똑히 보였다.

거짓말이지?

마왕님이 패배하다니, 그럴 리 없잖아.

그러나 허공에 흩어지는 선혈은 틀림없는 현실이었다.

"훌륭하다……."

마왕님은 그렇게 중얼거리더니 털썩 무릎을 꿇었다. 더 이상 싸울 수 없는 것 같았다.

한편 용사도 자세히 보니 심한 부상을 입은 듯했다. 옆구리에 창이 꽂혀 있었다.

마왕님이 혼신의 힘을 다해 카운터를 먹이신 것이다. 그러나 용사를 쓰러뜨리기에는 조금 힘이 부족했나 보다.

부상당한 용사는 피투성이 검을 쥐고 마왕님께 덤벼들었다.

나는 바닥을 박차고 그 사이에 끼어들려고 했지만 이미 늦었다.

마왕님의 거구가 까맣고 반들반들한 바닥 위로 쓰러졌다. 더 이상 움직이지 않았다.

용사는 부러진 검을 내팽개치고, 잔뜩 묻은 마왕님의 피를 셔츠로 닦아냈다. 아무런 감흥도 없어 보였다.

이윽고 그는 마왕님에 대한 흥미를 잃었는지 이번에는 우리를 돌아봤다.

"도망갈 생각하지 마라. 다음은 너희 차례다."

그래, 이 용사님은 하찮은 졸병인 우리들을 살려 보낼 생각이 없는 것 같았다. 자기 눈에 띈 마족은 모조리 죽여버릴 심산인가.

근위병들이 일제히 창을 겨눴다. 그때 내가 한 손을 들어 그들을 제지했다. 쓸데없는 짓이었다.

"물러나라. 이놈은 내가 상대하겠다."

용사가 나를 보았다. 기분 나쁜 눈이었다.

"너, 인간처럼 생겼지만 실은 마족이지? 뭐냐?"

나는 대답 없이 변신했다.

그리고 힘차게 울부짖었다. 인사를 대신한 '소울 셰이커'였다.

샹들리에가 부서지고 촛대의 불이 꺼졌다. 주위가 갑자기 어두워졌다.

달빛만 비치는 알현실에서 나는 용사를 향해 씹어뱉듯이 말했다.

"너 이 자식, 살아서 돌아갈 생각 마라."

나도 모르게 허세 가득한 말을 했다.

그러나 후회는 하지 않았다. 마왕군이고 뭐고 상관없으니까, 이 녀석만은 절대로 살아 돌아가게 놔두지 않을 테다.

용사는 나를 철저히 업신여기는 태도로 부러진 검을 버렸다.

"내가 부상을 당했으니까 이길 수 있다고 생각하나 보군."

용사가 옆구리에 손을 대자 상처가 씻은 듯이 사라졌다.

역전의 전사인 근위병들조차 그걸 보고 은근히 동요했다.

용사는 허리에 차고 있던 나이프를 꺼내 거꾸로 쥐었다.

"뭐 해? 어서 덤벼봐."

진짜로 나를 우습게 보는군.

확실히 지금 이 녀석은 자신의 상처를 치료했다.

하지만 그것은 표면적인 것일 뿐이다. 마왕님의 혼신의 일격을 맞았을 때, 또 지금 그 상처를 치료했을 때 그의 마력은 뭉텅이로 소모됐다.

지금 이 녀석은 마왕님과 싸우기 전의 그 초인이 아니었다. 무한히 흘러넘치는 것처럼 보이던 마력도 완전히 약해져버렸다. 좀 전처럼 회복하는 것은 더 이상 불가능할 것이다.

상대는 부상당한 용사. 그렇다면 아주 조금이나마 나에게도 승산은 있었다.

단, 그러려면 나도 각오를 해야 했다.

나는 준비해둔 마법을 모조리 발동시켜 신체능력을 단숨에 끌어올렸다. '소울 셰이커'로 주위의 마력을 끌어 모았기 때문에 그 효과는 평소보다 더 컸다.

이어서 나는 강화마법의 오의(奧義)를 사용하기로 했다.

"타오르라, 나의 육체여. 잠든 광기를 힘으로 승화시켜라!"

금주(禁呪) 중 하나인 '퍼내틱 번'.

단시간 동안 육체의 한계를 뛰어넘은 힘을 손에 넣는 기술. 뼈가 부서지든 근육이 찢어지든 아랑곳하지 않고 무조건 힘만 폭발적으로 향상시키는 마법이다.

이것을 썼다가는 그 반동으로 자칫하면 죽을 수도 있지만, 어차피 여기서 저놈을 이기지 못하면 죽을 게 뻔했다.

내가 마법을 사용했다는 것을 눈치챈 순간, 용사는 전력으로 나에게 덤벼들었다. 날카로운 나이프가 나를 공격했다.

강화된 동체시력 덕분에 그놈의 비정상적인 속도를 간신히 파악할 수 있었다. 그리고 직감적으로 회피했다.

나이프 공격을 피하고 그놈의 명치를 발로 걷어찼다. 분명히 명중한 느낌이 들었는데 효과는 거의 없었다.
단, 그놈의 흉갑은 구멍이 뚫리면서 박살났다.
"이 자식!"
용사가 휘두른 나이프를 나는 간발의 차이로 피했다. 나에게는 마왕님 같은 마력도 체력도 없다. 한 번이라도 맞았다간 끝장이다.
나는 답례로 그놈의 얼굴을 주먹으로 때렸다. 클린히트였는데도 전혀 효과가 없었다.
뭐 이런 놈이 다 있어? 이 주먹은 군마나 곰조차 즉사시키는 인랑의 주먹인데?!

접근전은 시야가 좁아지므로 위험했다. 나는 일단 멀찍이 물러나 냉정하게 생각해봤다.
침착해라. 나는 인랑이다.
인랑은 긍지 높은 전사가 아니다. 잔학한 사냥꾼이다.
이 전투도 명예로운 전사의 결투 같은 것이 아니었다. 분노에 미쳐 날뛰는 늑대의 사적인 싸움, 부상당한 용사를 몰아붙이는 비열한 사냥이다.
그래서 나는 알현실 기둥 뒤에 몸을 숨겼다.
"뭐야, 겁먹었냐?!"
용사는 내가 숨은 기둥을 나이프로 마구 베었다. 그것도 몇 번이나. 거대한 기둥이 마치 양초처럼 잘게 썰려 산산조각 났다.
예상대로였다.
무조건 공격 일변도. 물러설 줄 모르는 멧돼지 같은 전사였다.

나는 기둥의 잔해 몇 개를 연달아 발로 찼다.

그와 동시에 진짜 늑대처럼 네 발로 엎드려 바닥을 박차고 달려갔다.

검은 바닥, 검은 벽, 검은 기둥, 검은 천장, 검은 돌덩이, 검은 인랑.

딱 한순간. 0.1초도 안 될 것 같은 순간이었지만, 그놈은 분명히 내 모습을 놓쳤다.

눈앞에 날아온 돌덩이들 때문에 내 모습을 쉽게 찾아내지 못한 것이다.

그 정도면 충분했다.

나는 온몸을 던져 인랑의 이빨로 그놈의 다리를 꽉 물었다.

주저 없이 정강이를 깨물어 박살냈다.

"으헉?!"

뼈 부서지는 소리가 났다. 동시에 인간의 피 냄새가 훅 끼쳤다.

인랑의 진짜 무기는 손톱이나 주먹이 아니다. 이빨이다.

이빨 이외의 모든 것은 반격을 받지 않고 적을 물어 죽이기 위한 준비물에 불과했다.

나는 인간의 전투방식은 모르지만, 인랑의 전투방식은 철저하게 배웠다.

다른 공격은 통하지 않아도 이 이빨이라면 용사에게도 치명상을 입힐 수 있다.

그렇다면 나에게도 승산은 남아 있었다.

그러나 용사는 부상을 당했어도 용사였다.

"크아아아악!"

용사가 악을 쓰면서 나이프를 아래로 휘둘렀다. 용사의 마력도 이제는 얼마 남지 않았다.

고통으로 인해 다소 느려진 일격을 나는 간신히 피했다.

용사의 손을 쳐내고, 그를 새까만 바닥 위로 쓰러뜨렸다.

여기까지 왔으니 상황은 호각이었다.

나와 용사는 서로의 생존을 걸고 싸웠다.

내 이빨이 용사의 목을 물어뜯는 것이 먼저일지, 아니면 용사의 나이프가 내 목을 찌르는 것이 먼저일지.

용사는 완력으로만 따져도 나와 비슷하거나 그 이상이었다. 그런데 그는 나를 깔아뭉개려고 하지 않았다.

혹시 이 녀석, 주위의 근위병들을 경계하고 있는 건가?

용사는 일부러 근위병을 죽이지 않고 마왕님의 움직임을 속박하는 족쇄로 이용했다. 그런데 이제는 그 근위병의 존재가 용사를 얽어매는 족쇄가 된 듯했다.

이처럼 모든 조건이 나에게 유리했지만, 이렇게까지 했을 때 나는 간신히 용사와 호각으로 싸울 수 있었다. 최대의 위력을 자랑하는 이빨 공격 이외에는 그 무엇도 용사에게 통하지 않았다.

한편 용사는 단순한 펀치나 킥으로도 나에게 충분한 타격을 줄 수 있었다. 한순간이라도 방심했다가는 녹아웃. 게임 끝이다.

그래도 나는 절대로 질 수 없었다. 용사? 웃기지 마라. 나는 이

딴 녀석은 인정하지 않을 테다.

나는 이빨로 상대의 목을 노리는 척하다가, 그곳을 방어하려고 하는 용사의 오른쪽 손목을 물었다.

온 힘을 다해 손목 관절을 깨물어 으스러뜨렸다. 이제 오른손은 못 쓸 것이다.

그런데 그 순간, 그놈의 왼쪽 주먹이 나를 퍽 때렸다.

거인 뺨치는 힘이었다. 일순 의식이 흐려졌다.

퍼뜩 정신을 차렸을 때에는 이미 용사의 밑에 깔려 있었다.

미칠 듯한 분노로 일그러진 용사의 얼굴이 보였다.

"이 자식이!"

큰일 났다.

그는 왼손을 한껏 뒤로 빼고 있었다. 저 혼신의 힘이 담긴 주먹에 맞았다간 틀림없이 죽을 것이다.

나는 용사에게 완전히 깔려 있었다. 마치 바위에 짓눌린 것처럼 꼼짝도 할 수 없었다.

주위에 있는 근위병들이 공격하려고 창을 들었다. 그러나 너무 늦었다.

이제 다 틀렸나?

나는 죽음을 각오했지만, 그래도 최후의 발악을 해봤다. 마법으로 반격을 했다.

나는 공격마법은 쓰지 못한다. 내가 남에게 쓸 수 있는 것은 육체를 강화하거나 회복시키는 마법뿐이었다.

그래서 그것을 사용했다.

상대의 펀치가 꽂히기 직전에 나는 간신히 마법을 발동시켰다.

궁지에 몰려 아무렇게나 사용한 회복마법.

그것도 제일 초보적인 마법이었다.

"끄아아아아악?!"

용사가 갑자기 비명을 질렀다. 그동안 들어보지 못한 고통스런 목소리였다. 그는 정강이와 오른쪽 손목을 번갈아 감싸 쥐면서 괴로워했다.

그놈의 움직임이 한순간 완전히 멈춰버렸다.

내가 사용한 것은 상대의 자연치유력을 강화시켜 상처를 천천히 낫게 하는 마법.

전에 스승님이 수귀 대장 도그에게 사용하신 것과 똑같은 마법이었다.

이것은 적은 마력으로도 사용할 수 있지만, 상처가 나을 때까지 비정상적인 속도로 상처 부위의 세포분열이 반복되기 때문에 격통이 발생한다.

실전에서는 사용하지 않는 마법. 어디까지나 '다음 단계로 나아가기 위한 전제조건'에 불과한 마법이다.

그런데 인랑에게 마구 물어뜯긴 상처를 이런 마법으로 치유한다면, 상처가 부자연스럽게 치유됨과 동시에 상상을 초월하는 아픔이 수반되는 것이다.

보통 사람이라면 아마 순식간에 기절했을 것이다.

그래도 용사는 용사라서 기절하진 않았지만, 저 대단한 놈도 이 아픔은 견딜 수 없었나 보다.

나는 스승님께 감사드리면서 이 잠깐의 빈틈을 노렸다.

용사의 몸뚱이를 확 밀어내어 거꾸로 바닥에 깔아 눕혔다. 내가 승리할 기회는 지금 이 순간밖에 없었다.

내가 이놈을 끝장낼 것이다.

나는 용사의 목을 물어뜯었다.

인랑의 이빨을 콱 박아 넣고 그놈의 목을 절반 이상 뜯어냈다.

성대하게 터져 나오는 핏방울이 내 시야를 새빨갛게 물들였다.

비명은 들리지 않았다.

상대의 피 냄새 때문에 질식할 것 같았다. 그래도 나는 겨우 자력으로 일어났다. 내뱉는 숨이 피비린내로 가득했다.

얼굴을 닦자 피바다 속에서 허우적대는 용사가 보였다.

정말 무시무시하게도 그는 아직도 일어서려고 하고 있었다. 그러나 엄청난 대량 출혈로 인해 점점 움직임이 둔해졌다.

물론 내가 좀 전에 걸어준 치유마법 따윈 전혀 도움이 되지 않았다.

콸콸 쏟아지는 피의 바다 속에 잠겨 용사는 죽어가고 있었다.

그는 공포와 경악에 가득 찬 눈을 부릅뜨고 나를 보았다.

끊임없이 피를 토해내는 입술이 나에게 무슨 말을 하려고 했다. 떨리는 왼손 손가락이 나를 가리켰다.

무슨 말을 하는 걸까. 잘 모르겠다.

그때 나는 아직 그에게 이름을 가르쳐주지 않았다는 사실을 깨달았다.

“내 이름은 바이트. 평범한 부관이다.”

그가 내 말을 들었을지 모르겠다.

남자의 손이 피웅덩이 속에 가라앉았고, 눈에서 빛이 사라졌다.

그것이 용사 아세스의 최후였다.

살아남은 나와 근위병들은 한동안 아무 말도 하지 못했다. 이윽고 나는 비틀거리면서 무너진 돌기둥에 몸을 기댔다.

극심한 피로로 인해 인랑 형태를 유지하지 못하고 저절로 인간 형태로 되돌아왔다. 이런 경험은 처음이었다.

천천히 내 시야가 좁아지고 어두워졌다. ‘퍼내틱 번’의 반동 때문이었다.

나는 비틀비틀 걸음을 옮겨 바닥에 엎어져 있는 마왕님께 다가갔다. 몸이 무거웠다. 마치 바위를 잡아끄는 것 같았다.

마왕님은 더 이상 움직이지 않으셨다. 마력을 보니 생명의 불꽃이 완전히 꺼진 상태였다. 아무리 솜씨 좋은 마술사라도 이분을 치료하지는 못할 것이다.

적어도 마지막 작별 인사는 하고 싶었는데.

하지만 나도 이제 어찌 될지 몰랐다. 마법에 의한 과잉 부스터 효과의 반작용으로 온몸이 비명을 질러대고 있었다.

나는 마지막으로 마왕님께 일본어로 말을 걸었다.

『원수는 갚았습니다. 마왕님.』

마족은 더 이상 용사를 두려워할 필요가 없습니다.

그러니까 편히 잠드십시오.

갑자기 주위가 어두워졌다. 암흑도 꿰뚫어 볼 수 있는 인랑이 된 다음부터는, 진정한 의미에서 어둠에 휩싸여본 적은 없었다.

주위는 암흑의 세계였다.

혹시 이대로 죽으면 마왕님을 만날 수 있을까?

그런 생각을 하다가…….

나는 의식을 잃었다.

*　　　*

〈멜레네의 간호 일기〉

나는 침대를 돌아봤다. 죽은 것처럼 잠들어 있는 바이트를 가만히 바라보았다.

살아 있는 거지?

흡혈귀는 산 자와 죽은 자를 쉽게 구별할 수 있지만, 그래도 혹시 모르니까.

가까이 얼굴을 대고 숨소리를 확인해봤다.

옳지, 좋아. 살아 있네. 웬만큼 안정된 것 같아.

하지만 벌써 사흘째라고!

이제 그만 일어나야지.

뭐, 너야 어릴 때부터 잠꾸러기였지만, 이건 좀 심하지 않니?

나는 흡혈귀의 눈과 사령술사의 마법을 이용해 바이트의 생명력을 철저히 감시하고 있었다. 처음에는 정말로 죽을지 살지 모르는 생사의 기로에 서 있었지만, 내가 딱 붙어서 치료해준 덕분에 이제 고비는 넘긴 것 같았다.

이래 봬도 내가 고모비로아 문하의 첫째 제자거든.

겨우 이런 일로 죽게 놔두진 않을 거야, 바이트.

마왕님을 위해서라도, 너는 앞으로도 계속 열심히 일해야 하니까.

마왕군에게 마왕님은 아버지 같은 존재였지. 우리 선생님은 할머…… 어머니 같은 존재이고. 응, 그렇지.

이건 선생님께서 읽으실 수도 있으니까 그렇다고 해둬야지.

그리고 바이트는 만인의 형님. 마왕군의 장남이야.

모두들 강인한 너에게 의지하고 있어.

단지 너의 무용(武勇)이나 외교력에만 의지하는 것이 아니야.

너의 그 희한한 사고방식.

약자에게 과도한 친절을 베풀고, 인랑인 주제에 피 보는 것을 싫어하고, 그런가 하면 또 스스로 위험을 무릅쓰기도 하고.

하지만 그것이 언제나 마족의 미래를 조금씩 좋은 방향으로 이끌어 나가고 있어.

그러니까 무슨 일이 생겨도 너라면 분명히 어떻게든 해줄 거라고, 다들 은근히 기대하고 있는 거야.

앗, 치료 과정을 기록하려고 했는데, 개인적인 이야기만 잔뜩 써 놨네.

에이 뭐, 어때. 원래 관측자의 주관은 배제할 수 없는 것이니까. 선생님도 늘 그렇게 말씀하셨고.

아— 정말, 바이트, 빨리 안 일어날래?

……있잖아.

너에게 의지하고 있는 것은 나도 마찬가지니까.

우리 모두를, 선생님을 지켜줘.

부탁이야. 바이트.

*　　　*

내가 눈을 뜬 것은 그로부터 며칠이 지난 뒤였다.

"아, 일어났다."

멜레네 선배가 내 얼굴을 들여다보고 있었다.

선배는 내 머리에 이마를 맞붙이더니 고개를 끄덕거렸다.

"마력도 영파(靈波)도 이상 없음. 후유증도 없는 것 같네."

"저, 여기는……?"

생각해보니 굳이 물어볼 필요도 없었다.

그룬슈타트 성 안에 있는 내 방이었다.

"죽지 않았구나……."

나는 휴 하고 한숨을 내쉬었다. 그대로 죽었더라면 저세상에서 마왕님께 혼났을 것이다.

그때 멜레네 선배가 무서운 표정을 지었다.

"그렇게 툭하면 말도 안 되는 짓을 하는 것은 인랑의 습성이니? 아니면 바이트, 너의 개인적인 경향이니?"

아야, 아파요 선배.

관자놀이를 꾹꾹 누르지 마세요.

"저기요, 그 후 어떻게 됐어요?"

나는 멜레네 선배의 집요한 공격을 피하면서 가장 궁금한 것을 물어봤다.

그러자 선배는 내 어깨에 손을 올려놓고 깜짝 놀랄 만큼 다정한 목소리로 대답했다.

"괜찮아. 걱정할 필요 없어. 선생님이 전부 다 처리해주셨으니까."

내가 의식을 잃고 나서 근위병들이 나를 도와준 것 같았다. 그들은 밖으로 대피해 있던 용인족들을 다시 불러와 마왕님과 용사의 시신을 수습했다고 한다.

그때 마침 스승님이 정신을 차리셨다.

좀 더 정확히 말하자면, 마왕님과 용사라는 두 개의 거대한 존재가 소멸한 것을 느끼신 듯했다. 아직 제대로 움직이지도 못하시면서 억지로 일어나 그룬슈타트까지 오셨다고 한다.

그다음부터는 스승님께서 여러모로 수고해주신 것 같았다.

스승님은 마왕님을 살리려고 하룻밤 내내 온갖 수단을 다 써봤지만 역시 치료도 소생도 불가능했다고 한다. 이미 완전히 사망

해버린 이상, 마왕이나 용사라 해도 되살아날 수는 없었다.

결국 스승님은 한없이 초췌해진 얼굴로 울면서 마왕님의 죽음을 선고했다고 한다.

마왕님의 시신은 그룬슈타트 성에 있는 영묘로 운반되어 영묘 지하 묘소에 안장됐다.

마족에게는 영결식이나 장례식을 거행하는 습관은 거의 없다. 자연 속에서 생활하다 보니, 서둘러 매장하지 않으면 시신이 망가질 우려가 있기 때문이다.

아마 나중에 따로 추도식이 거행될 것이다.

용사의 시신은 안개 바깥쪽에서 용사의 귀환을 기다리던 미랄디아군에게 반환했다.

스승님은 죽은 자의 장례를 동포가 치러주길 바라는 마음에서 그러신 모양인데, 그 시체를 확인한 미랄디아군의 경악과 공포는 상상을 초월할 정도였다고 한다.

용사의 시체에 남아 있는 치명상은 거대한 늑대에게 물린 상처였으므로.

그들은 '용사는 마왕 토벌에 실패했고, 그의 부하인 인랑에게 물려 죽었다'고 오해한 것 같았다.

마왕님이 아직 건재하다고 착각한 그들은 용사의 시체를 그냥 내버려두고 걸음아 날 살려라 도망쳤다고 한다.

그 시체는 그대로 놔둘 수도 없었으므로 결국 그룬슈타트 성에 가매장했다. 나중에 유골은 고향으로 다시 보내줄 것이다.

한편 미랄디아군은 숲에서 탈출해 바헨으로 귀환했다는 정찰 보고가 들어왔다. 민병대는 도망치듯이 해산했고, 상비군도 바헨 방어라는 명목으로 성 안에 틀어박혔다고 한다.

듣자 하니 끔찍한 소문이 순식간에 퍼져나간 것 같았다. 주로 나에 관한 소문. 전에 원로원이 발행했던 현상수배서에 또다시 몇 줄 추가될 것 같았다.

결국 양측 다 아무런 이득도 얻지 못했다. 둘 다 영웅을 잃었을 뿐이다.

앞으로 당분간은 미랄디아군도 얌전히 있을 테지.

문제는 마왕군이었다.

마왕님이 쓰러지신 이상, 마왕군을 이끌 지도자는 사단장밖에 없었다. 티베리트 사단장은 이미 전사했으므로 남은 것은 우리 스승님, 고모비로아 한 명뿐이었다.

지난 며칠 동안 스승님은 비탄에 잠긴 장병들을 위로하고 격려하고, 때로는 질타하면서 잘 통솔하신 것 같았다. 내가 잠들어 있는 동안 스승님이 활약해주지 않으셨더라면 의기소침해진 마왕군이 어떻게 됐을지 모른다.

실력으로 보나 경력으로 보나, 차기 마왕은 스승님이 적임일 것이다.

본인은 아직 내키지 않아 하는 눈치였지만 나중에 내가 설득해 봐야겠다.

애초에 마왕군은 스승님께서 마왕님을 부추겨서 만든 것이었다. 그 전까지는 용인들로만 구성된 소규모 무장집단이었다.

거기에 거인 호걸 티베리트와 수많은 마족들이 가세하여 지금과 같은 마왕군으로 성장했다. 나도 스승님 말씀에 홀랑 넘어가 마왕군에 가담한 녀석들 중 하나이고.

그러니까 스승님한테 끝까지 책임을 져달라고 해야겠다.

물론 나도 부관으로서 스승님을 보필할 예정이고.

이처럼 마왕군도 신경 쓰였지만, 현재 가장 신경 쓰이는 것은 마왕님의 영묘였다. 나도 마왕님께 작별 인사를 하고 싶었다.

나는 침대에서 일어났다. 아직 삭신이 쑤셨지만 일단 움직일 수는 있었다.

"마왕님의 영묘에 다녀올게요."

"같이 가자."

"아뇨, 가능하다면 혼자 가고 싶습니다."

멜레네 선배는 난처한 얼굴로 잠시 나를 쳐다보더니 이윽고 체념한 듯한 미소를 지었다.

"……알았어. 무리하지는 마, 알았지?"

멜레네 선배는 나를 부축해줬다. 그리고 예전처럼 내 머리를 쓰다듬었다. 문득 그리운 느낌이 들었다.

내가 의식을 잃고 있는 동안에 선배에게 걱정을 많이 끼쳤나 보다.

복도로 나가자, 놀랍게도 제1사단 부관들이 그곳에 정렬해 있었다.

언제 여기까지 달려온 걸까. 바르체 부관도 있었다. 크루체 기관과 근위병들도 있었다.

그들은 나를 보고 말없이 경례했다.

말로 표현할 수 없는 감정이 북받쳐 올랐다. 나도 말없이 경례를 했다.

그리고 그곳을 떠났다.

그룬슈타트 성의 뒤뜰, 즉 대정원에는 돌로 된 영묘가 있었다.

원래 이 성의 옛 주인들이 사용할 예정이었을 텐데, 그들은 결국 이곳에 들어가지 못했다. 같은 인간들에 의해 멸망을 당했기 때문이다.

그리고 이제 이곳에는 마왕님이 잠들어 계셨다.

나는 영묘 앞에 향을 바치고 장엄한 석조 건물을 올려다봤다. 이 세계에는 선향이 없으므로, 그 대신 비슷한 향기의 향을 멜레네 선배에게 받아 왔다.

나는 눈을 감고 두 손을 모았다. 그리고 마왕님께 말을 걸었다.

"마왕님, 혼자 가시면 어떡합니까. 치사합니다."

이 세계에서 인랑으로 환생했다가 간신히 만난, 나와 같은 전생자. 심지어 똑같은 일본인.

내가 마왕님께 얼마나 강한 친근감을 느꼈는지.

마왕님도 나도 전생에 있었던 일은 거의 말하지 않았지만, 같은 일본인.

우리의 화제는 바닥날 줄 몰랐다.

『마왕님. 이 세계의 빵도 나쁘진 않지만, 가끔은 쌀밥도 먹고 싶지 않습니까?』

『흠. 밀에 비하면 쌀은 똑같은 농지면적으로 더 많은 인구를 먹여 살릴 수 있지. 언젠가는 벼농사도 널리 보급하고 싶군.』

『아니, 전 그저 단순히 제가 먹고 싶어서 그러는데요…….』

『그대는 인랑이라서 곡물도 먹을 수 있는 모양이지만, 짐은 용인이라서. 아쉽지만 곡물은 내 몸이 받아들이질 않아.』

『그것 참 안타까운 일이네요…….』

그런 대화도 자주 나눴었다.

마왕님이 전생에 어떤 인물이었는지는 끝내 알아내지 못했지만, 상상하건대 아마 꽤 심각한 일 중독자였을 것이다.

그리고 현생에서도 목숨 걸고 일하다가 마침내 떠나가셨다.

은근히 딱딱하고 서툰 사람이었지.

전생의 이름도 가르쳐주지 않고 떠나가다니.

그때 등 뒤에서 소리가 났다.

"바이트, 역시 여기 있었구나."

스승님 목소리였다. 내가 뒤를 돌아보자, 스승님은 평소와 똑같은 미소를 지으며 나를 바라보고 있었다.

그런데 많이 지치셨나 보다. 지팡이에 의지해 힘들게 서 계셨다. 안색도 좋지 않았다.

"스승님, 괜찮으십니까?"

"괜찮다, 걱정할 것 없어. 아무튼 그대가 마왕님과 티베리트의 원수를 갚아줬다고 하던데. 고맙구나. 바이트."

"이미 부상을 당한 용사를 덮쳐서 죽인 것뿐입니다. 그리 대단한 일은 아니었어요."

용사 아세스.

멜티아라는 인물……. 아마도 인물이겠지. 그 인물의 원수를 갚겠다는 이유 하나만으로 싸우다가 죽은 남자.

멜티아는 그의 가족이었을까? 아니면 애인? 어쩌면 주종이나 사제 관계였을지도 모른다.

아, 혹시 그 녀석, 전생자는 아니었을까.

이제 와서는 그것도 알 수 없었다.

스승님이 나에게 편지 한 통을 건네줬다.

"마왕님의 유언이다. 그대에게 전해주라고 적혀 있더구나."

"저에게요?"

"나에게 남긴 편지는 또 한 통 따로 있었어. 그것을 다 읽거든, 내 방으로 오너라."

스승님은 그리 말씀하신 후 영묘를 향해 조용히 고개를 숙였다.

*　　*

〈마왕 프리덴리히터의 유언〉

바이트.

그대가 이 편지를 읽고 있다는 것은 짐이 용사에게 패배했다는 뜻이겠지.

그와 동시에 그대가 용사를 쓰러뜨렸다는 뜻이고. 용사가 그대들과 화해할 리 없으니까.

그리 생각하면 이것 참 말이 안 되는 이야기인데. 짐은 도대체 무슨 생각으로 이 글을 적고 있는 걸까. 자신의 행동이 우습게 여겨지는구나.

그런데 또 왠지 그대라면 용사를 쓰러뜨릴 수 있을 것 같은 기분도 든다.

그러므로 이 편지를 남긴다.

우선 사무적인 인수인계에 관해 말하자면, 짐은 전생에 얻은 지식을 일본어로 기록해뒀다. 집무실 오른쪽 책장에 책등이 붉은 책이 네 권 있을 것이다. 그대의 판단하에, 필요하다고 생각되는 부분을 번역하여 기관들에게 전해주길 바란다.

그리고 짐의 후임은 모두가 동의한다면 고모비로아가 되어줬으면 한다. 그는 실적도 능력도 흠잡을 데 없으니까.

짐은 그대를 후임으로 삼으려고도 했는데, 본인에게 거절당했으니 어쩔 수 없지.

그러나 짐의 제안을 고사했던 그대의 심정도 이해는 가네.

왕이 짊어져야 할 무거운 책임을 그대는 잘 알고 있는 것이겠지.

왕이 무심코 한 한마디가 주위에 공포나 불신, 또는 불화의 씨앗을 뿌리기도 하는 법. 초요(楚腰)의 고사(고대 중국 초나라의 영왕이 가느다란 허리를 좋아하였기에 궁중에 굶어 죽는 사람이 있었음)와 같은 일이 있어서는 아니 될 것이야.

반대로 왕의 권위를 이용하려고 하는 자도 존재할 테지.

고로 왕은 언제나 신중해야만 해.

그러는 짐은 과연 신중했는지, 약간 자신이 없지만.

또한 왕이란 것은 때로는 비정한 결단을 내려야만 하는 경우도 있지.

적의 일족과 가신 전체를 몰살시켜야 하는 경우도 있고, 투항한 병사를 처형해야 하는 경우도 있어. 과거 전국시대의 다이묘(일본 전국시대의 봉건 영주)들이 그러했듯이.

그들도 진심으로 원해서 그런 명령을 내리지는 않았을 터이나, 반드시 그리 하지 않으면 안 될 때도 있다.

하지만 그대는 그런 짓을 할 수 없겠지. 짐은 그것도 이해한다.

그래서 짐은 그대에게 마왕이 되라고 하지는 않을 것이다.

적에 대한 친절함은 그대의 약점이지만, 그와 동시에 강점이기도 하다. 마족은 물론이고 이 세계 인간에게서도 그런 평화적인 가치관은 좀처럼 찾아보기 힘들 테지.

그런데 그 가치관이야말로 이 세계를 바꾸는 힘이 될 것이라고, 짐은 믿고 있다.

그대는 자유로운 부관으로서 그대 마음대로 이 세계를 바꾸는 것이 좋을지도 몰라.

그런데 그대에게 사과해야 할 것이 하나 있네.

짐은 예전에 전생의 이야기는 하지 않겠다고 했지. 그대가 어떤 인물이었는지도 묻지 않겠다고 했다.

그런데 사실 짐은 그대가 어떤 인물이었는지 어렴풋이나마 짐작하고 있었어.

그대는 짐의 시대보다 수십 년, 아니 어쩌면 100년 이상 시간이 흘러간 새 시대의 인물일 거야. 기술도 발전했고 물질적으로도 상당히 풍요로워진 시대를 경험했을 테지.

그대의 선진적인 사상과 가치관 덕분에 짐도, 또 다른 이들도 많은 것을 배울 수 있었다. 고맙구나. 아마 그대는 자각하지 못했을 것 같지만.

그 점을 생각하면, 그대는 짐의 시대보다도 더 평온한 시대에 살았을 테지. 그대의 언행에서는 평온한 시대의 기운이 느껴지거든.

그렇다면 짐이 전생에 평생을 바쳐 이루려고 했던 꿈은 어떤 형태로든 실제로 이루어졌다는 뜻이겠지.

이래저래 이상한 추측을 해서 미안하네.

일단 뭔가 생각하기 시작하면 멈추지 못하는 성격이라서.

어쨌든 그 덕분에 짐은 아무런 염려 없이 이번 삶을 끝까지 전력으로 살아갈 수 있었다.

아니, 물론 이 편지를 쓰는 시점에서 짐은 아직 살아 있지만.

짐은 용사 따위에게는 지지 않을 걸세. 짐은 마족의 왕. 평화의 중재자, 프리덴리히터.

현재 짐에게는 아무런 근심도 없어. 전생에서도 현생에서도 짐은 인생의 승리자라고 자부하고 있네.

마왕군도 차근차근 지배 영역을 넓혀 나가고 있고. 우수한 인재도 양성됐지. 후계자에 관해서도 걱정할 것이 없네.

이렇게 된 이상, 짐의 생사 같은 것은 사소한 문제일 뿐이네.

마침 좋은 기회야. 오랜만에 마음껏 날뛰어봐야겠어.

그나저나 애써 이렇게 편지를 적었으니, 용사와의 전투가 끝난 후 이 편지를 그대에게 직접 전해주는 것도 재미있을지도 모르겠군.

그때 그대는 어떤 표정을 지을까. 상상만 해도 왠지 즐거운걸.

*　　*

나는 마왕님의 편지를 다 읽고 나서 가만히 영묘를 올려다보았다.

마왕님, 뭡니까. 이토록 자신만만하게 말해놓고서 결국 패배했잖아요.

다들 슬퍼하고 있는데 죽은 사람 본인만 즐거워하다니, 이건 너무 치사해요.

혹시 또 어딘가에서 다시 태어났나요?

혹시 이 세계에서 태어나지는 않았나요?

그렇다면 다 함께 찾으러 갈 겁니다. 아셨죠?

대답하는 이는 없었다.

나는 편지를 품속에 집어넣고 눈가를 쓱쓱 비볐다.

심호흡을 하고, 영묘를 향해 고개를 숙였다.

마왕님이 죽을 때까지 마왕이었던 것처럼, 나도 죽을 때까지 마왕의 부관으로서 살아갈 것이다.

아무래도 나는 부관 노릇을 그만둘 기회를 영영 잃어버린 것 같았다.

마왕님, 뒷일은 우리에게 맡겨주세요.

평범한 부관이 어떻게든 잘해볼 테니까요.

나는 성내로 돌아오자마자 첫 번째 문제부터 처리하기로 했다.

"스승님, 빨리 마왕이 되어주세요."

"당치 않은 소리 하지 마라."

대현자 고모비로아는 자기 방 침대 위에서 열심히 바동거리고 있었다. 마치 어린애처럼.

"나는 제왕의 그릇이 아니야. 그저 연구자일 뿐이고, 심지어 인간이지 않느냐. 안 된다, 안 돼, 절대 안 돼."

"나이도 드실 만큼 드셨으면서 떼쓰지 마세요. 마왕군을 이대로 무너지게 놔둘 겁니까? 이미 인간들도 잔뜩 끌어들였으니까, 이제 와서 물러설 수는 없다고요."

스승님은 베개를 끌어안고 뿌루퉁한 표정을 지었다.

"그렇다면 그대가 마왕이 되면 될 것 아니냐."

"저요?!"

"진짜 용사를 쓰러뜨린 영웅, 덤으로 마도 륜하이트를 건설한 공로자니까. 아무도 반대하지 않을 것이야.”

“그런 식으로 말하면 스승님도 마왕군이 창설될 때부터 계셨던 최고참이시잖아요. 세계 최고의 마술사이고.”

그런데 스승님은 단호한 태도로 계속 고집을 부렸다.

“나는 중요한 시기에 한가하게 잠만 자지 않았느냐. 이건 거의 찬탈이나 마찬가지야.”

“아닙니다. 게다가 중요한 시기에 잠만 잔 것은 저도 마찬가지거든요?”

내가 열심히 설득했음에도 불구하고 스승님은 고개를 좌우로 세차게 흔들었다.

“아무튼 싫—어—어—!”

“떼나 쓰고, 어린애입니까?!”

“남들 앞에 나서는 것 자체가 싫단 말이다. 앞으로는 인간들 앞에도 나서야 할 텐데. 마족은 그렇다 쳐도, 인간은 대하기가 영 거북하단 말이야. 절대로 못한다.”

스승님의 낯가림도 진짜 대단하다, 대단해.

하지만 나는 스승님과 오랫동안 함께 지냈으므로 저절로 알 수 있었다.

스승님은 지금 나에게 응석을 부리는 것이었다.

마왕군을 함께 만들어온 맹우들을 모두 다 잃고, 차기 마왕으로서의 활약을 기대하는 주위의 시선을 한 몸에 받고 계시니까.

스승님은 최강의 마술사이고 훌륭한 연구자이며 열정적인 교육가이지만, 정치가도 아니고 군인도 아니다. 굳이 말하자면 그런 방면에는 소질이 없는 사람이다.

그래서 스승님은 지금 이렇게 나와 함께 시끄럽게 떠들면서 어떻게든 결의를 다지려고 하는 것이다.

그래서 나는 스승님의 어리광을 다 받아주기로 했다.

"스승님, 실은 좋은 방법이 하나 있습니다."

"뭐냐?"

나는 스승님 방에 있는 옷장에서 마술 연습용 등신대 인형을 끄집어냈다.

"이놈을 마왕으로 만듭시다."

"뭐라고?"

내 설명을 들은 스승님은 고개를 끄덕거렸다.

"그래. 인간들 앞에 모습을 드러낼 때에만 꼭두각시 인형을 대역으로 삼자는 거구나."

"네. 이거라면 얼마든지 잘 만들 수 있고, 암살을 당해도 문제없습니다. 스승님은 어디 적당한 곳에 숨어서 대본대로 연설만 하시면 돼요."

전생에 본 만화책이나 기타 등등에서도 종종 등장했던 방식이다.

옥좌에 앉아 있는 것은 한낱 꼭두각시 인형이고, 진짜 마왕은 마치 측근처럼 옆에 서 있던 아름다운 소녀.

맞아, 그거야.

스승님도 잠시 생각해보는 것 같았다.

"흠, 그래. 인간은 무섭지만, 어딘가에 숨어 있어도 된다면 어떻게든 될 것 같구나."

"그렇죠?"

스승님은 조금 더 생각해보더니 마침내 고개를 힘차게 끄덕였다.

시답잖은 수다를 떠는 사이에 드디어 결심을 굳혔나 보다.

"마왕님과 다른 이들이 평생을 바쳐 만들어낸 마왕군. 그것을 나의 사적인 고집으로 무너지게 만들 수는 없지. 나도 목숨 걸고 노력해보마."

"네, 역시 제가 존경하는 스승님다운 말씀이십니다!"

스승님은 나에게 다가오더니 조그만 손으로 내 손을 꼭 붙잡았다.

"그러나 나 혼자서는 자신이 없구나. 그대와 다른 제자들에게도 도움을 받아야 할 텐데. 그래도 괜찮을까?"

"네, 물론이죠. 스승님. 우리 모두 힘을 합쳐 마왕님의 유지를 이어나갑시다."

"그래, 그러자꾸나."

스승님은 방긋 웃으셨다.

새로운 마왕 고모비로아 탄생.

마왕군은 이 사실을 매우 자연스럽게 받아들였다.

선대 마왕님은 자주 자신의 후계자에 관해 말씀하셨다.

그렇기 때문에 마왕군 장병들은 '마왕님께 무슨 일이 생기면 누군가가 그 뒤를 잇는다'는 것을 자연스럽게 이해하게 된 것 같았다.

스승님은 마왕군의 창설에 관여한 최고참 멤버다. 게다가 단시간이긴 하지만, 제 능력을 완벽히 발휘하실 때에는 마력이 바닥나기 전까진 무적에 가까운 존재였다.

제3사단의 간부는 스승님의 제자들이므로 존경하는 스승님이 마왕이 되는 데 반대하지 않았다.

또 제2사단도 북부 전선에서 스승님께 두 번이나 도움을 받았다. 그래서 장병들은 그분을 성녀처럼 받들어 모셨다. 이쪽도 문제는 없었다.

그리고 제1사단 역시 스승님의 마왕 계승에 찬성해주었다. 마왕님의 유지를 존중한 것이다. 게다가 제1사단에는 고참병이 많았으므로, 스승님과 오래 알고 지낸 자들도 많았다.

그 결과 우리의 의견은 놀랄 만큼 쉽게 하나로 모였다.

그리하여 마왕군은 새로운 마왕 고모비로아를 따르게 되었다. 선왕의 추도식 겸 대관식이 조만간 거행될 예정이었다.

그런데 스승님이 마왕이 되시는 바람에 제3사단 사단장 자리가 비어버렸다.

“누가 사단장 자리를 맡나요?”

“그대가 맡으면 되지.”

“아니, 저는 제1사단 부관이거든요. 스승님 직속 부관이거든요?”

사단장이 되면 할 일이 너무 많아져서 내가 다 감당하지 못할 것이다.

나와 스승님은 서로 얼굴을 마주 봤다. 그리고 이렇게 말했다.

"그럼 멜레네 선배에게 부탁할까요?"

"좋지."

다른 제자들도 멜레네 선배의 말은 순순히 잘 들으니까.

나는 제1사단에 머무르면서 변함없이 마왕 직속 부관으로 일하게 되었다. 실은 외교활동을 하기에도 이쪽이 더 편했다.

멜레네 선배가 나중에 찾아와서 투덜거렸지만 그냥 무시했다. 새 마왕님의 칙명이니까 어쩔 수 없잖아.

"바이트, 어떻게 용사를 물리친 장본인이 한낱 부관 자리에 머무를 수 있어?! 사단장 해, 하라고!"

"싫어요. 멜레네 선배의 상관은 되고 싶지 않아요."

내가 거절하자 멜레네 선배는 필니르를 홱 돌아봤다.

"어휴, 바이트는 어쩜 이렇게 귀염성 없는 목석으로 컸을까?! 흥, 알았어. 그럼 필한테 하라고 해야지."

"나는 더더욱 안 되거든요?! 스승님의 제자로서도, 마왕군의 장수로서도 경험이 너무 부족하니까."

이제 그만 포기하고 얌전히 제3사단을 이끌어주세요, 흡혈귀의 여왕님.

아직 마음의 상처는 남아 있었지만 우리는 이런 식으로 마왕님의 유지를 이어받아 계속해서 싸우기로 했다.

마족이 인간과 함께 살 수 있는 나라를 만든다.

마왕 프리덴리히터의 꿈을 이루기 위해 우리는 앞으로도 계속 전진할 것이다.

그런데 그 전에 스승님이 나에게 '조금만 도와달라'고 부탁을 하셨다.

무슨 일일까?

* *

〈고모비로아의 회고록, 168페이지〉

마왕이란 도대체 무엇일까.

역대 마왕이라 불린 자들은 분명히 이질적인 강한 힘을 가진 존재들이었다.

어떤 이는 스스로 강해지는 것만을 원했고, 어떤 이는 약탈과 파괴를 일삼았고, 어떤 이는 인간을 멸망시키려 했고, 어떤 이는 인간과의 공존을 꿈꿨다.

그 다양한 생애를 보면, 힘을 얻은 자의 목표는 꼭 일정하지는 않은 것 같다.

한편 용사도 수수께끼로 가득 찬 인물이다.

예로부터 마왕이 인간의 영역을 침공하기 시작하면 어느새 용사가 나타나곤 했다.

용사가 평상시에는 일반인들 속에서 조용히 지내고 있는 것인지, 아니면 마왕 출현에 호응하여 출현하는 것인지. 그것조차 모르겠다.

이번 용사에 관해서도 밝혀지지 않은 부분이 많다.

인간들의 존경을 받는 영웅이라기엔 그 장비나 거동이 기묘했다. 간소한 무구, 무작정 돌격해서 마왕님께 덤벼드는 무모한 행동.

그 목적은 인류를 수호하는 것이 아니라 단순한 복수였다고 한다.

마왕과 용사는 서로를 없애려고 한다. 열탕과 냉수 같은 것이다.

그 둘은 서로 부딪침으로써 어느 한쪽은 소멸하고, 나머지 한쪽도 이윽고 역사의 어둠 속으로 사라진다. 열탕과 냉수가 섞여 평범한 물이 되는 것처럼.

이 또한 평형 상태를 유지하고자 하는 세계의 법칙이 아닐까.

혹은 마왕과 용사란, 흙무더기와 구덩이 같은 관계일지도 모른다.

판판한 지면에 구덩이를 파면 그 옆에 흙무더기의 산이 생긴다. 산이 마왕이고, 구덩이가 용사다.

그리고 그 구덩이에 흙을 집어넣으면 또다시 처음과 같은 평평한 지면, 다시 말해 평형 상태가 회복된다.

어쨌든 용사의 습격으로 인해 우리는 심한 타격을 입었다.

프리덴리히터도, 티베리트 옹도 잇따라 세상을 떠났다.

이제는 소생 이외에는 마왕의 자리를 이어받을 인물이 없다.

아니, 실은 있다.

그러나 그는 결코 마왕이 되는 것을 받아들이지 않을 것이다.

소생은 그것을 알았다. 그를 어릴 때부터 죽 지켜봐왔으므로. 그는 마족의 우두머리가 되기에는 나쁘게 말하면 너무 물렁했고, 좋게 말하면 너무 온화했다.

그런 성격이니 평생토록 고생하게 될 것이다.

그의 스승으로서, 제자에게 억지로 힘든 일을 시킬 수는 없었다.

소생은 실적으로 따지자면 다소 애매하나 확실히 오랫동안 마왕군에 몸담아왔다. 이 점은 문제가 없을 것이다.

다행히 마왕군 내부에도 반대세력은 존재하지 않았다.

그런데 문제는 소생이 마왕에 걸맞은 실력을 가지고 있느냐, 없느냐다.

소생은 생물학적으로 본다면 인간 소녀에 지나지 않는다. 심지어 반쯤 죽은 인간이다.

마술의 힘으로 간신히 목숨을 이어나가고 있을 뿐.

이래서야 앞으로의 격무에 버티지 못할 것이다.

그렇다면 필연적으로 사령술의 '최후의 문'을 두드릴 수밖에 없으리라.

프리덴리히터는 '최후의 문'은 너무 위험하므로 건드리면 안 된다고 금지명령을 내렸었다.

그는 마술사는 아니나 인간의 마음을 잘 알고 있었다. 인간의 마음이 '최후의 문'을 열고도 버티기란 매우 어렵다. 그는 항상 그런 말을 했다.

그때도 의아하게 여겼었는데, 그는 어찌 그렇게 인간의 심리를 잘 이해하고 있었던 걸까?

마왕도 전지전능한 것은 아니다. 역대 마왕의 행적을 보면 일목요

연하다.

그렇다면 뭔가 이유가 있을 것이다.

과거에 소생이 몇 번인가 질문을 했으나, 그는 애매모호한 미소만 지을 뿐이었다.

그리고 항상 '언젠가 말해주겠다'고만 했다.

친구여, 그 약속은 지키지 않았구나.

마찬가지로 신경 쓰이는 것이 소생의 애제자, 바이트다.

바이트에게서는 프리덴리히터와 같은 분위기가 느껴진다. 마족이면서도 인간의 마음을 속속들이 잘 알고 있는 자.

그와 동시에 신기한 가치관을 가진 자.

뭔가 달관한 것 같고, 세상을 부감하듯이 바라보는 듯한 인상을 주는 그들.

다른 이들은 이러한 공통점을 그다지 신기하게 여기지 않는 듯하다.

그러나 소생은 몹시 신경이 쓰인다.

진리의 탐구자로서 이미 몇 가지 가설을 세워봤다.

첫째. 인간 심리를 꿰뚫어 보는 능력을 가지고 있다는 가설.

바이트는 인간의 땀 냄새를 통해 상대의 심리를 알아낼 수 있다. 이를 반복하다가 점점 인간 심리에 정통하게 되었다고 해도 이상하진 않다.

그러나 프리덴리히터에게는 이런 능력은 없었다.

또한 바이트 이외의 인랑들에게서는 바이트와 같은 가치관은 전혀 발견되지 않았다.

둘째. 전생에 인간이었다는 가설.

환생이 존재할 가능성은 사령술 세계에서는 꽤 오래전부터 유력시되어 왔다. 효과는 확인되지 않았으나 이론으로서의 환생술도 이미 존재한다.

전생의 기억을 가진 채 다시 태어난다는 것은 이론적으로 보나 확률적으로 보나 매우 어려운 일이다. 그러나 아직 발견되지 않은 요소가 존재한다면, 가능성은 있을 것이다.

그런데 문제는, 그들의 가치관이 보통 인간들의 가치관과도 다르다는 점이다.

셋째. 다른 세계에서…….

맙소사. 소생이 도대체 무슨 소리를 하는 건지.

대현자 체면이 말이 아니군.

맹우들을 연이어 떠나보내는 바람에 소생의 나약한 정신이 다소 이상해졌나 보다.

정신 차려야지.

추억에 잠기기 전에, 우선 소생의 나약한 육체와 정신을 단련……아니, 아예 새로 만들어내야 할 것이다.

더 이상 망설일 수는 없다.

프리덴리히터. 그대는 생전에 몇 번이나 말렸지만, 이제 소생은 '최후의 문'을 열 것이다.

현재의 소생은 화살 하나라도 우연히 맞으면 허무하게 목숨을 잃을 것이다.

이래서야 머잖아 또다시 다음 마왕을 선출해야 할 테지.

그건 곤란했다.

친구여, 소생을 어리석다고 비웃어 다오.

아니, 비웃으러 와 다오. 뭐든 좋으니까 돌아와 다오.

어째서 소생만 남겨두느냐.

이것 참, 안 되겠구나. 원래 나이를 먹으면 이토록 마음이 약해지는 건가.

역시 망설일 때가 아니다.

위험할 테지만 '최후의 문'을 열도록 하자.

물론 불안감은 존재한다.

좀 더 정확히 말하자면, 틀림없이 일어나게 될 심리적 변화에 대한 두려움이 존재한다.

그래서 가장 신뢰할 수 있는 자에게 도움을 청했다.

그의 얼굴을 떠올리면 어째서인지 모든 일이 잘될 것 같으니 참 희한한 일이다.

*　　*

그룬슈타트 성에서는 마왕의 이름을 계승하는 대관식이 열리게 되었다. 아무런 의식도 없이 그냥 넘어갈 수는 없으니까 이런 식으로 매듭짓기로 한 것이다. 또 마왕님도 추모하기 위해서.

스승님은 왕위를 계승한 후, 륜하이트를 거점으로 삼기로 결정하셨다.

그룬슈타트에서의 공적인 행사는 이것이 마지막이 될지도 모른다.

대관식 전날 밤.

그룬슈타트 성의 어느 방에서 나는 스승님의 이야기를 들었다.

"마왕이란 것은 단순히 '가장 강한 마족'이 아니야. 마왕은 신과도 동등한 능력을 가진 초인이어야 해."

"그렇게 말씀하셔도, 아무리 스승님이라 해도 마왕님처럼 될 수는 없어요."

스승님이 세계 최고의 마법사라는 것은 틀림없는 사실이지만, 그것은 어디까지나 인간이나 마족의 범주에 한한 것이다.

마왕님처럼 신에 필적하는 강자는 아니었다.

스승님은 내 말을 듣고 고개를 끄덕이더니 이어서 말씀하셨다.

"그렇지. 한데 마왕의 이름을 계승하기로 한 이상, 단순히 마법 좀 연발했다고 바로 기절해버려서는 곤란할 것이야."

"보통 녀석들은 애초에 연발하지도 못하는데요……."

마법을 연발하고 싶어도, 그에 필요한 종류의 마력을 제대로 모으기 어려워서 연발하기가 힘든 것이다. 아무래도 시간이 좀 필요하다.

마치 게임의 마법이나 필살기에 쿨타임이 존재하는 것과 비슷했다.

"실은 나의 마력 소진 문제를 어떻게든 해결할 방법이 하나 있다."

스승님이 전혀 예상치 못한 말씀을 하셨다. 나는 깜짝 놀랐다.

"그런 방법이 있다고요?"

"그래. 성공하면 나도 마왕님에 필적하는 힘을 얻게 될……."

"얻게 될?"

"……지도 모른다."

상당히 애매모호한데.

"실은 좀 더 빨리 시도했어야 했어. 그런데 잔걱정 많은 마왕님이 오랫동안 금지하는 바람에 어쩔 수 없었지."

네?

애초에 나는 스승님이 강해져야 할 필요성을 느끼지 못했다.

"스승님, 스승님께서는 단지 강한 힘 때문에 마왕으로 선발된 것이 아닙니다."

제1사단은 스승님과 선대 마왕님과의 뿌리 깊고 강력한 신뢰관계를 믿었고.

제2사단은 자기들을 두 번이나 구해준 스승님의 친절함을 믿었고.

제3사단은 스승님의 인품을 믿었다.

이처럼 각각 이유는 달랐지만, 강한 힘 이외의 요소에 의해서도 스승님은 왕으로 인정받으신 것이었다. 아니, 오히려 다들 실력에는 그다지 신경 쓰지 않는 것이 아닐까.

만약 그렇다면 이것은 마족 역사상 처음 있는 일인지도 몰랐다.

그런데 스승님은 머리를 좌우로 흔들었다.

"그것은 나도 잘 안다. 하지만 또 그런 만큼, 내가 쉽게 죽어서는 안 된다는 것도 잘 알고 있어."

스승님은 목을 어루만지면서 아련한 눈빛으로 허공을 보았다.

"왕이 죽을 때마다 신하들은 동요한다. 마왕님을 잃어버린 직후에 2대 마왕마저 죽는다면, 마왕님의 꿈이 또다시 한 걸음 멀어지지 않겠느냐?"

"그건, 그렇……지만."

혹시 스승님마저 돌아가신다면, 안 그래도 의기소침해진 모든 이들이 더욱 심한 비탄에 빠질 것이다.

스승님은 생긋 웃으며 말을 이었다.

"안심해라. 나도 무모한 도박을 할 생각은 없으니까. 이론상 심각한 위험은 없어."

"저, 그 말씀은 왠지 무척 불안하게 들리는데요."

그러자 스승님이 쓴웃음을 지었다.

"거참, 어쩔 수 없는 녀석이구나. 지금부터 설명해줄 테니 귀담아들으려무나."

내가 쓸데없는 말을 했기 때문일까. 갑자기 수업이 시작됐다.

"사령술은 단순한 마술이 아니다. 일종의 철학이지. 이는 죽음과 마주 보기 위함이니라."

스승님은 촛대의 불꽃을 조그만 손으로 가리면서 중얼거렸다.

"그리고 사령술사에게는 '최후의 문'이라는 것이 있다. 그게 무엇인지 알겠느냐?"

죽음과 마주 보는 자가 마지막으로 여는 문.

"자기 자신의 죽음, 입니까?"

"용케 알아챘구나."

스승님은 천진난만한 얼굴로 웃으셨다.

"사령술사라고는 해도 산 자는 언젠가 죽게 마련이다. 그때 사령술사로서의 진가가 발휘되는 거지. 자신의 죽음과 어떻게 마주 보는가."

스승님은 옛날에 한 번 죽을 뻔했지만 아직 죽지는 않았다. 전생의 상황에 빗대자면 혼수상태로 침대 위에 누워서 이런저런 튜브를 꽂고 있는 것과도 비슷한데, 어쨌든 실제로 분명히 살아 계셨다.

그러니까 '최후의 문'은 아직 열지 않은 것이다.

스승님은 내 머릿속을 꿰뚫어 보신 것처럼 고개를 끄덕였다.

"내가 죽음을 맞이했을 때, 나의 모든 것이 시험대에 오를 것이야. '삶이란 무엇인가, 죽음이란 무엇인가' 하는 궁극의 질문이 주어지는 것이지."

"난문이군요……."

"뭐, 그래도 꽤 오래 살았으니까. 일단 내 나름대로 생각해낸 답은 있다."

스승님은 웃었다. 영차 하고 의자에서 뛰어내렸다.

"그런데 이 문을 열면 두 번 다시 원래대로 돌아오지 못해. 그리고 나의 인격에도 악영향을 끼칠 가능성을 완전히 부정할 수는 없어."

도대체 무슨 일이 일어나는 걸까.

스승님은 나를 쳐다보고 진지한 표정으로 말씀하셨다.

"그래서 안전을 위해, 나의 제자인 그대에게 도움을 받고 싶구나."

"저보다는 오히려 멜레네 선배가……."

내 말에 스승님은 고개를 저었다.

"이 일은 오직 그대에게만 부탁할 수 있는 것이야. 어엿한 마술사인 동시에 뛰어난 전사여야 하니까."

"이번에도 또 그겁니까……?"

대현자 고모비로아의 제자들 중에서 몸으로 때우는 일에 가장 익숙한 사람은 나였다. 인랑이니까.

그래서 지금까지 무시무시한 실험이나 의식에 자주 도우미로 불려 다니곤 했다. 나는 강화마술사인데도.

뭐, 어쨌든 그런 일이라면 하는 수 없다. 내가 도와드려야지.

스승님을 위한 일이니까.

"알았어요. 그런데 제발 부탁이니, 이제 악마 소환은 하지 말아 주세요."

"쪼잔한 녀석. 그건 사고였지 않느냐."

이차원(異次元)에서 소환된 악마가 소환자를 졸졸 따라다니면서 무서운 기세로 끊임없이 공격하는 악몽 같은 상황은 이제 두 번

다시 체험하고 싶지 않았다.

아침이 되면 돌아갈 줄 알았는데, 그 빌어먹을 악마는 다음다음 날 아침까지 줄기차게 스승님을 공격했다. 그걸 방어하는 사람 입장이 되어보라고.

다음에 만나면 진짜로 갈기갈기 찢어버릴 테다.

스승님은 어색하게 헛기침을 하고 나서 말씀하셨다.

"이번 일은 간단해. 자, 일단 지하 실험실까지 따라오려무나."

"지하요?"

"가는 길에 옛날이야기나 좀 해주마."

"나이 드신 분의 옛날이야기는 대체로 길어지던데……."

"대현자 고모비로아의 특강이니까 고맙게 여기지 그러냐?"

성의 나선계단에 스승님의 목소리가 울려 퍼졌다.

"옛날에 이곳에는 인간들의 조그만 왕국이 있었단다. 그 왕국에서는 마술사 일족이 왕으로 군림했었지. 그들은 마술의 힘으로 마족이나 다른 나라 군대의 공격을 막아냈어."

그러나 그 왕국도 인간들끼리의 전쟁으로 인해 허망하게 무너졌다고 한다.

"마술을 좀 지나치게 과신했던 게야. 오로지 힘만 중시하다가 중요한 것을 잊어버렸거든. 인간의 원한은 그 무엇보다도 무섭다는 사실을 말이야."

왕은 그 오만함 때문에 신하들의 원한을 샀고, 그 신하들이 배신하는 바람에 왕국은 순식간에 멸망했다는 것이다.

성은 배신자들에게 포위됐다. 붙잡힌 왕족들은 한 명도 남김없이 살해됐다.

"예외는 나 하나뿐이었다. 어머님께서 나에게 죽은 것처럼 보이는 치유마법을 걸어주셨거든. 그래서 나는 가사상태에 빠진 채 천천히 회복된 거야."

"그랬군요…… 어?"

"왜 그러느냐?"

"저, 그럼 스승님, 이곳이 스승님의 고향인가요? 아니, 진짜 공주님이셨어요?"

"방계이니까 왕위를 계승할 위치는 아니었다. 일단 왕족의 일원이긴 하다만."

처음 듣는 이야기였다. 깜짝 놀랐다.

스승님은 태연한 얼굴로 어깨를 가볍게 으쓱했다.

"마왕군이 이처럼 딱 알맞게 버려진 성을 무슨 수로 손에 넣었는지, 궁금하게 여긴 적은 없느냐?"

"전 그냥 누군가가 우연히 발견한 줄……."

"실은 그게 아니다. 내가 마왕군에게 집을 빌려준 집주인이었어."

세상에, 여기 임대주택이었어?

"뭐, 어차피 나라는 멸망했고, 도시도 밭도 무성한 수목으로 뒤덮여버렸으니까. 은신처로는 더할 나위 없이 좋겠다고 생각했지."

스승님은 나선계단의 종점에 다다르자 고풍스러운 문 앞에 섰다.

"나는 목을 창으로 찔린 채 다른 일족과 마찬가지로 구경거리가 되었다. 그로부터 몇 년이 지나 겨우 의식을 되찾았을 때에는 공포에 질렸었지."

"엄청난 체험이군요……."

아팠을 것이다. 무서웠을 것이다.

"가장 놀라운 사실은 나라 자체가 멸망하여 폐허가 돼버렸다는 것이었다. 무슨 일이 있었는지는 몰라도, 배신자들도 결국 번영을 누리진 못했던 모양이야."

내분이라도 일어난 걸까. 그럼 자업자득이라고 해야겠군.

"다른 가족들은 모두 다 썩어서 뼈만 남아 있었다. 더구나 내 상처는 창이 꽂힌 채 치료되어 있었으므로, 그걸 뽑을 때 또다시 상처가 벌어졌거든. 그래서 사흘 밤낮으로 괴로워해야 했다."

스승님이 낯가림이 심한 이유, 마족보다 인간을 더 무서워하는 이유를 이제야 알았다.

어린 시절에 그런 일을 겪었으니 당연히 그럴 수밖에.

그 후 스승님은 아무도 없는 폐허에서 혼자 살았다고 한다.

파괴되긴 했지만 성 안에는 충분히 사람이 살 만한 공간이 있었고, 아직 어린아이였던 스승님에게는 바깥세상은 너무나 위험했기 때문이다.

"날이면 날마다 나는 홀로 계속해서 생각했다. 왜 이런 일이 일어난 걸까. 그리고 아버님과 어머님을 부활시키려고 사령술 연구에 매진했지."

그러나 당연히 그건 불가능한 일이란 것을 금세 깨달았다. 죽음의 비가역성은 무섭도록 강해서, 사령술의 어떤 오의를 이용해도 죽은 자를 소생시키는 것은 불가능했다.

죽은 자의 영혼을 불러오는 것은 가능하지만, 대부분의 경우 그 영혼은 흐릿한 모습을 드러낼 뿐이고 그것조차 몇 초 만에 사라져버린다.

그리하여 스승님은 삶의 목적을 잃고, 무한한 시간을 살아가면서 사령술을 공부하기만 하는 존재가 되었다.

스승님이 또다시 다른 누군가와 만나게 된 것은 그로부터 100여 년이 지난 후였다고 한다.

"그때 나는 아직 '최후의 문'에 대한 해답을 찾아내지 못했었다. 그러나 현자니 뭐니 하는 칭호를 얻고 제자들을 키우게 되면서 드디어 '최후의 문'의 해답을 알게 되었지."

"그러셨군요."

스승님은 갑자기 쿡쿡 웃더니 나를 쳐다봤다.

"그 답을 알려준 것은 그대였다."

"저요?"

내가 스승님의 '최후의 문'의 해답을 알려줬다니, 그게 무슨 뜻일까?

스승님은 모자를 벗으면서 내 의문에 답해줬다.

"기억하느냐? 그대가 아직 어렸을 때, 멜레네가 내 찻잔을 떨어뜨린 적이 있는데."

그랬나?

그랬던 것 같기도 하다.

아니, 잘 모르겠는데…….

"그걸 보고 나는 생각했단다. 멜레네는 아무런 힘도 쓰지 않았는데 찻잔은 산산이 부서져버렸지. 이만한 힘이 도대체 어디에서 온 것일까."

그러고 보니 뭔가 그런 대화를 나눈 것 같기도 하다.

"그때 그대가 가르쳐줬다. '높은 곳에 있는 물체는 단지 그것만으로도 강한 힘을 가지고 있다'고."

으―음, 기억이 안 난다.

아마 내가 말한 것은 위치에너지일 것이다. 중학교 과학 시간에 배우는 내용.

높은 곳에 있는 찻잔은 위치에너지를 가지고 있다.

찻잔을 떨어뜨리면, 위치에너지는 점점 운동에너지로 바뀌어 찻잔을 파괴한다.

단지 그뿐이다.

나의 단편적인 설명만 듣고도 스승님은 모든 것을 이해하셨나 보다.

에너지는 무(無)에서 생겨나는 것이 아니라, 보이지 않는 형태로 처음부터 그 자리에 존재한다.

스승님이 자력으로 열에너지나 화학에너지의 존재를 깨닫기까지는 반나절도 채 걸리지 않았다.

대현자라는 칭호는 허명이 아니었던 것이다.

그러고 보니 스승님께서 파괴마법이나 전이마법 등, 자신의 전문 분야가 아닌 마법을 본격적으로 연구하기 시작하신 것도 정확히 그 무렵이었다.

우리 제자들끼리는 참 호기심 많은 분이라고 했었는데, 알고 보니 스승님은 물리학을 연구하기 위해 그러셨나 보다.

"그때 나는 생각을 했다. 마력도 실은 그런 힘 중 하나가 아닐까. 더 나아가 생명 그 자체도."

"생명도요?"

"그래. 태어난 순간부터 생명은 낙하하기 시작한다. 그렇게 점점 더 빠른 속도로 낙하하다가 마지막 순간에는 바닥에 부딪쳐 산산이 부서지는 것이다."

아하. 삶에서 죽음으로 향하는 것은, 위치에너지에서 운동에너지로 변환되는 것과 같다는 뜻인가.

"부서진 생명은 이제 더 이상 생명이라고 할 수 없지. 그러나 그 생명의 힘은 사라지지 않는다. 단지 달라진 형태로 여전히 어딘가에 존재하는 것이지. 그렇다면 죽음을 두려워할 이유가 뭐가 있겠느냐?"

스승님은 그렇게 말씀하시고 지팡이를 내려놓은 후 문을 열었다.

그곳은 작은 방이었다. 창백한 빛이 깜빡거리면서 실내를 어렴풋이 비추고 있었다. 고요한 공간이었지만, 뭔가 불온한 마력의 흐름이 느껴졌다.

방 전체가 상당히 오래된 것 같았다. 다 썩어가는 책장에는 너덜너덜해진 책의 잔해가 들어 있었다. 스승님, 청소 좀 하세요.

먼지가 쌓인 돌바닥에는 마법진이 새겨져 있었다. 꽤나 고전적인 술식이었다. 이제는 더 이상 사용되지 않는 비효율적인 문장(紋章) 같은 것들이 그려져 있었다.

그 마법진 전체는 푸르스름한 빛을 희미하게 띠고 있었다. 실내를 비추는 빛은 이 마법진에서 나오는 것 같았다.

스승님은 마법진 중앙에 가서 섰다.

"이것은 내가 생명을 유지하기 위해 사용하는 마력 공급용 마법진이란다. 이제부터 나는 이 마법진을 정지시키고 '최후의 문'을 열 것이다. 자, 마법진 안으로 들어오너라."

"저도요?"

"그래. '안전'을 위해서."

마법진 안이 더 안전한가?

나는 조심스럽게 스승님이 시키는 대로 마법진 안으로 들어갔다.

마법진 안은 마력의 밀도가 높았다. 여기서 함부로 마법을 썼다가는 당장 폭주할 것이다.

"그럼 시작하마. 무슨 일이 있어도 여기서 나가면 안 된다. 알겠느냐?"

"아, 알았어요."

내 대답을 듣고 스승님은 고개를 끄덕였다. 이어서 들어본 적도 없는 주문을 외우기 시작했다.

마법진이 점차 강한 빛에 감싸여갔다.

"으, 윽……."

스승님은 고통스럽게 미간을 찡그리면서 목을 붙잡았다.

그와 동시에, 주위에 떠돌던 마력이 움직이기 시작했다.

거대한 마력이 스승님과 나를 중심으로 소용돌이쳤다.

스승님은 마력의 소용돌이 한가운데에서 조그만 발에 힘을 주어 버티고 서서, 또렷한 목소리로 선언했다.

"죽음은 종언이 아니니라. 그것은 순환하는 힘의 흐름 중 하나에 지나지 않는 것. 죽음이여, 내 앞에서 무릎 꿇어라."

마력의 소용돌이가 점점 빛을 내뿜었다. 마력이 폭주하기 직전이라, 넘쳐흐른 힘의 일부가 빛으로 변한 것이다.

"스승님!"

내가 큰 소리로 외쳤을 때 방 전체가 빛의 분류(奔流)에 휩싸였다.

위험한 징조였다.

"걱정하지 마라……. 나는……."

바로 곁에 있는데도 스승님의 목소리가 멀리서 들리는 것 같았다.

의식을 중단시켜야 하나? 지금이라면 아직 늦지 않았다.

그러나 나는 스승님을 믿고 꾹 참았다.

빛의 분류는 이윽고 서서히 잦아들었다. 어느새 마법진 내부만 빛나게 되었다.

어둠을 꿰뚫어 보는 인랑의 눈에는 이 광경이 오히려 너무 눈부셔서 아무것도 보이지 않았다. 스승님의 상태가 어떤지 확인할 수 없었다.

그때 나는 실내가 꽤 추워졌다는 사실을 깨달았다.

내뱉는 숨이 하얬다. 방의 바닥과 벽에 서리가 내렸다.

그리고 빛은 완전히 사라졌다.

아직 희미하게 푸르스름한 빛을 내고 있는 마법진 속에 스승님이 서 계셨다. 겉보기에는 달라진 점은 하나도 없었다. 아, 피부가 조금 하얘졌나?

그러나 나는 그것을 본 순간, 스승님이 완전히 변해버렸다는 것을 깨달았다.

스승님이 손을 들어 올리자 순식간에 방 안의 온도가 내려가기 시작했다. 스승님 주위에서 빛이 반짝거렸다. 공기 속에 포함된 수증기가 얼어붙어 다이아몬드 더스트를 발생시킨 것이다.

아마도 주위의 열을 흡수하고 있는 것이리라.

"역시 이렇게 됐구나……."

스승님은 혼잣말을 하더니 나를 바라봤다.

"나는 삶이란 것을 다양한 힘 중 하나로 이해했다. 삶은 힘이며, 힘은 삶이다. 그렇다면 다양한 힘을 흡수함으로써 삶을 살아갈 수 있을 것이다. 그렇게 생각했지."

스승님이 손을 내리자, 실온 저하 현상도 중단됐다.

"앞으로는 마력 고갈로 인해 주위에 폐를 끼칠 일도 없을 테고, 현재의 나를 쓰러뜨릴 수 있는 자도 거의 없을 것이다. 이것이 내가 통과한 '최후의 문'이다."

그러니까 스승님은 마력…… 아니, 온갖 힘을 빨아들이는 '소용돌이'가 된 것이었다.

마력이든 생명력이든 물리학적 에너지든 뭐든 간에, 스승님은 그 모든 것을 끌어당겨 흡수해버린다.

그리고 스승님은 삶도 죽음도 초월하고 말았다.

소용돌이의 중심에는 아무것도 존재하지 않으니까.

나는 간신히 이렇게 대답했다.

"스, 스승님……. 정말, 터무니없는 존재가 되어버리셨군요……."

"역시 그대는 아는 것 같구나."

스승님이 미소 지으셨다.

"현재의 나에게 타인의 목숨은 힘의 덩어리이기도 하다. 그 의미가 뭔지는 알겠지?"

"압니다."

스승님에게는 모든 생명과 열량이 먹잇감이 되는 것이다.

그뿐만이 아니다.

불꽃으로부터는 열에너지를. 화살로부터는 운동에너지를.

적의 공격으로부터도 에너지를 흡수하여 상대를 무력하게 하고 자신의 힘을 회복시킨다.

이건 뭐, 말도 안 되는 사기 능력이잖아.

스승님은 예전부터 마력을 흡수하는 능력을 가지고 계셨다. 그때 그 가짜 용사들의 무구에서 마력을 뽑아내 흡수하신 것도 그렇고.

하지만 설마, 이렇게까지 되실 줄이야.

"저, 스승님."

"왜 그러느냐?"

"혹시 용사조차 쓰러뜨릴 수 없는 존재가 되신 겁니까?"

내가 조심스럽게 여쭤보자, 스승님은 쓴웃음을 지으며 고개를 가로저었다.

"이 '소용돌이'는 그렇게까지 큰 것은 아니다. 어디까지나 회복이 주목적이지. 이 소용돌이보다 더 큰 힘을 흡수하려고 한다면 내 몸이 버티지 못할 것이야. 지난번 용사 정도의 힘이라면 나의 '소용돌이'도 파괴할 수 있을 테지."

공격을 흡수하는 데에도 한계가 있다는 건가.

"그보다는 나 자신의 인격이 문제야. 인간이나 마족의 목숨조차 지금의 나에게는 먹잇감이 되는 것이니까. 그것이 내 인격에 악영향을 미칠 가능성도 있어."

"그러지 마세요, 그런 거 싫다고요."

미친 마왕이라니, 차마 눈 뜨고 보지도 못하겠다.

그런데 스승님은 웃으셨다.

"지금까지와 마찬가지로 주변 인물들과 마음으로 이어져 있는 한, 내가 무차별적으로 목숨을 빼앗는 일은 없을 거야. 멜레네는 흡혈귀이지만 그런 짓은 안 하지 않느냐?"

"아, 그건 그렇죠."

그러자 스승님이 헛기침을 하시더니, 살금살금 눈을 들어 나를 쳐다보셨다.

"그러니까…… 음, 알았지?"

"무엇을요?"

"둔한 녀석이로구나. 내가 미치지 않도록 너희들 모두가 열심히 나를 예뻐해줘야 한다는 거다."

"그럼 평소와 똑같이 하면 되겠네요?"

"으……음. 그렇지."

스승님은 조금 아쉬워하는 표정을 지으면서도 이렇게 한마디 덧붙였다.

"물론 안전 대책도 마련해놨다."

"어떤 대책인데요?"

"좀 전에 그대는 나와 함께 마법진 안에 들어와 있었지. 그래서 나에게는 '소용돌이'의 일부로 인식되고 있단다. 고로 나의 '소용돌이'는 그대의 힘은 빼앗지 못해."

"네? 그것은, 그러니까……."

스승님은 빙그레 웃었다.

"그래. 오직 그대의 공격만은 그 위력과 상관없이 나에게 충격을 줄 수 있어. 이빨로 한 번 꽉 물기만 해도 나를 쓰러뜨릴 수 있을 거야."

스승님은 왜 일부러 그런 약점을 만드신 걸까.

아, 이런. 알았다.

"혹시 내가 힘에 심취하거나 중압을 견디지 못하고 미쳐버린다면."

"스승님, 설마?"

"그대의 힘으로 나를 없애줬으면 좋겠구나."

아아, 역시.

"걱정할 것 없다. 내가 '소용돌이'와 함께 소멸해도 그대에게는 아무런 영향도 없을 터이니. '소용돌이'가 제멋대로 그대를 자신의 일부로 인식하고 있을 뿐이지 실제로는 별개의 존재이니까."

"아니, 그런 것을 걱정하는 게 아닙니다."

"어차피 죽을 거라면, 마지막 작별 인사는 애제자가 해줬으면 좋겠다는 거지."

그렇게 말씀하시면 나도 더는 거절할 수 없었다.

그런데 나 같은 놈에게 그런 중요한 일을 쉽게 맡겨버리셔도 되는 걸까.

"혹시 제가 권력에 눈이 멀어 스승님을 없애려고 하면 어떡하시려고요?"

그러자 스승님은 기막히다는 듯이 한숨을 내쉬었다.

"그게 무슨 어리석은 질문이냐. 그대가 그럴 리 없잖은가."

아니, 그렇게 철석같이 믿으셔도 곤란한데요.

"욕심이 없는 그대가 나를 제거하려고 한다면, 분명히 그럴 만한 사정이 있는 거겠지. 그때는 순순히 제거되어 허무 속으로 사라질 것이다."

아니, 아니, 저기요.

그렇게 즐겁게 말씀하지 마세요.

"아주 좋아, 스스로 생각해봐도 명안이야. 내가 길을 잘못 들었을 때에는 믿음직한 자가 나를 제지할 것이라는 안심감. 왕에게 이보다 더 포근하고 든든한 것이 또 있을까."

그만큼 제 마음속에는 불안감이 꽉 들어찼는데요.

"마왕의 부관으로서도 더할 나위 없는 역할이 아니겠느냐?"

"그, 그건 그러네요……."

방심했다가 엄청난 역할을 떠맡고 말았다.

나는 스승님과 함께 그 방에서 나와 나선계단을 오르기 시작했다.

"스승님, 이게 정말 잘한 짓일까요?"

나는 스승님이 이전 그대로였어도 괜찮았을 거라고 생각한다. 아니, 오히려 약하더라도 지도력을 갖춘 자가 마왕이 되는, 그런 마왕군이 되기를 바랐다.

그런데 스승님은 내 얼굴을 쳐다보고 조금 곤란한 듯한 미소를 지었다.

"그대가 무슨 생각을 하는지는 알겠다. 그러나 지금은 아직 난세이니까. 강자가 아니면 마왕 노릇을 제대로 할 수가 없어."

스승님은 두둥실 떠올라 내 어깨 위에 살며시 앉으셨다. 이 느낌은 오랜만이었다. 약간 차가운 느낌이 들었다.

"그러니까 우리가 앞으로 바꿔 나가야지. 강한 힘이 아니라, 지도자로서의 자질을 기준으로 마왕을 뽑는 세상. 그런 세상을 만들자꾸나."

"네."

그렇게 된다면 틀림없이 인간과도 잘 지낼 수 있으리라.

스승님은 문득 자기 손가락을 보면서 중얼거렸다.

"나는 이미 인간은커녕 마족도 아니야. 한낱 현상, 의지를 가진 허무일 뿐이지. 마왕님께 받았던 칭호와 똑같은 존재가 되었구나."

"그러고 보니 스승님의 칭호는 거의 들어본 적이 없는데요, 뭡니까?"

스승님은 생긋 웃었다.

"내 칭호는 고요함을 뜻하는 '정밀(靜謐)', 정밀의 고모비로아라고 한다. 마랑이여."

열역학적으로 따진다면 확실히 정밀한 상태이겠구나.

아마 마왕님은 스승님의 낯가림 심한 성격과, 100년 단위로 홀로 한곳에 틀어박혀 있었던 과거를 바탕으로 그런 이름을 지어주셨을 테지만…….

이리하여 스승님은 강력한 힘을 손에 넣었다. 마왕의 이름에 걸맞은 힘이었다.

그런데 스승님은 자신의 힘에 대해 부정적인 태도를 보이셨다.

"이것은 프리덴리히터 님과 같은 고결한 힘이 아니야. 죽음의 밑바닥에 가라앉은 영혼이 타자를 없애기만 하는, 저주받은 힘이지. 그러니 되도록이면 쓰고 싶지 않구나."

물론 굉장히 위험한 힘이긴 했다.

그러나 나는 그렇게까지 비관하지는 않았다. 스승님이 고독하시다면 무슨 문제가 생길지도 모르지만, 나와 멜레네 선배와 다른 이들이 곁에 있으니까 괜찮다.

그나저나 초대 마왕이 용족 전사이고, 2대 마왕이 허무의 소용돌이란 말이지.

옛 RPG의 최종보스의 변천사를 보는 듯한 기분이다.

그 후 스승님은 무사히 대관식 날을 맞이했다.

"역시 안정이 안 되는구나."

드레스를 입고 불안한 듯이 꼬물거리는 스승님. 나와 멜레네 선배와 필니르가 총출동하여 스승님을 격려했다.

"스승님은 이제 실력도 실적도 모두 다 갖춘 최강의 존재이니까, 걱정 마시고 마왕군 앞에 나서주세요."

"힘내세요, 선생님! 무슨 문제가 있으면 바이트가 알아서 잘 처리해줄 거예요."

"네, 맞아요. 뭐든지 바이트 선배에게 맡겨두면 어떻게든 되니까요. 그런데 스승님, 진짜 너무너무 귀여워요!"

"아니, 저기요……."

귀찮은 일은 전부 다 나에게 떠넘기려고 하는 선배와 후배한테 뭐라고 한마디 해주려고 했는데, 그때 스승님이 나갈 차례가 됐다.

나와 멜레네 선배는 수행원으로서 스승님의 양옆에 서야 했다. 그래서 허둥지둥 단상으로 올라갔다.

성의 거대한 홀에는 마족의 각 종족을 대표하는 부대장들과 장로들이 모여 있었다. 일부 장병들도 함께 있었다.

대충 훑어보니 수백 명은 되는 듯했다.

전생의 초등학교 전체조회 시간에 단상으로 올라갔던 기억이 새록새록 떠오르는군.

스승님은 이미 긴장해서 딱딱하게 굳어버렸다. 그 주위에 하얀 빛이 반짝반짝 빛났다.

무의식중에 주위의 공기로부터 열을 빼앗아 다이아몬드 더스트를 발생시킨 것이다.

"스승님, 진정하세요."

"선왕의 뒤를 잇는다는 그 중책을 새삼스레 실감하니, 저절로 긴장되는구나……."

긴장하신 스승님께 나는 최대한 편안한 말투로 말을 걸었다.

"선대 마왕님께서는 아마 어떤 실수를 해도 웃으면서 용서해주실 거예요."

"그, 그런가."

스승님은 심호흡을 하고 단상 중앙으로 나아갔다.

스승님께 관을 수여하는 역할은 용인족 대표인 바르체 부관이 맡았다.

관이랄까, 실은 선대 마왕님이 사용하시던 투구이지만. 이건 도저히 쓸 수 없었다.

조그만 스승님은 그 투구를 영차, 하고 받아서 꼭 끌어안았다.

뭔가 이상한 것 같았지만, 어쨌든 마왕군 장병들에게는 틀림없이 상징적인 장면이었을 것이다. 내 가슴속에서도 뭔가가 울컥치미는 것이 느껴졌다.

아아, 마왕님의 의지는 이렇게 이어지는구나. 그런 생각이 들었다.

2대 마왕으로 즉위한 스승님, 아니 고모비로아 님은 마왕군 장병들 앞에서 연설하셨다.

긴장하여 반짝반짝한 다이아몬드 더스트를 일으키면서.

"우리는 위대한 마왕 프리덴리히터 님을 잃었으나, 그분의 의지는 우리들 안에서 변함없이 빛나고 있다. 듣자 하니 '프리덴리히터'라는 것은 잃어버린 언어로 '평화의 중재자'란 뜻이라고 한다."

아아, 선대 마왕님께서 그걸 가르쳐주셨구나.

"프리덴리히터 님은 강대한 힘을 가지고 계시면서도 그 힘에 현혹되지 않고 늘 자비로운 군주 역할을 하셨다. 인간에게도 관용을 베푸셨다는 것은 다들 잘 알고 있을 것이다."

고모비로아는 죽 늘어앉은 장군과 병사 앞에서 선언했다.

"이 고모비로아도 역시 자비로운 왕이 되고자 한다. 과거에는 인간이었으나, 인간에 의해 한번 목숨을 빼앗긴 몸이다. 그러나 더 이상 인간을 원망하지 않는다. 인간을 멸망시킬 필요는 없다. 단지 우리의 존재를 그들로 하여금 인정하게 하면 되는 것이다."

마족들은 고모비로아를 뚫어지게 응시했다. 진지하게 이야기를 듣고 있었다.

"이는 마왕 혼자서는 해낼 수 없는 일이다. 이 자리에 있는 그대들 모두의 힘이 필요하다. 그러나 억지로 강요하지는 않겠다. 선대 마왕님이 제시해주신 길을 함께 걸어가고자 하는 자들만 마왕군에 남아라. 그리고 마족이 평화롭게 살 수 있는 나라를 다 함께 만들어보자."

고모비로아가 연설을 마치자, 마왕군 장병들은 일제히 주먹을

치켜들고 소리를 질렀다.

"고모비로아 님 만세!"

"마왕군에 영광 있으라!"

"새 마왕님을 끝까지 따르겠습니다!"

"우리도 함께 선왕의 유지를 받들겠습니다!"

새 마왕을 찬양하는 환성과 박수 소리는 우레처럼 울려 퍼졌고, 고모비로아는 이에 화답하여 손을 흔들었다.

그리고 살짝 고개를 뒤로 돌려 나를 보았다.

아, 쑥스러워하신다.

스승님, 힘내세요.

우리가 곁에 있으니까.

최초의 방어전

나는 오랜만에 인랑의 숨겨진 마을로 돌아왔다.

마을 입구에 있던 판 누나가 나를 눈치채고 이쪽을 홱 돌아봤다. 오늘은 곰을 질질 끌고 가고 있었다. 또 실력이 늘었나 보네.

"앗, 바이트 군?!"

판 누나가 곰을 질질 끌고 뛰어왔다.

"판 누…… 판, 안녕? 오랜만이야."

"반년 만인가? 바이트 군, 잘 지냈나 보네. 키 좀 컸어?"

"아니, 더 이상은 안 클 거야……."

나는 판 누나의 곰을 보고 스스로에게 근력 강화 마법을 걸었다. 마법 수행의 성과를 보여주고 싶어서.

나는 가볍게 곰을 들어 올렸다.

"와! 바이트 군, 천하장사가 됐네?!"

"아냐, 그냥 마법을 쓴 거야. 도와줄게. 어디로 가져가면 돼?"

"응, 그럼 집회소 앞까지 가져다줘."

나는 곰을 짊어지고 걸으면서 판 누나와 오랜만에 즐거운 대화를 나눴다.

"마왕군은 어때? 재미있어? 실컷 죽이고 있니?"

"아니, 그렇게 많이 죽이진 않았는데……."

처음에는 스승님 말씀을 듣고 마왕군의 일을 도와준 것이 계기였다.

그러다가 어느새 마왕군 소속 마술사가 되어버렸고, 끊임없이 세계 각지를 전전하는 나날이 계속되었다.

"얼마 전에는 용인족의 산에다가 인간이 채굴장을 만들려고 하기에, 그놈들을 적당히 쫓아내줬어."

"그냥 다 죽여버리는 게 쉽지 않아?"

"무기도 없는 일반인을 죽이는 것은 아무래도 좀……."

아주 혼쭐을 내줬으니까, 당분간 얼씬도 하지 않을 것이다.

그 광산 기술자들에게서 얻어낸 미랄디아의 정보는 스승님께 보고해뒀다.

판 누나는 내 얼굴을 보고 킥 웃었다.

"다행이다."

뭐가?

그때 판 누나가 말을 이었다.

"마왕군에 들어갔는데도 바이트 군은 역시나 변함이 없구나. 응, 안심했어."

"그야 당연하지."

애초에 나는 마왕에게 충성을 맹세한 것도 아니고.

어디까지나 스승님께 은혜를 갚고, 또 인랑족의 미래를 밝히기 위해 움직이고 있을 뿐이다.

집회소로 가는 도중에 낯선 남자와 마주쳤다. 사막의 민족 같은 옷을 입고 있었다. 나를 보고 인사하기에 나도 웃으면서 살짝 고개를 끄덕였다.

"누구야?"

"수해(樹海) 바깥에서 살던 인랑이래. 살던 곳이 사라져서 여기까지 왔나 봐."

도시에서는 편안하게 살지 못할 테니까, 저 복장으로 보건대 그동안 유목민처럼 살아왔던 것일지도 모른다.

"이제 인랑이 안심하고 살 수 있는 곳은 거의 없지. 이 수해 안을 제외하면. 마물이 우글거리는 이 지역에는 인간도 함부로 들어오지 못하잖아."

그러자 판 누나가 한숨을 쉬었다.

"마물이 우글거리는 것은 좋은데, 그게 또 문제란 말이지."

"왜? 무슨 일 있어?"

판 누나는 보기 드물게 침울한 표정을 지었다.

"바이트 군, 엄니가 있는 커다란 도마뱀 같은 마물, 혹시 알아?"

"어…… 글쎄?"

나는 짐 꾸러미 속에서 책을 꺼냈다. 표지에 ≪마물 대전(魔物大全)≫이라고 적힌 그것은 스승님이 저술하신 도감이었다.

"수해에 있을 만한 놈은…… 이놈인가?"

나는 페이지를 넘겼다.

≪엄니 도마뱀≫

미랄디아의 삼림지대에 서식하는 대형 육식 도마뱀. 몸길이는 수귀족과 비슷하다. (←약 3m)

몇 마리부터 수백 마리에 이르는 무리를 지어 행동하는 습성이 있다. 집단적으로 수준 높은 사냥을 한다. (←사회성?)

엄니에는 지효성 독이 존재한다. 물리면 대개 며칠 이내로 사망한다. 해독마법이 잘 듣지 않는다는 보고가 있다. (←독이 아닌가?)

화살표 부분은 내가 가필한 것이다.

그것을 본 판 누나가 고개를 갸웃거렸다.

"뭐야, 이거?"

앗, 큰일 났다. 당연한 이야기지만 이 세계 생물들은 미터법을 모른다.

그런데 그녀는 어깨를 으쓱하면서 웃었다.

"저기, 나 글자는 잘 못 읽어."

아, 맞다.

고모비로아의 문하생들은 모두들 글을 읽을 수 있으니까 깜빡했는데, 사실 인랑들 중 상당수는 읽고 쓰기에는 소질이 없었다. 자기가 하는 일과 관련된 단어나 숫자만 쓸 수 있는 정도였다. 판 누나라면 아마 채소나 짐승의 이름만 알아볼 수 있을 것이다.

조금 안심한 나는 책의 그림과, 근처에 있는 과일나무를 가리켰다.

"크기는 저 나무와 비슷하고, 무리를 지어 다닌다고 하는데. 맞아?"

"아, 맞아, 그거야. 응."

판 누나는 그림을 보고 고개를 열심히 끄덕거렸다.

"어휴, 이놈이 문제라니까. 게다가 덤으로 냄새도 나고, 진짜 싫어. 아, 거기다 내려놔줘. 당장 해체해야겠다."

집회소에 도착한 나는 곰을 내려놓고 주위를 둘러봤다.

기분 탓인지 반년 전보다 다소 쓸쓸해진 것처럼 보였다.

판 누나는 무지막지하게 큰 칼을 들고 오더니 익숙한 손놀림으로 곰을 해체하기 시작했다. 피뽑기는 이미 다 끝났는지 모피를 벗기고 있었다.

"아까 그…… 뭐라고?"

"엄니 도마뱀?"

"응, 그거. 이 마을 근처로 이사 왔나 봐. 사슴도 토끼도 그놈들이 죄다 잡아먹었어."

"미친 멧돼지는?"

"전멸했지."

그 사나운 거대 멧돼지까지 사냥해서 잡아먹는 건가. 대책 없는 놈들이군.

판 누나는 곰의 가죽을 벗기면서 한숨지었다.

"이제 우리에게 남은 사냥감이라고는 동면 중인 곰밖에 없는데, 그것도 이제는 거의 다 없어져서……."

이 근처에 사는 곰은 고기가 질기고 냄새도 나서 그다지 맛이 없다.

그런데 우리 인랑들은 고기를 먹지 않으면 살아갈 수 없으므로, 그놈이라도 잡아서 아껴 먹고 있다고 한다.

"하지만 조만간 곰도 전멸할 거야. 겨울잠 자고 일어난 곰을, 인랑과 엄니 도마뱀이 서로 잡아먹겠다고 다투는 상황이니까."

엄청난 상황이군.

"먹이사슬의 피라미드 윗부분이 지나치게 커진 것 같은데……."

"피라미드?"

"고기를 잔뜩 먹는 놈들이 너무 많이 있으면 문제가 생긴다는 뜻이야."

나는 의아해하는 판 누나에게 적당히 둘러대고 나서 집회소로 들어갔다.

이곳은 숨겨진 마을의 관청이자 살롱과도 같은 곳이므로, 장로급 인물 중 누군가가 상주하고 있었다.

오늘은 워드 영감님이 계셨다. 전직 용병인 이분은 숨겨진 마을의 자경단장 같은 역할을 하셨다.

"워드 영감님, 안녕하세요?"

"오, 바이트. 잘 왔다. 음? 혹시 키가 더 커진 게냐?"

왜 다들 똑같은 소리를 하는 걸까…….

나는 의자에 앉아서 귀환 보고를 했다.

"마왕군 제3사단을 도와주러 가서 마술사로서 일 좀 하고 왔어요. 자, 이건 보수."

마물의 이빨과 모피, 쇳덩어리와 은화.

워드 영감님이 쭈글쭈글한 얼굴에 미소를 머금었다.

"꽤 많이 벌어 왔구나. 그런데 이것은 네가 번 것이 아니냐? 손자의 수입을 거저 받는 것 같아서 기분이 영 그렇구먼."

워드 영감님은 독신이지만 이 마을의 젊은이들 모두를 친손자처럼 생각해주셨다. 우리 무리의 자식은 내 자식. 인랑의 특징이다.

나는 조금 쑥스러워하면서도 이렇게 대답했다.

"나는 이 숨겨진 마을의 일원이자 인랑의 대표로서 일한 거니까요. 그리고 내가 없는 동안 우리 어머니를 지켜주셨잖아요."

"아니, 오히려 바네사가 이 마을을 지켜주고 있지. 거참, 그 녀석은 어릴 때부터 지금까지 하나도 변하지 않은 왈가닥이라니까."

워드 영감님은 내가 벌어온 물건들을 받으려고 하지 않았지만, 나는 억지로라도 드리려고 했다.

이 마을의 궁핍한 처지를 생각하면 내 사리사욕이나 채울 때가 아니었다.

"적긴 해도, 인간에게서 빼앗아 온 은화도 있으니까. 이거 가지고 인간 마을에 살짝 들어가서 필요한 물건을 좀 사 오면 어떨까요?"

"음…… 바이트, 네가 그리 원한다면 그렇게 할까. 확실히 이것저것 부족한 것도 있으니. 다른 녀석들과 상담을 해봐야겠구먼."

워드 영감님은 그렇게 말씀하시더니 빙그레 웃었다.

"네가 돌아왔다는 것을 알면 다들 안심할 게다."

안심……. 역시 엄니 도마뱀 때문인가.

"판이 그러던데, 엄니 도마뱀 무리가 이 근처로 몰려왔다면서요?"

"어, 으음…… 그래. 그래서 좀, 불편하긴 하지."

워드 영감님이 갑자기 묘하게 어물거리는 말투로 말씀하셨다.

"한 20년 전에도 한 번 왔었는데. 그때는 열 명이 넘는 희생자가 나왔었지. 지금은 그때보다 싸울 수 있는 녀석도 줄어들었으니, 네가 여기 있어주면 든든할 거야."

20년 전.

나는 문득 환생했을 때의 최초의 기억을 떠올렸다.

장례식 광경. 현생에서의 내 아버지의 장례식.

"워드 영감님, 혹시 그건, 우리……."

노병은 말없이 고개를 끄덕였다.

역시 그랬구나.

앞일에 관해서도 의논하고 싶었지만, 일단 우리 집으로 돌아가기로 했다. 현생의 우리 어머니, 영원한 스물일곱 살(자칭) 아가씨인 바네사에게 인사를 해야 했으므로.

"어머니, 나 왔어요. 이제는 스물여덟 살이 됐어?"

"어머, 얘도 참, 그게 무슨 소리니? 내년에 스물여섯이거든?"

어머니, 자기 마음대로 회춘하고 계시는군요?

이 세계에서의 나의 육친은 어머니 한 분뿐이다. 건강해 보이셔서 조금 안심했다.

"엄니 도마뱀 이야기를 들었는데. 그놈들, 우리 아버지의 원수지?"

"아, 응……."

평소에는 늘 명랑한 어머니도 돌아가신 아버지 이야기만 나오면 다소 우울해지셨다.

"네 아버지는 이 마을에서 제일가는 실력자였는데. 싸우고 나서 갑자기 몸 상태가 안 좋아져서. 해독용 탕약을 먹여도 효과가 없어서 그대로 세상을 떠나신 거야."

도감에 적혀 있던 엄니 도마뱀의 독에 당한 것이리라. 역시 해독하기 어려운가 보다. 골치 아프군.

나는 스승님의 도감을 펼쳐놓고 엄니 도마뱀에 대해 설명했다.

"엄니 도마뱀은 무리를 지으니까 평범한 도마뱀보다는 머리가 좋을 거야. 이전에 죽이지 못하고 놓친 놈이 어딘가에서 번식해서 이쪽으로 돌아온 게 아닐까. 이 동네에는 먹을 만한 짐승이 많으니까."

"와…… 바이트, 잘 아는구나?"

"이래 봬도 대현자 고모비로아의 제자니까."

콧대가 조금 높아졌다.

아무튼 엄니 도마뱀 문제가 신경 쓰였다.

그놈들은 탐욕스러워서 뭐든지 다 사냥한다. 실제로 이 주변의 야생동물들은 거의 다 잡아먹혀버렸다.

그놈들이 곰까지 모조리 잡아먹는다면, 이제 우리 인랑들만 남게 될 것이다.

나는 그런 생각을 하면서 걸음을 옮겼다. 마왕군에서 일하고 보수로 받은 쇳덩어리를 제릭에게 주러 갔다.

"오, 대장. 고마워."

괭이의 날을 쾅쾅 두드리고 있던 제릭이 이마를 훔치면서 웃었다.

"이 부근에서는 철을 캐낼 수가 없고 제철도 불가능하잖아. 뭐, 그래도 이게 있으면 당분간은 버틸 수 있겠어."

쇳덩어리를 끌어안고 기뻐하는 제릭에게 나는 질문을 던졌다.

"엄니 도마뱀이 나타났다면서. 마을 수비 상황은 어때?"

"아직은 괜찮아. 전에 한 번 우연히 여기까지 온 놈이 있었는데, 다 함께 나서서 죽여버렸어. 그 후로는 잠잠해."

"그럼 다행인데."

인랑은 변신하지 않으면 그다지 강하지 않지만, 그렇다고 항상 변신하고 있을 수도 없었다. 인랑은 의외로 방어에는 취약하단 말이지. 원래 사냥꾼이니까.

제릭이 풀무로 화력을 조절하면서 중얼거렸다.

"전에 그 '황금의 광기'처럼 딱 한 마리라면 다 함께 사냥할 수 있을 텐데. 이번에는 저쪽의 수가 더 많아. 섣불리 건드릴 수 없어."

엄니 도마뱀도 집단 전투에는 강하다. 탁 트인 들판에서 회전(會戰)을 벌인다면 또 모를까, 숲속에서 조우전을 벌인다면 과연 어찌 될지 몰랐다.

숨겨진 마을에 있는 인랑들 중 엄니 도마뱀같이 흉포한 마물과 싸울 수 있는 전사는 60명 정도일 것이다. 어린아이도 있고, 오랜 싸움에 지쳐 은거하고 있는 노인도 있었다.

그들은 비전투원일 뿐만 아니라 따로 병력을 할애해서 지켜줘야 하는 동료였다.

"싸울 수 있는 인랑들 60명을 둘로 나눠서 30명씩 움직이면……아니, 안 되겠군."

"안 되겠어? 대장?"

"만약 적들이 50마리쯤 모여서 우리 마을을 공격한다면 방어에 실패할 것 아냐? 반대로 50마리의 적들을 우리가 30명이서 공격한다면 또 피해가 너무 커질 테고. 상대를 이길 수 있는 전력이 아닌 이상, 싸우면 안 돼."

"그렇군. 그게 군학이란 건가?"

그렇게 대단한 것은 아니지만, 전술을 생각할 때 꼭 따져야 할 아주 초보적인 사항이다.

"엄니 도마뱀의 습성을 좀 더 자세히 알아내면 좋을 텐데. 기록이 남아 있지 않아서 아쉽네."

스승님 말씀으로는 인간 마을이 과거에 몇 번이나 습격을 당했는데, 생존자가 거의 없으므로 기록이 남아 있지 않다고 한다.

요즘에는 어느 도시든 튼튼한 성벽으로 둘러싸여 있으니까 엄니 도마뱀이 접근할 엄두도 못 낸다고 한다. 왠지 부러운걸.

그때 워드 영감님이 이쪽으로 다가왔다.

"바이트, 잠깐 같이 가자. 늙은이들이 너와 상담하고 싶은 게 있다고 하는구나."

어, 뭐지?

엄니 도마뱀 때문인가?

예상대로 엄니 도마뱀에 관한 상담이었다.

장로님이 하얀 수염을 쓰다듬으며 참으로 곤란하다는 듯이 나에게 부탁하셨다.

"바이트, 마왕군에 도움을 청할 수는 없겠느냐?"

나는 잠깐 생각해보고 나서 신중하게 단어를 골라 대답했다.

"도움은 요청할 수 있어요. 단, 조건이 붙을 겁니다."

"조건이라니?"

"마왕군에 복종을 맹세하는 거죠."

"으음……."

사냥의 달인으로서 모든 이들의 존경을 받는 장로님은 잠시 뜸을 들이다가 고개를 끄덕이셨다.

"도움을 청하는 이상, 우리는 명백한 약자지. 약자가 강자에게 복종을 맹세하는 것은 당연한 이치다."

그것은 종족을 초월한 마족의 상식이었다.

그런데 장로님은 이어서 이렇게 말씀하셨다.

"복종을 맹세한다면 어떤 식으로든 봉사해야 할 터. 그러나 이 마을에는 특별히 내놓을 만한 금품도 병력도 없어. 이 마을을 지키는 것만 해도 벅차."

"그거라면 걱정 마세요. 내가 마왕군에 정식으로 들어가서 일하면 되니까."

마왕 프리덴리히터가 어떤 인물인지는 잘 몰라도, 스승님 왈 '진정한 영웅, 사나이 중의 사나이'라고 하니까 웬만큼 넓은 도량을 기대해도 되겠지.

일개 아르바이트생인 나에게도 스승님을 통해 꽤 넉넉한 보수를 주고 있으니까. 현물 지급이지만.

"그런데 원군을 파견하려면 며칠 정도는 걸릴 겁니다. 마왕군은 현재 인간의 도시로 진격하는 중이라서, 이쪽으로 병사를 보낼 준비는 되어 있지 않거든요."

마왕이 용인족 출신이므로 마왕군 구성원도 태반이 용인족이다. 그들은 산악지대에서 살고 있으므로 이 주변에는 없다. 규모도 아직 작다.

장로님은 고개를 크게 끄덕였다.

"그래, 알았다. 그 며칠 동안은 우리들끼리 어떻게든 해봐야지. 바이트, 마왕군에 서신을 전달해주겠느냐?"

"네, 알겠습니다. 당장 전달…… 아, 그렇지."

나는 씩 웃었다.

"스승님, 이 서신을 마왕 폐하께 전달해주시겠어요?"

아직 연습 중인 전이마법을 통해 이곳에 나타난 스승님. 그분에게 나는 장로님의 편지를 보여드렸다.

머리 위의 나뭇가지에 걸려버린 스승님은 열심히 바동바동하며 불쾌한 표정을 지으셨다.

"내가 이리 고생하고 있거늘, 할 말이 그것뿐이냐?"

"스승님한테 그 정도는 문제도 아니잖아요."

내가 그렇게 대꾸함과 동시에 스승님이 매달려 있던 나뭇가지가 휙 휘어졌다.

마치 자유의사를 가진 것처럼 나뭇가지가 스승님의 작은 몸뚱이를 바닥에 내려주었다.

"후후, 봐라. 식물 조작 마법이니라."

또 새로운 기술을 익히셨나 보다. 스승님은 참 학구열이 대단하시다.

"역시 우리 스승님, 멋져요. ……전이마법도 그렇게 잘 익혀보세요."

"이건 어려운 마법이라고 내가 말하지 않았느냐."

"위치는 정확했는데 높이가 좀 어긋났네요."

"으음, 역시 도착 지점의 고도 정보는 좀 더 정밀하게 측정해둘 필요가 있겠구나."

스승님은 엉덩이에 붙은 나뭇잎을 털어내면서 혼잣말을 하더니 나를 쳐다봤다.

"그래, 마을에 무슨 이변이라도 있었던 거냐?"

"네, 그게요……."

나는 간단히 사정을 설명했다.

스승님은 모자를 벗고 나뭇잎을 털면서 고개를 끄덕끄덕했다.

"산기슭의 숲속에 있던 놈들인지도 모르겠군. 전에 마왕군이 용인들의 부탁을 받아 쫓아냈는데, 그 규모와 시기가 일치하는구나."

한번 쫓겨났다가 저쪽에서도 쫓겨나는 바람에 도로 이쪽으로 온 건가. 거참, 불똥이 이리저리 튀는구먼.

"큰일이에요, 스승님. 이러다 우리 마을이 망하기라도 하면, 제가 마왕군을 도와준 의미가 없어지잖아요?"

"그래그래, 미안하다. 생명의 고리를 건드리는 것은 참 복잡한 일이라서."

스승님께서 말씀하시는 '생명의 고리'란 바로 생태계였다. 스승님은 먹이사슬을 비롯한 생태계 전체를 독학으로 공부하여 꽤 자세히 알고 계셨다.

"바르체 부관의 푸른 비늘 기사단 400기가 그룬슈타트 성에 돌아와 있으니까, 그들을 보내 달라고 부탁해볼까. 아마도 모레 아침에는 도착할 거다."

마왕군이 자랑하는 정예부대, 연승무패의 전투 집단. 그들이라면 엄니 도마뱀쯤은 거뜬히 물리칠 수 있을 것이다.

"당장 성으로 돌아가 마왕님과 의논해봐야겠구나. 혹시 일이 잘 풀리지 않더라도, 나의 해골병이 800마리쯤 있으니까. 그 녀석들을 보내주마. 조종 방법은 기억하고 있지?"

"네. 감사합니다."

스승님은 내가 건넨 편지를 받아서 작은 호주머니에 소중히 집어넣었다.

그리고 지팡이를 들어 지면을 득득 긁기 시작했다. 수식이 들어간 마법진이었다.

"방향은 북동…… 북북동인가…… 음, 이 식으로 방향을 고정하고, 이쪽이, 앗, 아니다, 이러면 출구가 없어져서 내가 소멸될 텐데……."

"스승님, 괜찮으세요?"

내 스승님인데도 왠지 모르게 불안해졌다.

스승님은 마법진 옆에다 숫자를 적어 계산하면서 끙끙 소리를 냈다. 대현자로 이름난 스승님이라도 전이마법의 좌표를 계산하려면 꽤 시간이 걸리는 것 같았다.

마침내 스승님은 "좋아!" 하고 세찬 콧김을 뿜으며 고개를 끄덕이더니, 지난 수백 년 동안 전혀 발달하지 않은 가슴을 활짝 폈다.

"이 정도면 대충 괜찮을 거야."

"대충이면 안 되잖아요?"

"뭐, 어떻게든 되겠지. 그럼 다녀오마."

진짜로 괜찮은 걸까…….

나는 빛의 소용돌이에 휘말려 사라져 가는 스승님을 바라보며 일말의 불안감을 떨쳐내지 못했다.

스승님이 무사히 마왕성에 도착하지 못한다면 과연 이 마을은 어떻게 되는 걸까.

한편 몬더를 비롯한 사냥꾼들에게서는 이런 정보를 얻었다.

"엄니 도마뱀 무리는 총 100마리쯤 되는 것 같아. 이 근처의 물가에 모여 있었어. 주변에 곰의 시체가 굴러다니고 있었고."

엄니 도마뱀은 파충류이므로 한번 식사를 하면 몇 주일 동안은 아무것도 먹지 않고 가만히 제자리에 머무른다. 신진대사 능력이 떨어지기 때문이다.

얼마 전에 겨울잠을 자고 일어난 곰을 잡아먹고 지금은 식후 휴식을 취하고 있나 보다. 또다시 배가 고파질 때까지는 거기서 가만히 있을 테지.

이쪽에서 먼저 공격하는 것도 가능하지만, 장소가 물가라는 것이 좀 마음에 걸렸다. 도마뱀류는 헤엄치는 것이 특기다. 물속으로 끌려 들어가면 이쪽이 불리해질지도 모른다.

몬더는 나를 보고 어깨를 으쓱했다.

"어쩔까?"

"다음 사냥감은 우리들이겠지……."

곰도 거의 다 먹어치웠을 테니까. 이 부근에 남아 있는 대형 동물은 이제 인랑밖에 없을 것이다.

인랑을 공격하는 어리석은 동물은 그리 많지 않지만, 엄니 도마뱀에게는 독 공격이라는 필살기가 있으니까. 그 독으로 우리를 약해지게 만들고 나중에 천천히 잡아먹는다는 전법을 사용할 수 있었다.

"엄니 도마뱀의 독은 인랑에게도 통하지? 해독이 불가능하다고 들었는데……."

몬더는 다소 불안한 어조로 말했다. 나는 웃었다.

"걱정하지 마. 내 마법으로 어떻게든 해줄게."

"그래? 응, 바이트, 네가 있으니까 안심이야. 에헤헤."

남에게 의지가 된다는 것은 기쁜 일이었다.

마법을 열심히 공부한 보람이 있구나.

그런데 문제는 이 숨겨진 마을의 전력이었다. 전투 후 부상자를 치료하는 일은 내가 하면 되지만, 우리가 전멸해버린다면 치료고 뭐고 다 소용없으니까.

"각 가정을 돌아보고 왔는데, 엄니 도마뱀을 상대로 싸울 수 있는 녀석은 56명인 것 같더구나."

명부를 작성해주기로 한 워드 영감님이 겸연쩍은지 머리를 긁적였다.

"보스코 영감이 작년에 죽은 것을 깜빡했어. 거참, 나보다 세 살이나 어린 양반이 칠칠치 못하긴."

"워드 영감님이 비정상적으로 튼튼한 거예요."

명부의 맨 위에는 워드 영감님의 이름이 적혀 있었다. 이분은 대체 언제까지 싸울 생각인 걸까?

"어, 그리고 사테리나가 회임을 했고, 베시카도 집에 젖먹이가 있어서 제외했어."

"그래요. 아이는 중요하니까요."

점점 한계집락이 되어가고 있는 이 숨겨진 마을에서는 젊은 세대는 귀중한 존재였다.

56명이라…….

나는 좀 불안해졌다. 그래서 워드 영감님과 함께 장로님 및 다른 분들과 상의해봤다.

"엄니 도마뱀 한 마리를 안전하게 쓰러뜨리려면 인랑 두 마리가 필요하다."

장로님은 냉정하게 말씀하셨다.

"우리는 예로부터 사냥감을 몰아넣는 자와 숨통을 끊어놓는 자로 역할을 분담해왔다. 엄니 도마뱀은 만만치 않은 상대야. 분업하지 않으면 위험해."

전생에 본 경찰 수사극에서도 2인 1조, 즉 '투맨셀(Two-man cell)'이 기본이었다.

56명이면 둘씩 묶어서 28조가 된다. 그런데 상대는 100마리쯤 된다. 정면으로 격돌하는 것은 피하고 싶군.

"장로님, 어떻게 싸우실 계획입니까?"

내 질문에 장로님은 난감한 표정을 지었다.

"우리는 사냥하는 것은 특기인데, 방어에 관해서는 대대손손 전해 내려온 지혜도 도움이 되지 않는구나. 현재로선 마을에 틀어박혀 다 함께 약자를 지키는 것 외에는 방책이 없다."

"그렇군요……."

"그래서 말인데. 바이트, 너에게 부탁이 하나 있다."

장로님은 말을 마치고 나를 향해 고개를 숙였다.

"마왕군은 전투 전문가라서 그런 전술을 잘 안다고 들었다. 너도 실전을 통해 많은 경험을 쌓았을 테지. 그러니 나 대신 네가 동료들을 이끌고 이 마을을 지켜주지 않겠느냐?"

"제가요?"

마왕군에서 일하긴 했어도 단기 아르바이트였을 뿐인데.

게다가 나는 군인이 아닌 마술사이고.

아르바이트하는 동안에도 그저 뒤쪽에서 조용히 지원용 강화마법이나 걸어줬고…… 아니, 실은 아군을 지키기 위해 살짝 전선에 나서서…… 뭐, 전부 다 쓰러뜨린 적은 있지만…….

내가 침묵을 지키자 장로님은 그 침묵의 의미를 오해하신 것 같았다.

"물론 인랑도 오직 강자에게만 복종하지만, 너는 이미 충분히 강자라고 할 수 있다. 너의 활약상은 고모비로아 님을 통해 이미 들었다. 인랑족의 영웅이라고 하더구나."

스승님께서 도대체 무슨 말씀을 하셨는지는 몰라도, 과장이 꽤 많이 섞인 것 같았다.

스승님은 자기 자랑은 안 하지만 제자 자랑은 신나게 하시니까. 제 자식이 최고인 부모, 아니, 자기 제자가 최고인 스승이셨다.

"바이트, 다른 녀석들에게는 내가 잘 말해놓으마. 그러니 마왕군의 전술로 우리 마을을 지켜주지 않겠느냐?"

"아니, 저, 그런 말씀을 하셔도……."

나도 전술은 하나도 모르는 초보자다. 전생에 게임이나 좀 해봤을 뿐이다.

그때 다른 영감님들도 우리의 대화를 보다 못해 끼어드셨다.

"바이트, 네가 눈에 띄는 행동을 싫어한다는 것은 잘 안다. 하지만 이번 일에는 마을의 존망이 걸려 있어."

"마왕군의 원군이 올 때까지만 지휘해줘도 된다. 무훈을 세운 마술사인 네가 직접 지휘해준다면 다들 안심할 거야."

어릴 때부터 신세졌던 장로님과 다른 분들이 이렇게까지 간곡히 부탁하시니, 나도 더 이상 거절할 수 없었다.

결국 나는 각오를 다지고 이판사판으로 지휘봉을 잡기로 했다.

"알겠습니다. 천학비재(淺學菲才)의 몸입니다만, 최선을 다하겠습니다."

그러자 영감님들은 안도한 얼굴로 나를 가만히 쳐다보셨다.

"고맙구나. ……네가 있어서 참말로 다행이야."

아, 왠지 엄청나게 쑥스러운걸.

자, 일단 하겠다고 했으니 책임을 져야지.

나는 마왕군에서 보고 들은 지식을 바탕으로, 인랑들을 효율적인 전투 집단으로 재편성하기로 했다.

"2인 1조는 은근히 불안하니까, 1개 분대는 4명으로 해야겠다."

"오히려 그게 더 불편하지 않아?"

가니 형제가 서로 얼굴을 마주 봤다. 큰 가니가 동생을 보고 고개를 갸웃거렸다.

"나하고 너하고, 또 두 명 더?"

"싸울 때에는 적들이 우글거리잖아? 다 섞여서 정신없겠다."

이런 말 하기는 뭐하지만, 이 녀석들에게 복잡한 연계 플레이 따윈 기대하지 않았다.

"기본적으로는 2인 1조로 싸울 테니까 걱정하지 마. 이 1조를 하나 더 만드는 것뿐이지. 자기 분대에 부상자가 생기면, 그때는 서로 도와줘. 셋이서 한 명쯤은 구조할 수 있잖아?"

"뭐, 그 정도는 가능하지만."

인랑은 격투밖에 못 하므로, 분대 인원을 이보다 더 늘려도 별로 효과가 없을 것 같았다.

그리고 넷이서 1개 분대를 이루면 전생의 전차부대 같은 느낌이 들어서 멋있기도 하고.

자, 이러면 14개 분대가 완성된다.

"이 14개 분대를 운용해서 마을을 지키는 거야. 전진하거나 후퇴할 때에도 분대 단위로 움직여야 해. 단독으로 혼자 나서는 것은 금물이야. 알았지?"

작은 가니가 웃으면서 알통을 자랑했다.

"알았어, 나설 때에는 형과 함께 나설 거야!"

그게 아니라니까.

분대를 편성한 다음에는 마을의 방어시설을 정비했다.

뭐, 사실 인랑의 숨겨진 마을은 성새도시가 아니지만. 단지 간소한 울타리로 둘러싸여 있는 조그만 마을에 불과했다.

"이봐, 대장."

"왜? 제릭."

"이 울타리, 방어에 도움이 될 것 같아?"

나는 이끼로 뒤덮인 말뚝을 바라봤다.

살짝 밀어봤다.

와르르 무너졌다.

"아니, 안 되겠는데."

엄니 도마뱀은 이전 세계의 동물로 치자면 악어나 코모도왕도마뱀과 비슷하다. 겉모습은 둔중해 보여도 순간적인 스피드와 파워는 굉장하다. 이런 울타리 따윈 일격에 무너질 것이다. 게다가 조그만 틈만 있어도 그놈들은 쉽게 비집고 들어올 것이다.

"나무를 베어 와서 새로 만든다 해도, 아마 그 전에 마왕군이나 엄니 도마뱀이 올 거야."

제릭이 그렇게 말했다. 그래서 나는 다른 방안을 생각해봤다.

"도랑이라도 팔까?"

"도랑? 흠. 괜찮긴 한데 물이 없잖아?"

"그냥 빈 구덩이여도 돼. 상대는 거대한 도마뱀이니까. 급경사면은 오르지 못해."

"정말이야?"

"……아마도?"

마물의 생태는 수수께끼투성이니까.

제릭은 팔짱을 끼고 고개를 갸우뚱했다.

"인랑인 우리들이 이런 말 하는 것도 웃기지만, 마물은 뭘 해도 이상하지 않잖아? 정말로 괜찮은 거 맞아?"

"아니, 뭘 해도 이상하지 않은 건 아니야."

나는 지면에 도랑의 단면도를 그리면서 소꿉친구에게 대꾸했다.

"엄니 도마뱀은 거대하고 강하지만 도마뱀 마물이야. 불을 뿜지도 않고, 하늘을 날지도 못해. 도구도 언어도 사용할 수 없어."

그놈들도 기본적으로는 물리법칙이나 생리학에 맞춰 살아가고 있다. 이상성이 나타나는 것은 그 생태 중 일부에 불과하다. 그것도 대체로 전생의 진화론으로 설명되는 범위 안에 들어가 있다.

"엄니 도마뱀의 경우에 이상한 점은 딱 하나뿐이야. 사회성. 그놈들은 파충류답지 않게 고도의 무리를 형성하고 있지. 지능은 그다지 높지 않을 텐데도 집단적으로 사냥을 하는 것이 이상해."

"어, 으응. ……대장, 역시 대현자님의 제자는 제자구나."

아뇨, 이건 전생에서 가져온 지식입니다.

숨겨진 마을 전체를 둘러싸는 도랑을 파기에는 시간도 인력도 부족했다.

그래서 나는 숨겨진 마을의 중심부, 집회소 주변만 도랑으로 감싸 보호하기로 했다. 다른 부분은 이 소동이 가라앉을 때까지 일단 방치하고.

작은 가니가 웃통 벗고 지면을 파면서 투덜투덜 불평을 늘어놨다.

"우리 집은 이번에도 또 부서지는 거야……?"

가니 형제의 집은 집회소에서 멀리 떨어져 있으므로 도랑 안쪽에 들어오지 못했다.

전에 '황금의 광기'가 쳐들어왔을 때에도 집이 부서졌기 때문일까. 그는 은근히 불만이 있어 보였다.

그러나 한정된 시간과 병력으로 목적을 달성하는 것이 현장지휘관의 임무다.

미안하지만 포기해줘.

"제릭, 그건 다 됐어?"

공방으로 가봤더니 땀투성이가 된 제릭이 나를 맞이했다.

그는 끝이 날카롭고 뾰족한 쇠막대기를 내밀었다. 마왕군이 나에게 보수로 준 쇳덩어리를 제릭이 이렇게 가공한 것이었다.

"대장, 이 정도면 되겠어?"

"오—……, 이건 꽤 아프겠는데."

"그야 물론! 내가 직접 만들었으니까 죽을 만큼 아플 거야!"

도마뱀을 상대로 도랑 속에 물을 채워봤자 의미가 없을 테니까, 그 대신 이것을 도랑 바닥에 설치해둘 것이다.

도마뱀의 배는 부드러우니까. 자기 체중 때문에 이 스파이크에 푹 찔려버릴 것이다.

"이것으로 몇 마리라도 해치우면 그만큼 우리의 피해도 줄어들 거야. 지금 할 수 있는 일은 다 해두자."

"알았어, 내 힘으로 이 마을을 멋지게 지켜줄게."

이 마을에는 목수와 석공도 있었다. 그들은 제릭의 분대에 몰아넣어 놨다. 인랑 공병대다.

"우리는 변신하면 도랑을 뛰어넘을 수 있으니까 다리는 따로 만들지 않아도 돼! 그 대신 못 쓰는 재료로 방어벽을 만들어줘! 시간을 벌 수 있게!"

그러자 폐가를 해체하여 기둥을 나르고 있던 큰 가니가 불만스럽게 중얼거렸다.

"시간이나 벌어서 뭐 하게? 그놈들을 해치우지 않으면 다 소용없잖아?"

"분대의 숫자가 적보다 적으니까. 그놈들이 한꺼번에 우르르 몰려 들어오면 제대로 방어할 수가 없어."

4대1이나 4대2 정도의 압도적으로 유리한 조건으로 계속 싸우려면, 엄니 도마뱀이 조금씩만 들어오도록 준비를 잘해놔야 한다.

"방어벽에다가 일부러 몇 군데 틈새를 만들어놔. 그쪽으로 엄니 도마뱀을 유도하는 거야. 벽을 통과하는 순간에는 자유롭게 움직이지 못하니까, 그때 그놈을 때려죽이자고."

인랑들은 서로 얼굴을 마주 보더니 몇 번이나 고개를 끄덕거렸다.

"아하, 그래…… 역시 마왕군은 참 아는 것도 많군."

아니, 이것도 전생의 지식인데……. 중학생 때 단체로 성에 견학을 갔다가 비슷한 구조물을 본 건데.

마왕군은 아직 변경의 무장 게릴라에 불과하므로 공성전은 경험하지 못했다. 머잖아 누군가가 공성전을 지휘하게 될 수도 있으리라.

인랑들은 사냥 전문가다. 그래서 나는 '적을 막아내는 것'보다도 '함정으로 유도해 쓰러뜨리는 것'을 중시하여 방어 계획을 짰다. 인랑들에게는 그게 더 이해하기 쉬울 테니까.

"집회소 주변은 철저하게 방어해야 해. 이 건물은 엄니 도마뱀이 몸통 박치기를 해도 쓰러지지 않을 테고, 그놈들 덩치로는 지붕 위에 올라가지도 못할 테니까. 이곳이 최후의 보루야."

"알았어!"

엄니 도마뱀을 대형 파충류의 일종이라고 생각한다면, 그들은 인랑과 마찬가지로 후각이 발달했을 테니까. 분명히 이 집회소로 몰려올 것이다.

"여기로 몰려온다는 것을 이미 알고 있으니까 방어하기는 어렵지 않을 거야. 인간 군대를 상대하는 것보다 훨씬 쉽지."

"정말?"

"복잡한 심리전 따위는 안 해도 되니까. 그런 의미에서 인간은 무섭다고. 그놈들은 철저히 갈고닦은 전술을 사용하거든."
원래 인간이었던 자로서 인간의 무서움을 확실하게 어필한 후.
표정을 바꿔 활짝 웃었다.
"그에 비하면 엄니 도마뱀은 절대로 인랑의 적수가 되지 못해. 마왕군이 올 때까지 조금만 힘내서 싸워보자고."
인랑들이 서로 얼굴을 쳐다보고 가볍게 끄덕거렸다.
"그런가……?"
"바이트가 그렇게 말한다면 그런 거겠지?"
나도 100퍼센트 자신이 있는 것은 아니지만, 내가 불안해하면 동료들의 사기가 떨어질 것이다.

그로부터 며칠 후.
"놈들이 움직이기 시작했어!"
정찰하러 갔던 인랑이 집회소로 뛰어 들어왔다.
"무리 전체가 일제히 움직이고 있어! 한꺼번에 몰려온다!"
우리 모두의 얼굴이 굳어졌다. 다들 일제히 웃통을 벗어 던지고 인랑으로 변신할 준비를 했다.
"바이트, 지휘를 부탁한다."
환자와 아이들을 집회소 안의 한곳에 모아놓은 장로님이 이쪽을 돌아봤다.
"이곳은 우리 늙은이들이 책임지고 지킬 테니까. 걱정 마라, 우리도 잠깐 동안은 충분히 싸울 수 있어. 이쪽은 걱정하지 말고 마음껏 싸워라."

"알겠습니다."

좋아, 그럼 한번 지휘를 해볼까.

"몬더 부대, 마을 서쪽으로 전개! 지붕 위에서 엄니 도마뱀들을 감시해!"

"알았어~ 대장."

몬더 부대를 마을 서쪽으로 보내서 엄니 도마뱀의 동향을 정확히 파악하기로 했다. 20마리인 줄 알았더니 실은 전부 다 왔어요, 뭐 이렇게 되면 큰일 날 테니까.

"제릭 부대! 크로스보우 준비됐어?"

"응, 문제없어. 내가 만든 크로스보우는 완벽하다고."

수제 크로스보우를 손에 든 제릭이 화살통을 두드리며 호전적인 미소를 지었다.

하지만 그들은 또 이런 말도 잊지 않고 덧붙였다.

"활쏘기는 특기가 아니지만."

"연습이 부족해서. 혹시 빗맞혀도 이해해줘."

뭐, 평소에는 화살을 쏘는 것보다도 직접 때리는 것이 더 효율적이니까…….

으—음, 역시 인간의 전술을 그대로 마족에게 적용하는 것은 불가능한가. 각자 잘하는 것과 못하는 것이 완전히 다르니까.

뭔가 좀, 내 생각대로 잘되지 않네.

이 와중에 벌써부터 인랑으로 변신해 기세를 올리고 있는 놈들도 있었다. 가니 형제였다.

"니베르트, 가자!"
"알았어, 형!"
이놈들은 아무래도 폭주할 것 같아서 일부러 판 누나의 분대에 집어넣었다.
아니나 다를까 판 누나가 즉시 뛰어왔다.
"너희들, 그러면 안 되잖아! 우리가 담당할 곳은 동쪽이라고!"
"하지만 적들은 서쪽에서 오잖아……."
인랑으로 변신한 두 형제는 판 누나에게 질질 끌려갔다.
좋아, 좋아. 분대장 인선은 더할 나위 없이 완벽했다.
그러는 사이에 저 멀리서 몬더의 울음소리가 들려왔다.

『적이 왔다.』
『몰아넣는다.』

옳지, 예정대로다.
즉석 성벽에 달라붙어 있던 인랑들이 고개를 돌려 나를 쳐다봤다. 다들 내 지시를 기다리는 표정이었다.
나는 다소 긴장하면서도 리더로서 동료들에게 명령을 내렸다.
"각 분대, 자기 구역을 지켜라! 힘들 때에는 대기하고 있는 부대에게 도움을 요청해!"
엄니 도마뱀을 유인하기 위한 틈새는 총 다섯 군데. 이쪽에는 14개 분대가 있으므로, 2개 분대가 한 군데씩 지키고 있었다. 나머지 4개 분대는 후방 부대다.

"하하, 왔다, 왔어!"

몬더 부대가 돌아왔다. 넷 다 무사했다.

그와 동시에 건물 그늘 속에서 엄니 도마뱀이 나타났다.

음식물 쓰레기같이 고약한 악취가 진동했다. 아, 그렇군. 이것이 판 누나가 말했던 그것이구나.

이 냄새 나는 마물에게 당장 크로스보우의 화살 맛을 보여주고 싶었지만, 상대가 납작 엎드려 있어서 조준하기 어려웠다.

"아직 쏘지 마! 도랑에 들어가서 움직임이 멈췄을 때를 노려! 위에서 쏘면 과녁도 그만큼 커질 테니까!"

"알았어, 대장!"

마른 도랑 속에는 스파이크를 꽂아놨는데, 선두에 있는 엄니 도마뱀은 그것을 피해서 쳐들어왔다. 그러나 뒤따라온 엄니 도마뱀들은 그것을 미처 못 봤는지 그중 몇 마리가 스파이크 위에 올라탔다. 그 순간 그놈들은 전진을 멈추고 제자리에서 괴로워하기 시작했다.

이대로 도랑 속에 푹 파묻혀주면 참 좋을 텐데, 엄니 도마뱀들은 기운차게 사면을 기어오르기 시작했다.

원래 몸길이가 3미터나 되는 거대한 놈들이다 보니 도랑이 다소 깊어도 어떻게든 올라오긴 올라왔다. 내가 파충류의 민첩성을 얕봤구나.

"온다! 각 분대, 자기 구역을 떠나지 마라! 적을 공격해!"

도랑에서 기어 올라와 급조된 방어벽을 득득 긁어대던 엄니 도마뱀들은 금세 빈틈을 발견했다.

그들은 파충류 특유의 느릿한 움직임으로 몸을 꿈틀거리면서 빈틈으로 파고들어 왔다.

"지금이다!"

"오오오!"

인랑들이 소리를 지르며 엄니 도마뱀을 주먹과 발로 미친 듯이 때렸다.

대부분의 생물은 일격에 즉사시킬 수 있는 인랑의 공격. 당연히 엄니 도마뱀들은 상대도 안 되었다.

그놈들은 틈새에 끼어 좌우로 움직이지 못하는 상태였으므로, 우리의 공격은 우스울 정도로 잘 먹혔다.

"좋았어!"

"이빨 조심해!"

"적이 움직이지 않아도 방심하면 안 돼!"

인랑들은 기세 좋게, 그와 동시에 물리지 않도록 조심하면서 엄니 도마뱀들을 쓰러뜨렸다. 인랑은 타고난 사냥꾼이므로 아무리 이쪽이 우세해도 방심하지 않았다.

그런데 문제가 하나 있었다. 바로 외벽의 내구성이었다.

판 누나의 외침소리가 들렸다.

"바이트 군, 우직우직 소리가 나는데?!"

폐품을 재활용하여 만들었으므로 외벽의 강도 및 시공에 약간 문제가 있었던 모양이다.

"한계까지 버텨줘! 여기서 적의 침입을 허락하면 버티기 힘들어!"

엄니 도마뱀들은 협동하여 먹잇감을 사냥한다고 한다. 따라서 여러 마리를 동시에 상대하게 된다면 급격히 위험해질 것이다.

나는 집회소 지붕 위에서 주위를 둘러보고, 크로스보우 부대에게 공격 명령을 내렸다.

"제릭 부대, 서쪽으로 지원사격! 적의 숫자를 줄여!"

"알았어!"

크로스보우의 굵직한 화살이 산발적으로 날아갔다. 외벽 바깥쪽에서 한층 더 짙은 피 냄새가 났다.

나는 초조하게 전황을 지켜봤다.

그런데 잠시 후, 엄니 도마뱀들의 침공이 갑자기 중단됐다.

"어?"

엄니 도마뱀들은 부상당한 동료를 내버려둔 채 물러가기 시작했다. 등장할 때보다도 더 빠르게 도랑 건너편으로 후퇴했다.

사방에 가득했던 악취는 이윽고 천천히 사라져갔다.

처음에는 음식물 쓰레기 같은 악취라고 생각했는데, 자세히 맡아보니 썩은 기름 같은 냄새였다. 뭐, 어차피 둘 다 악취지만.

남겨진 시체의 숫자는 스물이 조금 안 되었다.

꽤 열심히 쓰러뜨렸다고 생각했는데, 한 놈 한 놈이 워낙 크다 보니 쓰러뜨리는 데 시간이 걸렸나 보다.

"의외로 쉽게 도망가네?"

큰 가니가 엄니 도마뱀의 시체를 휙 던지면서 다소 불만스럽게 투덜거렸다.

나는 어깨를 으쓱했다.

"사냥은 원래 신중하게 해야 하는 거니까."

엄니 도마뱀은 육식동물이므로 가능한 한 다치지 않고 상대를 쓰러뜨리고 싶어 한다. 부상당하면 다음번 사냥을 하기 힘들어져서 쫄쫄 굶게 될 테니까.

자기방어가 주목적인 초식동물은 뒷일 따윈 생각하지 않고 필사적으로 싸워야 한다. 그러니까 우리와는 전투방식이 다르다.

"각 분대, 인원과 설비의 피해상황을 보고해! 특히 부상자는 즉시 이쪽으로 와!"

그러자 인랑들 몇 명이 이쪽으로 다가왔다. 다들 경상이었다. 손이나 발에 작은 상처가 나 있었다.

"미안. 걷어차다가 살짝 물렸어."

"나도 주먹에 그놈 이빨이 닿아서……."

맨손으로 싸우는 이상, 이렇게 될 수밖에 없었다.

그래도 나는 빙그레 웃으며 주문서를 펼쳐 들었다.

"괜찮아. 해독마법은 내 특기니까."

도마뱀의 독이 과연 어떤 것인지는 몰라도, 뱀과 같다면 신경독이거나 아니면 혈액독일 것이다.

"좋아, 독이 퍼지기 전에 빨리 해치우자. 다들 줄 서."

나는 전원에게 해독마법을 걸어줬다.

자, 이제 엄니 도마뱀이 이대로 완전히 포기해주면 좋겠는데…….

그날 밤, 깜빡 잠든 나를 누군가가 깨웠다. 파수꾼 인랑이었다.

"바이트, 일어나."

"으응?"

나는 집회소 바닥에서 꾸물꾸물 상체를 일으켰다.

눈을 뜨자마자 임전태세를 갖추는 다른 인랑들과는 달리 나는 쉽게 일어나지 못하는 체질이었다. 아마 전생에 인간이었기 때문이겠지.

내가 눈을 끔벅거리고 있는데 상대가 초조한 듯이 나를 재촉했다.

"미안한데 빨리 이리 와봐. 몬더와 다른 녀석들의 상태가 이상해."

"뭐?!"

눈이 번쩍 뜨였다.

서둘러 집회소 한쪽 구석으로 달려갔더니, 인랑들 몇 명이 식은땀을 흘리며 괴로워하고 있었다.

"몬더, 제스틴, 유즈……."

모두 다 낮에 내가 치료해준 멤버들이었다.

설마 마법으로도 독을 없애지 못한 건가? 게다가 인랑이 이토록 심하게 중독되다니?

나는 아연실색했다. 그러나 놀라고 있을 때가 아니었다.

"이봐, 정신 차려!"

나는 당장 몬더와 다른 녀석들의 상태를 살펴봤다. 땀이 흥건한 몬더의 이마를 만져봤더니 깜짝 놀랄 만큼 뜨거웠다.

"이상하다…… 이건, 독이 아니야."

증상만 봐서는 독이라기보다는 감염증에 가까웠다.

어쩌면 엄니 도마뱀의 독과는 상관없는 것이 아닐까?

그렇게 생각한 순간, 불현듯 뭔가가 머릿속에 떠올랐다.

이전 세계에 존재했던 코모도왕도마뱀. 독을 가지고 있는 대형 도마뱀인데 실은 오랫동안 독이 없다고 알려져 있었다. 그놈에게 물린 사냥감은 쇠약해져서 죽는데, 사람들은 그것을 보고 물린 상처로 인한 감염증이라고 생각했기 때문이다.

그런데 엄니 도마뱀의 경우에는 반대로 이것이, 독이 아닌 감염증일지도 몰랐다.

"잠깐만 기다려봐!"

나는 밖으로 뛰쳐나갔다. 요새 한쪽 구석에 쌓여 있는 엄니 도마뱀의 시체를 끌어냈다. 횃불을 비추면서 그놈의 이빨을 신중하게 관찰했다.

"바이트, 뭐 하는 거야? 빨리 저 녀석들을 치료해줘."

"그래서 지금 이놈의 이빨을 조사하고 있는 거잖아!"

나는 엄니 도마뱀의 엄니를 몇 번이나 확인해봤다. 그런데 있어야 할 독선(毒腺)이 눈에 띄지 않았다.

엄니 도마뱀은 독이 없는 생물이었던 것이다.

"원인을 알아냈어!"

나는 다시 집회소로 뛰어 들어가서 다급히 주문서 페이지를 넘겼다.

해독마법은 걸어봤자 소용없다. 병을, 그것도 감염증을 치료하는 마법을 걸어야 한다.

"바이트, 아직 멀었어?!"

"지금 할 거야! 집중해야 하니까 조용히 해줘!"

나는 체내의 마력을 다스리기 위해 잔잔한 물결의 이미지를 떠올렸다. 이어서 몬더의 목에 손을 대고 주문을 외웠다.

"내적인 수호여, 보이지 않는 마(魔)에 대항하는 힘을 보여 다오."

목 다음에는 겨드랑이, 명치. 림프샘이 있을 법한 부분을 건드리면서 그곳에 마력을 주입했다.

다른 인랑들에게도 비슷한 처치를 해줬다. 그러자 잠시 후, 그들 모두의 호흡이 편안해졌다. 땀도 더 이상 나지 않았다.

"이제 괜찮을 거야."

내가 그렇게 선언하자, 주위에 모여 있던 인랑들이 휴, 하고 가슴을 쓸어내리며 웃었다.

"고마워, 바이트!"

"역시 넌 대단해!"

"대현자의 제자는 뭐가 달라도 다르구나!"

굉장히 부끄러웠다. 그래서 나는 고개를 가로젓고 그들을 진정시켰다.

"다들 조용히 하자. 아침이 될 때까지 환자들을 푹 쉬게 해줘야지."

"아, 맞다……."

인랑들은 얌전히 수긍했다. 그러나 마법의 힘을 직접 보고 흥분을 감추지 못하는 것 같았다.

이렇게 모두에게 칭찬을 받으니 기쁘긴 했지만, 사실 전생에서 얻은 지식이 없었더라면 치료는 불가능했을 것이다. 이건 내가 잘한 것이 아니었다.

아무튼 나도 마력을 꽤 많이 소모했으니까. 좀 쉬고 싶었다.

"나도 한숨 잘게. 무슨 일 있으면 두들겨 패서 깨워줘."

"응, 알았어."

"고마워."

"내가 망보고 있을 테니까 쉬어."

입을 모아 대답하는 동료들. 나는 고개를 끄덕이고 또다시 잠에 빠져들었다.

다음 날 아침, 나는 파수꾼의 외침소리를 듣고 벌떡 일어났다.

"또 왔다!"

역시 또 왔구나.

내가 밖으로 뛰쳐나가자 울타리 너머로 엄니 도마뱀의 모습이 언뜻언뜻 보였다. 의외로 끈질기군.

아, 설마 몬더와 다른 녀석들이 쇠약해지기를 기다린 건가.

내가 치료해주지 않았더라면 지금쯤 그들은 목숨을 잃었을 것이다.

그것을 노린 걸까? 그렇다면 이놈들은 상당히 집념이 강한 마물일 것이다.

나는 동료들을 격려하려고 큰 소리로 외쳤다.

"어제 전투로 인해 저놈들의 숫자는 꽤 많이 줄어들었다! 이쪽은 전원 무사하고!"

하지만 역시 어제의 피로가 남아 있겠지. 좁은 집회소 안에서 농성하는 상황이고, 식량도 물도 부족했다.

원군이 올 때까지만 버티면 된다고 생각했는데. 농성전은 인랑의 체질에는 영 안 맞는 모양이다.

아무튼 적들은 수가 많았다.

게다가 오늘은 도랑에 설치해둔 스파이크도 효과가 없어 보였다. 그놈들은 전부 다 잘 피해갔다. 학습을 했나 보군.

"진짜로 냄새 한번 지독하네!"

동생 가니가 툴툴거리면서 인랑으로 변신했다.

"바이트, 오늘 끝장을 보자! 이젠 질렸어!"

"질렸다고 말씀을 하셔도……."

확실히 이 농성전 스타일은 인랑의 성격에는 전혀 맞지 않았다. 우리는 타고난 공격자들이니까.

하는 수 없지. 오늘은 적극적으로 나서 볼까.

"제릭 부대, 뒤에 오는 적들에게 화살을 있는 대로 다 쏴! 움직임을 멈춘 놈을 노려서 확실하게 적의 숫자를 줄여!"

"알았어, 대장! 자, 다들 사격 개시!"

"간다!"

"최소한 열 마리는 쓰러뜨려야지!"

으—음, 열 마리…… 의외로 맞히기도 어렵고, 또 그게 치명상도 아니란 말이지. 역시 숫자가 많아야 하나.

어제 20마리쯤 쓰러뜨렸고, 오늘 지금부터 크로스보우로 열 마리를 쓰러뜨리면, 나머지는…… 70마리 정도?

인랑 부대는 14개 분대로 구성되어 있으니, 각 분대가 다섯 마리씩 쓰러뜨리면 이길 수 있겠군.

적에게 물리면 어떻게 치료해야 하는지도 알았고. 뭐, 어떻게든 될 것 같았다.

"각 분대는 서로 협력해라! 분대원을 지켜야 해!"

"알았어!"

인랑은 집단 전투가 특기다. 분대 단위의 전투는 생각보다 더 원활하게 이루어지는 것 같았다.

이 정도면 이길 수 있다.

그렇게 생각했을 때, 판 누나의 분대에서 비명이 들렸다.

"앗, 벽이!"

"바이트! 벽이 무너진다!"

뭐라고?!

그쪽을 돌아본 순간, 우지끈하고 불길한 소리가 울려 퍼졌다.

"어, 으아악?!"

엄니 도마뱀을 열심히 패던 인랑들이 황급히 펄쩍 뛰어 물러났다. 기둥에 고정시켜놨던 널판이 떨어지고, 거기서 엄니 도마뱀 몇 마리가 일제히 쏟아져 들어오기 시작했다.

지붕 위에서 크로스보우에 굵은 화살을 메기고 있던 제릭이 떨떠름한 표정을 지었다.

"좀 더 괜찮은 널빤지가 있었으면……."

나도 그렇게 생각하지만, 이제 와서 투덜거려봤자 소용없다.

"슐레인 부대, 워드 부대! 4번 입구로 도와주러 가! 집회소 문을 닫아!"

나는 재빨리 소리 높여 외치면서 뭔가 도움이 될 만한 주문이 없는지 필사적으로 생각해봤다.

그러나 내가 쓸 수 있는 마법은 아군의 능력을 증강시키는 강화마법이었다. 적을 쓰러뜨리거나 꼼짝 못하게 만드는 것은 불가능했다.

차라리 지붕 밑으로 내려가서 싸울까? 그런데 그 순간 제릭이 따끔하게 한마디 했다.

"이봐, 대장. 내려가지 마. 대장을 치료할 수 있는 놈은 없으니까, 알지?"

"……알아."

엄니 도마뱀이 바리케이드 안쪽으로 들어오는 바람에 그놈들의 음식물 쓰레기 같은 악취가 점점 더 심해졌다.

어? 역시 음식물 쓰레기 냄새잖아.

어제 저놈들이 후퇴할 때에는 썩은 기름 같은 냄새가 났는데…….

아니, 지금은 저놈들의 냄새가 중요한 게 아니었다. 그보다 반격이 더 중요했다.

다행히 무너진 곳은 한 군데뿐이었다. 뒤에서 대기하던 분대가 도와주러 가서 어떻게든 잘 막아내고 있었다.

"이 새끼들아, 다 덤벼라!"

"나도 형한테는 안 질 거야!"

저 바보 형제도 의욕이 넘치는 것 같으니, 당분간은 괜찮을 것이다.

그런데 내 기대와는 달리 이번에는 또 다른 분대가 비명을 질렀다.

"바이트, 이쪽 벽도 무너질 것 같아!"

"도와줘!"

우직우직 벽이 부서지는 소리가 났다. 엄니 도마뱀들이 억지로 밀고 들어왔다.

나는 황급히 예비 부대를 출동시켰다.

"몬더, 싸울 수 있어?!"

"어── 그래, 한번 해볼게!"

이제 막 회복된 환자를 출격시키고 싶지는 않았으나, 우리는 수가 너무 적었다.

전투원 56명만 있다면 일단 퇴각해서 태세를 정비할 수도 있겠지만 현재 이곳에는 노인과 어린아이도 있었다.

편의점도 인터넷도 없는 이 깊은 숲속 마을에서 오랫동안 서로 도우면서 살아온 동료들이었다.

그런데 도마뱀에게 잡아먹히게 놔둘까 보냐.

"각 분대, 집회소로 돌아와라! 자기 구역은 포기한다!"

그러자 아직 돌파당하지 않은 구역을 지키고 있던 인랑들이 싸우면서 소리를 질렀다.

"바이트, 그래도 되는 거야?!"

"여긴 아직 괜찮은데?!"

나는 즉시 대답했다.

"안 돼, 침입해 온 적에게 둘러싸여 고립될 거야! 빨리 돌아와!"

자기 구역을 철저히 지키는 일은 물론 중요하지만, 그것은 바리케이드가 한 군데도 무너지지 않았을 경우에 한해서다.

적의 수는 처음의 절반으로 줄어들었다. 아군 사망자는 하나도 없음.

이 정도면 충분했다.

"집회소 앞에서 결전을 벌일 거야! 저놈들을 모조리 없애버리자!"

"알았어!"

각 분대가 자기 구역을 떠나자, 엄니 도마뱀들이 물밀듯이 몰려 들어왔다.

한 놈 한 놈이 거대해서 위압감이 상당했다.

워드 영감님이 외치는 소리가 들렸다.

"정면으로 붙지 마라! 팔 잘린다!"

엄니 도마뱀의 턱 힘은 엄청나게 강하다. 변신한 인랑은 꽤 튼튼해서 인간의 검이나 창에 찔려도 가볍게 다칠 뿐이지만, 엄니 도마뱀에게 제대로 물리면 중상을 입는다.

그래, 팔이 잘리면 나도 치료해줄 수 없어. 스승님께 부탁드리지 않는 한 치료 불가다.

"초조해하지 마, 일단 분대원을 지켜!"

양쪽 다 일격필살 타입이므로 저절로 신중해질 수밖에 없었다.

인랑 한 명이 간격을 유지하면서 신음하듯 중얼거렸다.

"쳇, 이거 상대하기 힘들군……."

바닥을 기어 다니는 엄니 도마뱀을 공격하려면 발길질을 할 수밖에 없다. 그런데 발을 물렸다가는 단번에 나동그라질 것이다.

그런데 또 주먹질을 하려면 몸을 구부려야 한다. 이것도 위험한 짓이다. 그래서 의외로 상대하기 힘들었다.

큰 가니가 나를 돌아봤다.

"때리기도 걷어차기도 좀 힘든데…… 야, 바이트, 그냥 확 덤벼들면 안 돼?"

"그러다 죽는다."

저놈들은 우리가 허점을 보일 때까지 기다리는 것 같았다.

인랑 중 누군가가 조금이라도 서툰 짓을 하면 저 무리 전체가 거의 동시에 반응했다.

함부로 덤볐다가는 다른 엄니 도마뱀들의 집중공격을 받게 될 것이다.

"아아, 성가셔……."

판 누나도 초조해하는 것 같았다.

인랑은 대인(對人) 특화 사냥꾼이므로, 이렇게 납작 엎드려 있는 적을 공격할 수단은 제한되어 있었다.

틈새에 낀 놈들을 때리기만 할 때에는 편했는데. 갑자기 싸움 자체가 어려워졌다.

그러나 우리 사정 따윈 봐주지 않고 엄니 도마뱀들은 포위망을 좁혀 왔다.

이놈들은 진짜 도마뱀답지 않게 움직였다. 집단 전체가 하나의 의지를 가지고 움직이고 있었다.
마치 개미 떼 같았다.
그리고 냄새도 지독했다.
음식물 쓰레기 냄새가 점점 더 심해졌다.
이 냄새는 아마 인랑의 후각이니까 느낄 수 있는 거겠지만, 정말 엄청나게 지독했다.
어?
이 냄새, 마력을 띠고 있잖아……? 많은 마물들이 특이성을 드러내는 마력을 띠고 있는데, 이놈들의 경우에는 이 냄새에서 마력이 느껴졌다.
보통은 엄니가 그래야 하지 않나? 엄니 도마뱀이잖아.
그런 생각을 하고 있는데, 판 누나가 주의를 환기시켰다.
"온다!"
아차, 느긋하게 생각이나 할 때가 아니지.
"각 부대, 방어 진형!"
14개 분대가 분대 단위로 대열을 이루면서 전위 두 명과 후위 두 명으로 나뉘었다. 주로 전위가 싸우고, 적에게 공격당할 것 같으면 후위가 엄호해주는 진형이다.
"각자 응전해라!"
뭔가 좋은 방법이 없을까 생각하면서도, 지금은 일단 동료들을 싸우게 할 수밖에 없었다.
현재 내가 할 수 있는 일은 무엇인가? 뭔가 없을까?
현재의 나로서는 아직 전원에게 강화마법을 걸 만한 능력은 없다. 효력도 시간도 충분하지 않다.

그나저나 정말 냄새가 지독하군.

어째서 이런 냄새에 마력이 담겨 있는 걸까? 의미가 없잖아?

어? 잠깐만.

의미가 없다면, 그런 식으로 진화할 이유가 없다.

이 냄새에 마력을 담아야 할 이유가 있다면…….

"알았다!"

나는 소리를 질렀다. 그리고 인랑 부대에게 말했다.

"내가 갈게!"

"바이트 군?!"

엄니 도마뱀과 격투하고 있던 판 누나가 깜짝 놀란 목소리로 외쳤다.

"무슨 소리를 하는 거야?!"

"맞아, 바이트, 네가 다쳤다가는……."

다들 큰 소리로 뭐라고 반박했지만 나는 단호하게 명령했다.

"내가 신호하면 총공격을 해! 알았지?!"

대답도 듣지 않고 나는 엄니 도마뱀 무리를 향해 점프했다.

기회는 단 한 번.

승기는 한순간.

엄니 도마뱀들 한가운데에 뛰어든 순간, 나는 온 힘을 다해 울부짖었다.

소울 셰이커.

내가 고안해내서 명명한, 오직 인랑 마술사만 쓸 수 있는 필살기.

마력을 띤 소리의 충격파가 주위를 휩쓸었다. 인간은 이 소리만 듣고도 실신할 것이다.

그러나 파충류인 엄니 도마뱀에게는 청각이 있을지 모르겠다.

그래서 지금은 음파 공격으로서는 사용하지 않았는데, 사실 이 기술의 진수는 굉음 외에 따로 있었다.

바짝 긴장하고 있던 몬더가 어리둥절한 얼굴로 우두커니 서서 나를 쳐다봤다.

"어, 어?"

나는 엄니 도마뱀들의 밀집지대 한가운데에 서서 가볍게 손을 흔들었다.

"다 끝났어."

엄니 도마뱀들은 한 마리도 남김없이 모두 공황상태에 빠져 있었다.

그리고 그 음식물 쓰레기 같은 악취는 더 이상 나지 않았다. 내가 싹 날려버렸으니까.

나는 가까이 있는 도마뱀 한 놈의 꼬리를 붙잡고 그대로 곤봉처럼 휘둘렀다. 다른 놈 하나를 후려쳐서 둘 다 죽여버렸다.

나는 엄니 도마뱀의 시체를 휙 던지고 빙그레 웃었다.

"이놈들은 마력을 띤 냄새로 동료들과 대화하고 있었어. 마치 우리가 울음소리로 그러듯이. 그래서 묘하게 단합이 잘됐던 거야."

"아, 아—…… 그래?"

몬더는 눈을 깜빡거렸다. 여전히 고개를 옆으로 기울인 채.

아마도 엄니 도마뱀은 벌이나 개미처럼 '진사회성(번식 분업이 이루어지는 수준의 사회성)'을 가진 생물일 것이다. 이전 세계에서도 벌거숭이두더지쥐라는 포유류가 진사회성을 가지고 있었으니까, 파충류도 충분히 그럴 수 있을 것이다.

어쨌든 이곳은 이세계니까.

그리고 벌이나 개미가 페로몬을 이용해 동료에게 정보를 전달하듯이 이놈들은 독특한 냄새를 발하는 것이리라. 일부러 마력까지 써서 악취를 내뿜고 있다면 틀림없이 뭔가 이유가 있을 것이다. 나는 그렇게 생각했다.

다행히 내 예상이 적중했나 보다. 나는 아직 살아 있었다.

그런데 혹시라도 예상이 빗나갔으면 죽었을 수도 있겠구나.

앞으로는 좀 조심해야지.

나는 내심 안도하면서 다른 놈 한 마리를 붙잡아 또다시 바닥에 패대기쳤다.

"나의 포효는 주위에 떠도는 마력을 백지화해서 나에게 유리하게 조종하는 효과가 있거든. 그래서 이놈들의 냄새는 사라지고, 정보 교환이 불가능해진 거지. 눈앞에 동료가 있는데도 서로 연락하지 못하니까 당황해서 혼란에 빠진 거야."

"……그렇구나."

몬더도 드디어 이해했는지 고개를 끄덕이며 웃었다.

그리고 힘차게 주먹을 치켜들었다.

"아하하, 그럼 당장 해치우자! 몬더 부대, 돌격――!"

"오――!"

"우리도 가자!"

"해치워버려!"

56명의 인랑들이 일제히 돌격을 개시했다.

혼란에 빠진 엄니 도마뱀들을 인랑들이 한 마리도 남김없이 처치하는 데에는 그리 오랜 시간이 걸리지 않았다.

"그래서 그자는 뭐라고 했나?"

마왕 프리넨리히터의 질문에 대현자 고모비로아는 정말 우습다는 듯이 웃었다.

"'이런 것은 공적이라고 할 수 없다'고 말하던데."

"그래? 재미있군."

마왕은 두툼한 보고서를 집어 들었다. 바이트가 쓴 보고서였다.

"독은 없고, 오염된 엄니로 질병을 유발해 사냥감을 쓰러뜨린다. 마력을 띤 냄새를 내뿜어 무리 전체에 정보를 전달하며, 벌이나 개미처럼 잘 통솔된 집단을 형성한다……."

그러자 고모비로아가 그 보고서를 훔쳐보면서 중얼거렸다.

"이상한 내용이 적혀 있지?"

"흠, 확실히 여기서 '벌'이나 '개미'를 예로 든 것이 약간 기묘하군."

"그렇지. 하지만 듣고 보니 실제로 그래. 잘 통솔된 움직임을 보인다는 점에서는 똑같거든. 나는 곤충의 생태는 가르쳐준 적이 없건만, 용케 자세히 관찰했구나 싶어."

"흐음……."

프리덴리히터는 보고서를 다시 한 번 자세히 들여다보고 나서 도로 책상 위에 내려놨다.

"이자는 지금 뭐 하고 있나?"

"숨겨진 마을에서 엄니 도마뱀 육포를 만들고 있지. 한동안 그것으로 부족한 고기를 대신할 거라더군."

마왕은 의아하다는 듯이 오랜 맹우에게 물어봤다.

"포상은 바라지 않는 건가? 이자가 활약해주지 않았더라면 우리 마왕군은 인랑족의 지지를 얻지 못했을 텐데."

"아니, 그 녀석이 생각하기에 이것은 포상 받을 만한 일이 아닌 것 같아. 아, 그렇지. 혹시 남는 건재가 있으면 줄 수 있겠냐고 물어보더군."

"건재?"

"마을 건물을 수리하고 울타리를 증설하는 데 필요한 모양이야. 정말이지, 욕심이 없는 사내라니까."

즐겁게 웃는 고모비로아와는 대조적으로, 프리덴리히터는 진지하게 생각에 잠겼다.

"인랑들을 통솔하여 마을을 지키고 더 나아가 마물의 습성을 이토록 명쾌하게 해명했으면서도, 이 정도는 공적이 아니라고 했단 말인가."

"그래, 맞아."

고모비로아는 미소 지으며 맹우의 얼굴을 쳐다봤다.

우락부락한 용인의 얼굴에서 표정을 알아보긴 힘들었지만, 그녀는 마왕의 흉중을 훤히 꿰뚫어 봤다.

"어때? 이번에야말로 그대가 원하던 영웅이 나타난 것 같은가?"

"글쎄, 어떨지."

프리덴리히터는 무뚝뚝하게 대답했지만 분명히 흥미를 느낀 것처럼 보였다.

"그자는…… 바이토라고 했나. 그는 마왕군에 정식으로 들어올 생각은 없는 건가?"

"글쎄, 모르겠군. 워낙 욕심이 없는 사내라서."

고모비로아는 씁쓸하게 웃었다.

"그 녀석은 내 제자들 중에서도 손꼽히는 수재야. 마왕군에 들어오면 언젠가 반드시 두각을 드러낼 테지."

"고모비로아, 제자를 자랑하는 솜씨가 나날이 발전하고 있군."

마왕이 쓴웃음 지으며 대꾸하자, 고모비로아는 가슴을 활짝 폈다.

"자랑할 수 있는 제자만 제자로 삼는 것이 내 신조거든. 그런데 그중에서도 바이트는 특별해. 단순히 내 제자라서 예뻐하는 것이 아니라, 실제로 마왕군의 사단장으로 추천할 만한 인재라네."

"그렇군……."

마왕은 팔짱을 끼고 한동안 침묵에 빠졌다.

그 후 이렇게 말했다.

"이 바이토라는 젊은 인랑을 한번 만나보고 싶군. 그대가 그에게 마왕군에 들어오도록 권유해주지 않겠나?"

그러자 고모비로아는 미소 지으며 공손하게 고개를 숙였다.

"저의 주군을 위해서라면 기꺼이 그러도록 하지요."

마왕의 거성, 그룬슈타트 성에 들어온 나는 긴장하여 딱딱하게 굳어버렸다.

그때 그 사건 이후로 온 마을 인랑들이 다 모여서 도마뱀 육포를 만들고 있었는데, 마왕군이 보내준 대량의 목재와 석재가 도착했다. 덤으로 무시무시한 양의 말린 고기와 절인 고기도 함께 왔다.

그리고 스승님께서 나를 호출하셨다.

이런저런 이야기를 하다 보니 어느새 나는 마왕군에 정식으로 들어가게 되었다.

그것도 일개 병졸이 아니었다. '마랑'이란 칭호를 받고 스승님의 부관으로 임명된 것이다. 덤으로 신설되는 인랑 부대를 통솔하게 되었다.

인랑 부대 대장은 당연히 장로님일 줄 알았다. 그래서 나는 필사적으로 사퇴했는데, 장로님과 다른 분들마저 나를 대장으로 하자고 해서 나도 끝까지 거절하지 못했다.

그리하여 지금 이렇게 된 것이다.

나는 옆에 계신 스승님을 돌아봤다.

"왜 하필 저입니까?"

"글쎄."

스승님은 생글생글 웃으며 내 등을 콕콕 찔렀다.

"자, 빨리 가려무나. 마왕 폐하께서 기다리신다."

"아, 네……."

나는 고개를 끄덕이고 문 앞에 섰다.

양옆에 서 있는 용인 근위병들에게 눈짓하자, 그들은 창에 달린 물미로 돌바닥을 두드려 '탕!' 소리를 냈다.

그와 동시에 문이 조용히 열리기 시작했다.

저 안에 마왕이 있다.

과연 어떤 사람…… 아니, 마족일까.

나는 등줄기를 타고 흐르는 땀을 느끼면서 천천히 한 발을 내디뎠다.

후기

후기에서 다시 뵙게 되어 영광입니다. 또 안심도 되네요. 효게츠입니다.

저는 스토리나 등장인물 해설은 하지 않는 성격입니다. 그래서 고민이에요. 후기에 쓸 내용이 별로 없어서.

그런데 또 생각을 해보면, 지금 이곳에는 애써 후기까지 읽으러 와주신 분들만 계시는 거잖아요. 그럼 무슨 말을 해도 괜찮지 않을까요?

우선 이 작품이 탄생하게 된 배경을 말씀드릴게요. '소설가가 되자'에는 '악녀 스토리'라는 일대 장르가 존재합니다.

이것도 이래저래 꽤나 변했기 때문에 지금은 어찌 됐는지 모르겠지만, 악역 포지션에서 출발한다는 점은 공통점인 것 같습니다.

악역. 좋잖아요.

악역은 말이죠, 정의나 도덕을 관철시킬 필요도 없고, 대개 주인공의 강적으로서 패배하기 위해서 강한 캐릭터로 설정되잖아요.

자기 마음대로 자유롭게 활동할 수 있고 강하기까지 하다니,

최고 아닌가요?

그래서 저는 판타지 전생물을 집필할 때 '주인공은 악역!'이라고 정해놨습니다.

나쁜 주인공이라고 하면 마왕이나 사악한 신 같은 것이 떠오르는데요. 이건 사실 생각보다 자유롭지 않거든요.

악역이면서 조연인 게 좋은데. 그렇게 생각했습니다.

그래서 악역 중간관리직 바이트가 탄생한 것입니다.

단, 본편만 보면 그는 그렇게 자유로운 것 같지도 않지만요…….

제가 악역만큼이나 좋아하는 것이 조연 포지션입니다.

사람은 누구나 인생의 주연이라지만, 사회에서는 조연이 되는 경우가 압도적으로 많지요.

동아리 스포츠 팀에서 보결선수가 되거나, 콩쿠르에서 입상하긴 했는데 가작이거나, 좋아하는 사람의 애인이 되지 못하고 친구로만 남거나.

……사람들은 누구나 인생의 조연입니다.

그래서 저는 '용사'나 '마왕' 같은 주연들에게는 도저히 감정이입을 하지 못하겠어요.

감정이입을 할 거면 역시 조연에게 해야죠.

용사의 파티에서 묵묵히 싸우는 노련한 검사라든가, 마왕의 측근으로서 인간들과 싸우는 마술사라든가.
효게츠는 인생의 조연을 응원합니다.

이번에도 담당 편집자 후사농 각하께서 명품 조연처럼 멋지게 저를 도와주셨습니다. 늘 감사합니다.

요도(妖刀)와도 같은 날카로움을 선보이면서도 언제나 조용히 뒤에서 작가의 집필 작업을 도와주시는 후사농 각하. 각하의 은혜에는 감읍할 따름입니다.

그리고 니시E다 선생님은 이번에도 또 매력적인 일러스트를 그려주셨습니다. 정말 감사합니다.

저도 일러스트에 지지 않는 멋진 작품을 써야 한다고 생각하니, 방심할 수가 없네요…….

그런데 이 후기를 쓰고 있는 시점에서는 아직 준비 중이지만, 실은 ≪인랑 전생, 마왕의 부관≫의 만화화가 결정되었습니다.

만화를 그려주실 분은 테라다 이사자 선생님이십니다. 자료를 살짝 봤는데요, 아름다운 일러스트들을 보자 가슴이 저절로 두근거렸습니다.

저도 정말로 기대하고 있습니다. 여러분, 부디 만화도 재미있게 봐주세요.

악역이자 조연인 바이트의 벼락출세 인생. 과연 책으로는 몇 권까지 이어질지 저도 잘 모르겠지만, 일단 3권에서 다시 만나요.

☆ 캐릭터 러프스케치 ☆
나시타다

인랑 전생, 마왕의 부관 2 용사의 위협

2017년 1월 15일 1판 1쇄 발행
2017년 3월 15일 1판 2쇄 발행

저 자 효게츠
일러스트 니시E다
옮 긴 이 한수진
발 행 인 유재옥
본 부 장 조병권
담당편집자 김진아
편 집 권오범 김민지 김진아 박찬솔 정영길
라이츠담당 오유진
디 지 털 홍승범
발 행 처 ㈜소미미디어
등 록 제2015-000008호
주 소 서울시 마포구 토정로222, 403호 (신수동, 한국출판콘텐츠센터)
판 매 ㈜소미미디어
마 케 팅 박지혜
전 화 편집부 (070)4164-3962, 3963 기획실 (02)567-3388
판매 및 마케팅 (070)4165-6888, Fax (02)322-7665

ISBN 979-11-5710-617-2 04830
ISBN 979-11-5710-458-1 (세트)